帰る家もなく

no direction home

与那原恵

kei yonahara

帰る家もなく

目次

第三章　旅の向こうに

第四章　家出の自由

第一章

帰る家もなく

スリーイー

思いついて昼ごろ、浅草に出てきた。テレビのニュースで桜が満開ですと告げられて、桜を見てみたくなったのだが、とくにあてもなく、それならいっそニュースに映ったその場所に行くことにする。

隅田川沿いの桜は今が盛りで、川遊覧を楽しむ船着き場は大混雑だ。銀色に光る川のほとりをぶらぶらと歩いてみるものの、ああ、たしかに桜が咲いているという感慨以上のものは浮かんでこない。花見の宴会をするには早い時間なのだろう。シートを広げて一杯飲むグループは所在なげだ。まだ出店も少なく、ただひとつ大音量の音楽で客を呼び込むのは「トルコ名物ケバブ」の屋台だ。大きな串にぐるりとまかれたケバブの肉はやせ細っているから、これも昨日の残りものなのかもしれない。

ベンチに座るカップルや中高年女性のグループ。だからさ、アタシ言ってやったのよ、と甲高くしゃべる女性の話題は嫁にかんすることらしい。ありゃ、それはヒドイね、と絶妙な合いの手が入る。

川風が吹いている。ビール会社の社屋屋上に横たわる金色の雲のオブジェはかつての輝きが色褪せて、どこかまぬけだ。

そのなかに、ひとりの男がいた。のんびりした人びとのあいだをすりぬけて歩く男。ホームレスなのだろう。手にしたバッグは、真四角だから中には拾い集めた雑誌が詰まっているはずだ。読み捨てられた雑誌も東京では売り物になる。川のほとりで見たその男を、つぎにアーケードで見かけ、そのあと演芸場の近くで会った。

私は桜をひととおり眺めたあとには思いつく場所もない。どこか安い中華料理の店に入って、タンメンをつまみにビールでも飲もう。行くべき場所はなし。連れのひともなし。そのことが身にしみる。満開の桜も私の気持ちを軽くしてはくれなかった。いったい私は何をしにここにやって来たのだろう。狭いアパートにいるのがうんざりして出てきたのに、何もすることがない。そんな私の目の前を、雑誌を集めるあの男がせかせかと歩く。

そのとき、男の靴に目がとまった。それは黒い革靴だ。もういまではあまり見かけないふるい型、硬そうな革のひも靴。男がどこかで調達してきたものだろう。すこしブカブカとしているのは、やせている男に合わない幅広サイズのせいだ。合わない靴と自分の辻褄をあわせるように、靴ひもをぎゅっと結んでいる。足早に歩くことで、多少なりとも人生は前向きなのだと自分に言い聞かせているように。

スリーイー（ＥＥＥ）だ。あの幅広の靴は。

それは死んだ父の靴によく似ていた。私たち一家が暮らした椎名町のちいさな長屋の、玄関というにはあまりに狭い場所に父の靴はそろえられていた。

父は都庁の公務員という職業らしい装いをするひとだった。背広は紺かチャコールグレイ。シャツは白。数年に一度、背広を新調したが、そのときは無理をしてきちんとしたものを仕立てていたから、身だしなみには気を遣うひとだったのだろう。そして靴は黒の革靴だった。父は、子供のころに小児マヒを患ったことが原因で足をすこしひきずるように歩く。靴は足をぴったりと包む硬い革靴と決めていて、愛用するメーカーもずっと変わらなかった。幅が広いその靴は「スリーイー」というサイズだと父に教えられた。

たまに父の靴を磨くことが末っ子の私の仕事だった。父の靴のかかとは癖のある減り方をしていた。そと側が極端に減るのは、不自由な足のせいだろう。長く地味な部署にいたが、仕事ぶりはまじめな父らしい靴だった。父の靴を手に取りながら磨いたクリームの匂いやブラシの感触を思い出す。さいしょにブラシと透明のクリームで汚れをとって、それから黒のクリームをうすくのばし、ネルの布で磨きあげる。父はこの靴を履いて毎日、玄関の引き戸を開け、役所に向かうのだ。玄関脇に植えられたヤツデの木をよくおぼえている。

昭和四十年代もはじまったばかりだが、そのころ家の玄関はいつも開け放しになっていて、近所のひとは用がなくても中をのぞいてゆく。靴を磨く私をみかけると、感心ねえとひと声かけていくのもあたりまえのことだった。病弱な妻を抱え、五人の子供のために働いている父を誇らしく思う私がそこにいたのかもしれない。ヤツデに球状の白い小花があったおぼえもあるけれど、そうなると冬なのだろうか。けれども私の記憶では、靴磨きをしたのはいつも春の日曜日だった。

ひとりでいることになじんでしまった私にも、すぐそばにいるひとの感情を自分の呼吸のように感じることがあったのだ。

足早に歩く父におくれないようについていったことがある。父は無言だった。怒っているのかもしれない。まっすぐに前をむいて私をかえりみることもしなかった。十歳の私は父の足元をただ追った。スリーイーの靴。ひきずるような歩きかた。かかとの音がふだんより高いような気がした。

恵は、T学園がい、いやだったのか。とつぜん、父は立ち止まって私に聞いた。やはりちょっと怒っている言いかただった。父は怒りをふくむとき、すこしどもる。

うん、いや。

父は何も言わなかった。そのまま前をむいてまた歩き出した。父の黒い革靴と、私が着ていた水色のギンガムチェックのワンピース、その色のコントラストをおぼえている。

昭和四十三年の春から半年ほど、私は家族とはなれて千葉の外房にある子供たちのための施設に暮らしたことがある。そこは区立のT養護学園と名付けられた施設だ。小学校三年から六年までの虚弱児童、ぜんそくや肥満の子供に自然豊かな海辺の地で寮生活をさせ、健康にすることを目的としていた。寮と廊下でつながった教室があり、ふつうの学校と変わらない授業が行われる。

その施設で半年を過ごし、卒園式を迎えた日。みなさん、たくさんのいい思い出ができましたね。入園したときよりずっと元気になりました。学園長のあいさつとともに式ははじまり、児童たちがいちばん楽しかったことなどを述べるなごやかな式。父兄たちも子供たちのうしろで見守っている。さいごに、にこやかに笑いながら教師のひとりが声をかけた。この学園にまた来たい子は？　ハーイ。いっせいに手が上がった。満足そうな教師はそこでやめるべきだったのだけれど、つづいて、ここにもう来たくない子は？　と尋ねたのだ。

手を上げたのは、私ひとりだった。

教師はこまった顔を浮かべ、とりつくろうように別の話をした。それが何だったのか、おぼえていない。ただ、私がその場の空気をひんやりとしたものにしたことはよくわかった。うしろにいる父はどんな顔をしているのだろう、それをたしかめることもできなかった。

歩く父に何かを言わなければならないと思った。でも、ごめんなさい、ではない。私はほんとうにもうT学園には行きたくないの。T学園にあずけられたことを抗議する気持ちで、あのとき手を上げたのでもなかった。だけど私が父を傷つけてしてまったことはよくわかった。数歩はなれて無言の父についていった。

家に戻ったその日の夜だったのか、それとも数日後のことなのか、はっきりとはしない。椎名町の狭い部屋でねむっていた夜中、父と母のひそひそとした話し声がぼんやり聞こえてきた。

両親は子供たちが寝静まった夜更けに、ふたりで話し込むことがあった。そんな時間でなければ、子供たちの前では話せないことを言い合えなかったのだろう。

それは、ふたりが生まれた沖縄の言葉で交わされる会話だ。ちいさなつぶやきのような、ウチナーグチ。ため息のようなものがはさまっていて、しばらくの沈黙がつづく。いつも、そんなふうだった。父は、卒園式の出来事を母に語っていた。恵ひとりが手を上げたんだ。そう、いやだったのね、あの子はT学園が。家にいたかったのね。おぼろげにそんな会話が聞き取れた。このまま、ねむったふりをしなければ。私は固く目をつぶった。

そうだなあ、乳児院にもいたんだし、いやだったのだろうなあ。父はそう答えて、たばこの煙を吐き出したようだった。父の好きなチェリーの薫りがふわっと漂った。

私は生まれて一年ほどでキリスト教の団体が運営する乳児院に預けられ、五歳ちかくまで育った。そのころの記憶はほとんどないのだが、施設で撮られた写真があった。板敷きの室内で、小さな赤ちゃんと映っている写真。黒い服装のシスターに抱きかかえられた写真。いまでは手元にもないのだけれど、あの写真を忘れられない。


両親は若いころに沖縄でひきあわされて知り合ったらしい。父は古都・首里の旧家の家で、母は医者の家に生まれている。父はその時代、旧家の子弟にとうぜんのように敷かれていた沖縄県庁の役人として働き始めた時期に、第二高等女学校（那覇）在学中の母に出会った。母は、台湾で病院経営をする父親のもとで育ったが、愛人も多く混乱した生活をする父親との関係はよくなく、女学校入学を機に那覇の祖母のもとで暮らしていた。卒業後、母は台湾に戻り、私立台北高等女学院に進学した。このころ、母が二歳のときに他界した実母が舞台女優だったこともあり、母は演劇の道を志し、舞台に出演したり、台北放送局でラジオ出演したりしていた。

昭和十年代半ば、母は東京のラジオ放送に出演することが決まり、台湾から上京を果たした。東京と沖縄がいまよりずっと遠くに感じられた時代、父とはひんぱんに手紙のやりとりをしていたようだ。母は父に「東京で新しい世界を見ましょう」と誘い、けっきょく父も上京する。沖縄の古い社会で長男の立場は重かったが、父もまたその旧弊な空気が疎ましかったのだろう。県庁を退職して上京し、母と結婚した。

そののちに沖縄は激しい戦禍に見舞われ、ふたりは帰郷を果たすことなく、東京の片隅で生きてきたのだ。子供たちがつぎつぎに生まれた。私のうえにはふたりの姉とふたりの兄がいる。もともと心臓に病を抱えていた母は、さらに結核を患い、入退院を繰り返した。父もけっして丈夫なからだではなく、両親ともに入院していた時期がある。三女の私が生まれた昭和三十三年は、もっとも困難な生活をしいられたころだった。父は四十五歳、母は四十一歳。ふつうに考えても高齢だが、病弱な母にはことに危険な出産だった。授かった子供だからと生むことを決意した母だが、育てる体力はなかったのだろう。

クリスチャンの母が教会の知り合いのつてを頼りに赤羽にある乳児院をみつけてきたらしい。母は医者にすぐにでも入院して治療しなければとすすめられていたが、預ける先が決まるまではと引きのばしていたようだ。

私を乳児院に預けた日。父は当時九歳の次姉をともなって施設に行った。何もわからない赤ん坊の私はシスターに抱かれて無邪気にわらったという。ちいさな歯が、かすかに口元に見えたはずだ。

乳児院をあとにして、父は池袋の酒場の椅子に座ったそうだ。何杯も酒をあおり、今日は酔えない、酔えない、とうめくように呟いたと次姉が私に話したことがある。父にとってもたまらなく辛い日だったのだろう。酒場の片隅で思い浮かぶのは、一歳の赤ん坊の顔ばかり。ほかに方法がないことはよくわかっていても、じぶんのふがいなさに腹立たしくなったのかもしれない。父の姿をこわいような思いで見つめていただろう九歳の次姉や、安酒をあおる男たちでいっぱいの酒場の匂いや音を想うと、せつなくなる。

乳児院では月に一度の面会日があり、父は欠かさず私に会いに来たそうだ。私はまったくしゃべらない子供で、父は困り果てたらしい。そのころ高価だったバナナをお土産にして、私のちいさな手にもたせたら「あ、きいろ」と言ったことがうれしくて、それからはバナナを必ず持っていったのだという。しだいに父の顔を見れば笑い、話しもするようになって、父をよろこばせた。家に戻ってから、父以外の「家族」に囲まれるようになったが、姉や兄をキョトンとした顔で眺めてばかりいたという。このひとたちはいったい誰で、ここはどこなのか、わからなかったのかもしれない。

小学生になってからは乳児院に預けられた事情がよくわかったし、そのことで両親に恨みがましいことを言ったこともない。そんなことを口にしたらふたりが悲しそうな顔をするにきまっていたから、言えなかったというのが正直なところだ。私は父が好きだった。父も私をことに溺愛しているのがよくわかっていた。父は本好きの私にたくさんの本を与えたが、なかでもドイツの作家、エーリッヒ・ケストナーの物語は私のお気に入りになった。

母は入院している時期が多く、たまに家に戻ってきても家事をこなすことはできなかった。床に伏せている日がほとんどだったけれど、沖縄の様子や少女時代を過ごした台湾の話をよく聞かせてくれたものだ。それは、母じしんが長く生きられないことをよくわかっていて、末娘に伝えられることをいまのうちに、という強い気持ちのあらわれだったのかもしれない。私も、夜中にそっと起きて母が規則正しい呼吸をしていることをたしかめずにはいられなかった。いつか母はいなくなってしまう、「死」は幼かった私に実感として迫るものだった。

T学園に預けられることになったのも、半年の期間だけでも心身によい環境に置いておこうという決断だったと思う。私は大きな病を抱える子供ではなかったが、病弱な体質ではあったのだ。やせっぽちで、元気よく走り回るというようなことはまずなかった。両親は、親の弱い体質を受け継いだと気かがりであったのだろう。母はいつ再入院するかわからない。太陽がふりそそぐ海辺の施設で、のびのびと子供らしい生活を送らせてみたいと考えたようだ。

両親が私をT学園に預けた年齢に、私は近づいてきた。あのとき、ふたりはどんな気持ちだったのだろう。

私は卒園式でただひとり、もう行きたくないと手を上げたことがいまになっても気になっていたのかもしれなかった。T学園に行ってみようかな、三十七年ぶりに。そう思いついたのは、スリーイーの靴を履くあの男を桜の木の下で見かけたからだ。父もまた、ままならない人生を固く靴ひもをむすんだ黒靴で、歩こうとした男だったのかもしれない。


T学園での半年は、断片的なことしか思い出せない。海から歩いて数分の施設は、いつも磯の香りが満ちていたような気がする。三十人ほどの子供たちが寮生活を送っていた。寮は広い畳の部屋で、廊下をはさんだ建物に食堂や教室などがあったはずだ。朝のラジオ体操に始まり、海辺まで散歩する。あとは教室で過ごし、授業が行われる。一学年に数人しかいないが、その数人にひとりの教師がいたから恵まれた環境だった。教師にもどこかのんびりとした雰囲気があった。

朝、昼、夜と食堂でとる食事はいつもあたたかく、美味しかった記憶がある。調理師や栄養士、看護師なども常駐していた。そして学園では子供たちのためのイベントがよく催された。遠足や潮干狩り、七夕や誕生会。半年のあいだに一度、東京に戻る「東京旅行」もあった。教師や職員たちは生徒にこころを配っていたし、子供たちのあいだでいじめやけんかがあったという記憶はない。

それでも、さみしさはあったのだろう。遠い家族に愛されているという実感をつかむためか、私はよく手紙を書いて、あれこれ送ってほしいと頼んだ。洋服や絵の道具、ノート、そんな小包が届くと、ひと安心したのだ。

T学園は、昭和十年に開校している。おそらく、大正末期ごろからヨーロッパの健康思想が日本にも影響をおよぼし、都市に暮らす身体の弱い子供たちのための施設が日本各地につくられている。T学園も臨海学校として誕生し、のちに虚弱児童の施設となった。戦中の一時期に中断したが、戦後まもなく食糧難などから児童の健康状態が著しく低下する事態に直面し、再開されている。都内では先駆的な施設だったようで、そののち各区で同じような施設がつくられたという。

外房線に乗ったのは、薄曇りの一日だった。しだいに窓からの景色が田舎のたたずまいになってくる。車中でT学園の日々を思い出そうとするのだが、うまく思い出せない。三時間ほどかかって、T学園のある駅に着いた。ああ、子供たちのためにお菓子でも持ってくるべきだったと気づいたが、もう遅かった。

そこはちいさな駅だった。駅前にタクシーが一台、食堂が一軒。なまぬるい潮風が吹き抜ける。食堂に入って、一休みすることにする。客は誰もいない。カツ丼をとってビールも頼む。すぐにT学園に向かうふんぎりがつかないのだ。そこが、さみしい場所だったら、どうしよう。いやなことを思い出すような場所だったら、どうしよう。十歳の私が遠くにいて、いまの私が戸惑っている。

しばらく逡巡したが、せっかく来たのだからと、じぶんに言い聞かせてタクシーに乗り、行き先を告げた。運転手はすぐに場所がわかった。道すがら尋ねてみると、このあたりはT学園のような区立の施設がいくつかあるのだが、ちかごろの財政難で閉園したところも少なくないという。

二十分ほどでT学園に着いた。コンクリートの三階建ての建物。私はこの風景をまったくおぼえていなかった。門が閉じられている。事前に何の連絡もしていなかったのだが、やはりとつぜんの訪問はまずかったのか。かつてここにいたという理由だけでは中に入れてくれないのかもしれない。

それでも門を開けてみたら鍵はかかっておらず、すんなりと中に入ることができた。玄関に立つと、子供たちの歓声がかすかに聞こえる。

ごめんください。何度か声をかけると、ひとりの男性が出て来た。あの、私は三十七年ほど前にここにいたことがあって、懐かしくなって訪ねてきたのですが……。

「ああ、そうですか。ちかごろそんなひとがよく来るんですよ。つい昨日もお見えになりましたね。どうぞ、どうぞ。中に入ってください。そのころでしたら、教室の建物は同じです。寮のほうは改築されましたけど」

あの、いいんですか。中に入って。

「ええ、ご自由に見学していってください。いま昼休みで子供たちとサッカーをしているところなんです」

その男性はT学園の教師だった。ジャージ姿の柔和な顔だ。中庭では子供たち十数人が元気よくサッカーボールを蹴っていた。男の子も女の子も一緒になって大きな声を出して走り回っている。みんなー、このひとはみんなの先輩なんだよ。T学園にいたんだ。教師の声に子供たちがいっせいに「こんにちわー」と挨拶をしてくれる。近寄ってきて、どこの小学校だったのと聞いてくる。

都会では見かけない子供たちの様子に私はうれしくなった。そばに調理師をしているという女性が来て「昭和四十三年なら、私もここにいたのよ。覚えている？　おばさんのこと」。そう話しかけられたことがありがたかった。「食堂は変わりないでしょう」、その女性の手はふっくらとした働き者の手だった。

教室棟のほうに行ってみた。そこで、私はまざまざと思い出した。ああ、ここだ。この階段から見える風景はよくおぼえている。たしか奥に図書室があったはずなんだけど。

記憶のとおりの場所に図書室はあった。そうだ、私はT学園に来ても運動は苦手なままで、よくここで本を読んでいたのだ。棚に並んだ本を眺める。ドリトル先生のシリーズ、小さい牛追い、ケストナーの物語の数々……。それは父に買ってもらった本と同じもので椎名町の家でも持ったけれど、ここにもあったのだ。

私はふいに思い出した。授業も終わった夕暮れ、夕食にはまだしばらくの時間がある。この窓にオレンジ色の陽がさしこみ、私はひとり本を読む。白のちょうちん袖のブラウスにチェックのスカート。中庭から男の子たちのにぎやかな声が聞こえる。

ケストナーの物語はどれも好きだったけれど、ひとつだけ苦手なものがあった。『飛ぶ教室』だ。舞台はドイツの寄宿学校。少年たちは知恵と勇気で対立する学校の生徒をやっつける。少年たちの友情、教師への敬愛。やがてクリスマス休暇を迎える。けれどもただひとり、マルチンは両親の待つ家に帰ることをあきらめる。貧しい両親はマルチンの旅費を工面することができなかったのだ。

旅費を用意できなかったことを息子に謝るせつない手紙が両親から届く。心づくしの贈り物が添えられ、深い愛情がつづられた手紙。マルチンは両親の思いが身にしみるからこそ、帰ることをあきらめ、自分じしんを納得させるしかなかった。学校にひとり残るマルチンに「正義先生」というニックネームの教師が近寄り、「きみは旅費でもないのかい？」と尋ねる。〈そういわれると、マルチンのけなげな態度ももうまったくくずれてしまいました。彼はうなずきました。それから雪におおわれた手すりに頭をのせて、悲しさが少年のうなじをつかまえ、さんざんにゆさぶりました〉

マルチンの両親と、私の両親の姿が重なってしまう。そしてわがままを言わないマルチンの気持ちが痛いほどわかるのだ。

Ｔ学園に暮らす私あてに届いた母の手紙には、このまえ送ってほしいといった品物は、お父さんのお給料が出るまで待って、という文面がしばしばあったのだ。それでも、私がどんなふうにＴ学園で暮らしているのか、いつも心配していること、椎名町の家族や近所のひとたちの様子をことこまかく知らせる手紙がひんぱんに届いた。両親からの手紙にはいつも美しい記念切手が貼られていた。そう、私に小包が届くことは少なかったけれど、家からの手紙はＴ学園の子供たちのなかでいちばん多かったのだ。

マルチンの両親が一生懸命働いても、息子に旅費を送ることができないせつなさは、そのまま私の両親のことのように思えた。『飛ぶ教室』は、私にとってあまりに身につまされる物語だった。

正義先生はマルチンに旅費を与え、彼は両親の待つ家に帰ることができた。息子のいないクリスマスなど悲しくてやりきれない、マルチンの両親はひっそりとした夜を迎えている。そこに愛する息子が帰ってきたのだ。何よりもの贈り物。マルチンは両親とともに雪の降るクリスマスイヴの町を歩く。夜空を見上げると、流れ星が地平線のほうに落ちていった。マルチンは流れ星に願う。両親と先生と友人に「たくさんの幸福が来るように」。それから「ぼく自身にも！」。

私はこの図書室でたくさんの本を読んだ。本のなかで私は元気で利発な女の子になることができたし、世界中を旅することもできた。お姫様の物語よりも自分の足で人生を切り開く女の子に惹かれた。『愛の妖精』『長くつ下のピッピ』『点子ちゃんとアントン』……。

夕食の時間はチャイムで知らされたのか。食堂にあつまる時間になって、私は本をぱたんと閉じる。窓から見える空は、すみれ色に変わっていた。あたたかい料理の匂いが図書室まで漂ってくる。

昭和四十三年の文集が残っているはずですよ、さきほどの男性教師が親切に声をかけてくれた。古い文集の束を探し出してくれ、この中にあると思いますよ。どうぞゆっくり見てくださいと言って、図書室をあとにした。

こわいような気持ちがあるのだが、文集の束をめくる手が急く。ガリ版刷りの文集の一冊に私の作文があった。それは「第二面会日」と題した文章。二ヵ月に一度の割合で面会日があったのだ。

両親が面会にやって来る日、鉄道事故が起きたらしい。そのために到着時間が遅れて、私は心配でしょうがない。ようやく両親が来て、ほっとする。面会日には授業参観もあって、〈父がじゅぎょうを見ているのでおちつかないのです〉。こころ浮き立つ私がいる。それから両親と海辺に行って、お土産のバナナとプリンを食べる。〈海岸でたべるプリンは、また、かくべつでした〉と書いている。「かくべつ」などという言葉は、おそらくケストナーの小説でおぼえたもので、使ってみたくてしかたなかったのだろう。

そして帰る時間になった。

〈わたくしは「もうかえるの」とさびしそうに言いました。父は「うん、だけど、七月には東京旅行があるじゃないか」と言ってなぐさめてくれました。バスのていりゅう所まで送っていきました。わたくしは、大きく手をふって「バイ、バイ」と元気よく言って別れました〉

はっきりと、その日のことを思い出した。父は役所に行くときと同じチャコールグレイの背広に、黒の革靴。母はグレイのスーツ、中には紺のレースを着ている。これは手芸が上手な母が編んだものだ。入院生活が長かったので、ベッドの上でもできる編み物をしており、私にもよく服を作ってくれたものだ。そうだ、この日、学園の先生に贈るためにレースの縁取りをしたハンカチを母は用意してくれたのだ。それを「母からです」と手渡すとき、私はちょっと誇らしい気持ちになったのだ。

両親といっしょに海岸に行った。砂の上を歩くスリーイーの靴。その靴に砂がかぶってしまう。母はヒールを履いていた。両親の足跡が砂浜に並ぶ。三人で腰をおろし、遠くを見ていた。海からの風が母のやわらかな髪を揺らす。何を話したのかはおぼえていないけれど、その光景をありありと思い出す。初夏の白い光が私たちをつつんだ。甘いバナナの香り。潮風。

そのころ、母の体力で三時間も電車に乗るのはそうとう辛いことだったといまならわかる。このときから三年も経ずに母は世を去っているのだ。母は面会日に無理をおしたのだろう。

文集とともにたくさんの写真も保存されていた。カメラ好きの職員が撮影したものかもしれない。凝ったアングルだ。そのなかにジャングルジムで数人とともに映った私の姿があった。短く切りそろえられた髪。目が大きく目立つ。きちんと洗濯された白いブラウスにチェックのプリーツスカート。同じ歳の女の子とくっつくようにして、すこしはにかんだ顔をしている。もう一葉は、遠足のときだろう。赤のギンガムチェックのワンピース姿で、口をあけてわらっている。

私は、幸福だったのだ。T学園で楽しく過ごしていたのだ。古い写真を見て、私はここで幸福だったのだと知った。あの時代、両親なりに末娘にできるせいいっぱいのことをしてくれたのだ。忸怩たる思いもあっただろう。それでも愛情をこめて成長を見守ろうとしたのはたしかなことなのだ。

それでも、さみしい思いはどの子供たちにもあっただろう。そういえば女の子たちでおしゃべりをすると、少女漫画さながらの話になったものだ。家はすごい大金持ちなの、白いピアノがあるの。そんな作り話もあったけれど、誰も「嘘よ、そんなの」とは言わなかった。お互いを思いやるやさしさがあった。

いつだったか「脱走」を企てたことを思い出した。ここから脱走して家に帰ろう、数人でそんな話をした。パジャマの下に服を着込んでねむるふりをして、夜中に国道まで出る。それからトラックに乗せてもらって家に連れて行ってもらおう。計画は綿密に練ったつもりだったが、夜中にごそごそと起き出したところで寮母に見つかり、しかられてしまったのだ。それもほんとうにT学園がつらかったわけではなく、少女たちの空想物語の延長のようなものだった。そのときも、ふたたび布団に入りスヤスヤとねむってしまったのだ。

子供たちに「さよなら、元気でね」と声をかけてT学園をあとにした。「バイ、バーイ」と大きな声がする。東京に戻ったら、何か送ろう。私がここで過ごした時間が幸福だったということを教えてくれたのは、文集や写真を目にしたことにもまして、あかるい彼らの姿だったのだ。

T学園を卒園してから今日まで、長いようであっという間だった気がする。私はT学園の図書室で本を読んでいたころ、大きくなったら文章を書く仕事がしたいと漠然と思っていた。紆余曲折はあったけれど、その夢を私はかなえた。『飛ぶ教室』のマルチンの願いのように。

ただ、父におだやかな幸福をもたらすことができなかったことが大きな悔いだ。父は母が他界して五年後に死んだ。誠実に生きた父が報われるような人生の終わり方だったとは、とてもいえない。深夜、ウチナーグチで語り合う妻を失ったあとの父は、絶望にも似た感情におおわれた日々だった。まだ高校生の末娘がどんな人生を歩むのか、気がかりであっただろうが、父に生きる気力は残っていなかった。そんな父に私は何もしてあげられなかった。たったひとり、死の扉に手をかけていた父に気づくこともできなかった。そのときからでさえ、もう三十年も過ぎた。

あの初夏の日、両親といっしょに歩いた海辺に行ってみよう。十歳の私と、いまの私が手をつないで歩く。砂浜にはスリーイーの足跡が残っているだろう。海風が吹いても消えない足跡が、遠くまでつづいているはずだ。

那覇バスターミナルにて

バスターミナル、という音の響きが好きなのは、思い浮かべるのがいつも那覇バスターミナルだからだろう。広々とした敷地に漂うのんびりとした風情。どこかに向かう、またはどこから帰ってくるための場所であるのに、そこはつぎへの動きのために「待つ」ところというのも気に入っているのかもしれない。

バスが十数台ならんでいて、決められた時間になれば運転手が乗り込んでブルルンと音をならすのだろうが、いまはその気配をまったく感じさせず、おとなしい象のように肩を寄せ合っているバスたち。それは、どこに行くのか知らされていない不安に息をひそめているようにも見える。やがて一台が象の群れからはなれて、定められた位置に向かう。

那覇のバスターミナルにじっとしているバスの色は青で、それが五月の沖縄の空によく似合っている。白い雲は夏の暑さにじっと耐えているような厚みがなく、風にながれ、さっと刷毛で染めたような青空がたかい。

こんな空を見上げていると、七歳か八歳の感情にふっと戻ってしまう。じぶんというものの存在の不思議さに気づくと同時に、さみしさを知ったころ。大人たちの表情にときおり陰りが浮かぶのをこっそりとたしかめだしたころ。胸の底で、ずん、というこわい音が聞こえだしたころ。ざわざわと波立つこころをしずめるすべをおぼえたころ——。

このバスターミナルから発車するバスに乗って、ずいぶんいろいろな場所に行った。といっても、行く先をあらかじめ決めることはすくなく、案内板にしるされた地名を見てまだ行ったことのない土地の名を探し、出発時間をたしかめて数時間の相棒としたのだった。

市街地からすこしはなれたバスターミナルから乗る客はほとんどいない。がらんとした車内にひとり乗るときのすがすがしい気持ち。たどり着かねばならない場所もなく、途中で降りてしまってもよしとする気ままさだ。渋滞に巻き込まれながら市街地を走り、しばらくすると米軍基地のフェンスがえんえんと続く。あるところから乗ったひとがあるところで降りて、また新しい乗客を迎える。居眠りしているあいだに、さっきまでシートにいたひとの姿がこつぜんと消えていて、べつの人物が平然と座っているときの驚き。

さらに先へ向かうと木々が密生し、そうかと思うとまるで手品のように光あふれる海が目の前にある。窓の景色をぼんやりと眺めながら、どんな漢字をあてるのか見当もつかない地名がアナウンスされるのを、耳をすませてきいていた。じゃあがる、よふけ、てとごん、のは、てにや……。

いつもひとりだった。私が十二歳のときに母が死んで、その五年後に父も死んだ。そして十九歳になったころから私は沖縄への旅をくりかえした。この世にはもういないふたりが生まれた沖縄。どれほど時が流れても、私はふたりに置いてきぼりにされてしまったという感覚から抜け出せないのかもしれなかった。父と母のうしろ姿を追うようにはじめた旅だった。

那覇バスターミナルを何度となく利用していたのに、まったく気づかなかったとは迂闊だった。私がその日の午前中からふるい地図をたよりに探していた住所は、このバスターミナルから数分という場所だったのだ。那覇市上泉町二ノ十五。それはいまではもうない、戦前の住所だ。探偵気分でふるい地図といまの地図をにぎりしめて歩き出したのに、あっけなくたどりついてしまった。

ああ、ここ、なんだ。

私は胸にかかえたちいさな白い箱をそっとなぜた。ここ、だったんだね。ただいま、かな、おかえり、かな。いや、そうではない。末娘の手によって、ここにかえってくることがあろうとは想像もされなかったものなのだ。

その箱のなかにはふるい手紙が十通おさめてある。昭和十三年から十五年にかけて、すでに上京していた母にあてて父がしたためた手紙だ。封筒のおもてには東京市杉並区西田町一ノ五六六　比嘉様方　南風原《はえばる》りり様。うらには那覇市上泉町二ノ十五、与那原良規とある。二十一歳の母に届いた二十五歳の父のペン文字。母の名は戸籍上では「里々」と表記するのだが、「りり」とすることもあった。

その手紙の束を見つけたのは、私が三十歳になったころだろうか。母が残したアルバムのなかに、かわいらしい千代紙が貼られた紙ばさみがあって、そこに手紙がおさまられていた。いつまでたっても少女っぽさが抜けきらなかった母らしい紙ばさみだった。こんなふるい手紙があったなんて。戦争や混乱した生活もあったのに、母はこの手紙だけはたいせつにしまっておいたのだ。

うすい便箋は、折り目もきちんとしていて、母がときおり読み返すことはあったにせよ、またきれいにたたんで封筒にしまわれたのだろう。そしておそらく、父はこの手紙が残されていたことを知らなかった。もし気づいたら、気恥ずかしくなって捨ててしまったのではないかと思う。

その手紙は、母が私にこっそりと秘密を伝えているように思えてならなかった。お父さんと私はこんなふうに出会い、恋をし、そしてふたりで東京での暮らしをはじめたのよ。それであなたをふくめた五人の子どもが生まれたの。いつか、この手紙を見つけたら、よく読んでみて。あなたが生まれるずっと前のことがわかるかもしれないわ。そんな母の声が聞こえてくるような気がした。

　この手紙をもって沖縄に行き、ゆっくりと読んでみよう。そう思いついてから、二十年ちかくがたっていた。すぐに実行しようとしなかったのは、二十代の男女のやりとりを見るための「距離」をはかっていたのかもしれない。父と母、ではなく、悩みながらもたがいを必要としたふたり。それを感じるためには、私にとっての「父と母」という記憶がうすれるのを待たなければならないような気がした。ある若い男と女のまじわりの軌跡として遠くから眺められる日でなければ、そう思っていた。

　手紙をかかえての旅は、五月ときめていた。行くのなら五月。父がもっとも好きな季節だったからだ。サンニンと呼ばれる月桃の花がざっくりと咲き、つよい匂いをはなつ五月。そして父と母が東京で結婚したのも五月だった。

　かつて船で届けられた手紙の束をもって私は飛行機に乗った。七十年ぶりに、手紙が書かれた場所に戻るのに二時間ちょっとしかかからない。でも、この飛行機の乗客の誰も知らない「秘密」が私のひざのうえにある。カサカサと音をたてるふるい手紙の束。その音を聞きながら、いま空に浮かぶ私の目的地は、私という「存在の根」なのかもしれないと思っていた。

那覇市上泉町二ノ一五。いまは泉崎と町名を変えたが、戦前も現在も県庁や市役所がある地区だ。父の住まいは、当時那覇市の収入役をつとめていた父親の官舎だった。最初の手紙を送ったころの彼は県庁の会計課の職員として働きだして数年という時期だ。

その住所のあたりは住宅地になっていて、ぶらぶらと歩いてみると、ちかくに小学校があった。日曜日のその日は少年野球の練習日らしく、ユニフォーム姿の子どもたちの元気な声がはじけている。コーチの声が響くけれど、やわらかなウチナーグチのせいなのか、厳しさというものが感じられない。あい、タマをよく見るのぉー、ケンジ、よそ見してたらだめでしょー。かーんと鳴る金属バットの音。赤い土が少年たちの白い練習着を汚す。

その様子を見ながら、さて、どこで手紙をひらこうかと考え、やはり首里に行くべきだと思いついた。市内を走るバスに乗る。

もともと与那原の家は首里当蔵町にあり、父はそこで生まれ育っている。父は私によく首里の風景を語っていた。小高い丘の一帯にあり、その中心にはすでに崩れかかった首里城がある。主の琉球国王を失った城は朽ち果てるいっぽうだったが、昭和八年に修理工事がなされた。けれど外壁を赤い漆で塗装することはかなわなかったため、復元された現在の首里城とは趣きが異なる。城のまわりを鬱蒼とした森が囲み、しん、と静まりかえる町だ。とりわけつよい日射しが照りつける昼間には往来の人影もなく、ときおり吹き抜ける風が木々を揺らす。父が幼い大正末期、坂道をのぼりおりする大人たちはふるい首里言葉を使い、女性たちは琉球風に結いあげた髪に、かすりの着物を身につけていた。坂の下では屋敷に荷物を運ぶ用を待つ男たちが木陰にたたずんでいたという。

父は、一族の行事があるときには首里儀保町の本家に行った。父の三代前までは琉球王府の高官をつとめており、王国の使者として進貢船に乗って北京にも赴いたという家系らしく重々しい空気の家だ。幼い父は正座をしてじっと耐えたらしい。

戦争があって首里の風景は一変した。首里城の地下には日本軍司令部がつくられ、米軍の砲撃にさらされた。父が生まれた首里当蔵町もかつての面影をたどることはむずかしい。

いまも琉球王国時代の雰囲気があるのは、十五世紀ごろの石畳が残る首里金城町だ。この一帯は砲撃の死角となったために被爆をまぬがれた。その石畳の坂の途中に、地区のひとたちが使う木造の集会所があった。むかしの首里の屋敷を復元したもののようで、ちいさな庭もある。集会所には祭りのときに使う旗などをおさめてあり、寄り合いにも使うようだが、ふだんから開けはなしになっていて観光客も自由に休んでいいらしい。そこにあがりこんで、昭和十三年八月、父が初めて送った手紙を読みはじめた。かすかにサンニンの匂いが鼻をくすぐる。夏が、これからはじまるのだ。

〈三月になって突然あなたからあんな手紙を戴いて心の底から涌きだして来るようなよろこびと共にそのままあなたに近づいて行くには何かしら溝が横たわって居るような気持ちにとらわれました〉

この年の春に母はひとり上京している。台湾のラジオ放送の番組に出演したことがある母は、東京の中央放送局の出演者募集に応募し、合格した。日本でラジオ放送がはじまって七年目である。母の下宿先は沖縄歴史学の研究者となる比嘉《ひが》春潮《しゅんちょう》の自宅だ。母の父親の南風原朝保《ちょうほ》や、その弟で画家の朝光《ちょうこう》とも友人であった比嘉は当時、出版社「改造社」の編集者だった。柳田國男の調査協力者としても知られる。

父を驚かせた母の「あんな手紙」とは、どのようなものだったのだろうか。くわしいことはわからないが母は上京してひと月後、父に東京へ来ないかと誘ったらしく、父は戸惑っている。父の手紙はこうつづく。

〈五、六年前のことが直ぐ思い出されました。首里で初めてお会いした時のことです。たしか十二月二十二日だと覚えて居ります。あの時のあなたが僕の陰気な気持ちをはっきりと形を変えた伸々とした朗らかさを持って居られただけに僕にとって忘れられない印象を与えました。たった一日でしたが人の気持ちは妙なものです。あなたが台湾に行かれてからそんなこともいつしか昔の夢のようになってきました。晩など時々思い出したように祖母とあなたのことを話して、その時の自分を嬉しいような笑ってみたいような感情で思い出すだけでした〉

那覇市崇元寺で生まれた母は、二歳のときに医師の父親とともに台湾・台北にわたっている。そして高等女学校時代は沖縄に帰り、祖母のもとで暮らした。父と母がはじめて出会ったのは、母が女学校に通っていた時期で、ふたりを引き合わせたのは、両家の血筋をひく母の祖母だった。首里の父の家で会い、カルタをしたと母に聞いた。

女学校卒業後、母は台湾に戻り私立台北高等女学院に進学した。ラジオ放送に出演したのは在学中のことだった。ふたりが再会したのは、この手紙がやりとりされる一年前。十五歳の少女は二十歳になり、将来の夢を語ったのかもしれない。それをまぶしく見たであろう父は県庁につとめていた。旧家の長男としてとうぜんのように敷かれた道だった。けれどもこの手紙に〈ここで一番つまらないことは先が見えすいていることです。平穏無事と言えるでしょうが割り切れない処もある〉と気持ちを吐露している。東京での生活をつづった母の手紙に気持ちがすこし揺らいだのだろう。

〈長い年月がたっていたことが僕をあなたとそのまま別れさせてしまいました。殊に商業高校の処まであなたを送って行った時、僕は何かしらあなたに話しかけたいような衝動に駆られました。胸が熱くなるような気持ちでした〉

そんな思いを告白しながら、この手紙は

〈僕にはあなたに近づく資格がないのです。遠くで静かに懐かしい思い出として見て居たほうが正しいことのように思えました。どうか溌剌とした気持ちで幸福を掴んで下さい〉

と、締めくくっている。母からの手紙の返信に五ヵ月もかかってしまったのは、逡巡する気持ちに整理がつかなかったからなのだろうか。

私は庭先に目をやった。ちいさな白い花びらが散らばっている。静かな午後。便箋を集会所の畳のうえにひろげた。うすい五枚の紙は、どこかよわよわしいもののように思えた。風が吹いて、ほんのわずか、浮いて、またもとになった。庭の草が風にそよぎ、そのかたわらを蝶が舞っている。

父がとつぜん吃音になったのは、六歳ごろのことらしい。それまでふつうにしゃべっていたのに、吃音になった。吃音の原因はいろいろあってはっきりしないけれど、不安や緊張、ストレスなどの心理的影響や家庭環境をあげるひともいる。大人になるにしたがって、ずいぶんよくなったらしいが、それでも父がときおり言葉がうまく出ないもどかしさにいらだっていた様子をおぼえている。

父が育った家庭はすこし複雑だった。実母は二歳のときに他界し、父親はふたりの恋人をもっていた。謹厳実直を絵にかいたような役人だが、当時の沖縄社会ではそんな状況もゆるされてしまうようなところがあったらしい。父の吃音の原因のひとつなのかもしれない。父が二十歳を過ぎたころ、父親のもうひとつの家庭に、妹と弟が生まれている。

吃音にくわえて父は小児マヒの影響で片足が不自由だった。色白の父は、家の中でひっそりと本を読むか、首里の森の中に流れるちいさな川でひとり釣りをするのが趣味の子どもだったという。父は心優しい祖母に育てられたが、孤独な子どもだったのだろう。

マブイを落としたことがあった、と父が言ったことがある。マブイとは、沖縄の言葉で「魂」のようなものだが、これは霊魂ではなくて、ひとのからだのなかに七つか八つある、生きている魂だ。何かの拍子にそのうちのひとつを落してしまうことがあるらしい。すると、身体のなかのバランスをくずしてしまうのか、高熱にうなされ、ほうけた状態になる。そんなときは、落としたマブイを探さなければならない。たいていはどこかの四辻に落しているので、ほうぼうの四辻を歩くのだという。

「おばあさんが急に寝込んだ僕を見て、マブイを落としたと気づいたんだね。いっしょに歩いて、落とした場所を見つけたんだ。そして、マブイグミといって、マブイをもとに戻すお祈りをしてくれた。その瞬間にふっとからだが軽くなったんだ」

私は父の首里の話を聞くのが好きだった。すこしふしぎな話。深い森に囲まれた首里。

父がしばしば忘れられないと語ったのは、蛍の光だ。幼いころは首里にずいぶんいたらしく、夜になると緑の光が庭に飛び交うのをいつまでも見ていたそうだ。

「蛍はウチナーグチで、じんじん、というのだよ」

じんじん、その名は淡い光を放つ蛍にぴったりだなと私は思った。

父の返信を受け取った母は、すぐに手紙を送った。そして、消印の日付からさっするに父は数日以内に返事をしたためる。その文字は一通目にくらべると、早い筆のはこびだ。すぐさまじぶんの気持ちを伝えなければ、という思いにつき動かされている文字。

〈あなたを只朗らかだと言った僕の軽率さを恥じております。あなたの朗らかさが努力の朗らかさだということを深く考えなかった僕はたしかに迂闊でした。でもあなたの明るさはとても自然です。今迄に暗い影のようなことを感じたことは一度もありません〉

母は父からの手紙を読み、父がたたえた「伸々とした朗らかさ」という言葉に反発したのだろう。じぶんはしんから明るい人間などではないのだ、「努力の朗らかさ」でしかない、と。

母は沖縄の女学校時代、そして台北でも目立つ存在だったということは母を知るひとが語っている。美しい顔立ちで、裕福な医師の娘であり、その家は芸術家たちがつどうサロンのようなものだった。けれども母の家庭も幸福に満ちたものではなかった。

母の実母は、東京にいた一時期、舞台女優をしていたこともあるのだが、母が二歳のときに他界している。のちに父親は二度結婚したが、少女時代の母とともにいた継母とのおりあいは悪かった。そして、つねに複数の愛人と浮き名を流した父親は、認知した子どもだけでも五人いる。家のなかはいつもごたごたとして騒がしく、経済的には恵まれていたものの、母にとって心安らぐ場所ではなかったのだろう。

私はずいぶん前に、母の台北の家を探したことがある。大正十三年に建てた医院兼住宅の写真が母のアルバムにたくさん残されていたのだ。日本統治時代の建物はいまでも多く残っているというけれど、木造の家だから取り壊されているにちがいないと思いこんでいた。せめて、その跡だけでもわかれば、というつもりだったのに、驚いたことにその家は朽ちてはいたものの、残っていたのだ。二階の三つの大きな窓が印象的だった。

そこは空き家になって久しいのに、現在の持ち主の台湾人が清掃のために立ち寄っていたというぐうぜんに恵まれた。事情を話すと、持ち主はこころよくなかに入れてくれて、母が暮らした部屋や食堂、木の階段や診察室を見てまわることができたのだ。壁や床やドアノブをなでてみた。

母は台北の家の思い出として、こんなことを私に語っていた。

「家にはいつもいろんなもめごとがあって、私は放っておかれたような気がしたわ。父の関心をひくために家の納戸に何時間もかくれていることもあったの。私を探す父の声がするまでずっとかくれていた。納戸のなかでそのまま眠ってしまうこともあったのよ」

私は、暗い納戸のすみで、ひそやかに寝息をたてるひとりの少女を想った。やがて彼女は東京の放送局に出演することが決まり、この家をあとにする。母が台北に帰ることは二度となかった。成長するにつれて、気性の激しい父親と対立することもあったといい、若い医師との結婚をすすめられても見向きもしなかった。彼女が放送の仕事を志したのは、父親からはなれたいという気持ちもあったのだろう。あの大きな窓に少女の物憂げな顔が映っているような気がした。

台北の街。煉瓦づくりの豪華な建物があって、広い公園があり、幅広い道路が街をつらぬいている。ビロウという椰子の木がさわさわと揺れる夏の午後。母がよく話して聞かせてくれた台北の街を私は歩いた。

父が暮らした首里と、母が暮らした台北。ふたつの土地の光景のちがいは、そのままふたりの性格に投影されているように思えた。首里の旧家に育った内向的な父と、人工都市台北の華やかな空気につつまれた母。

けれども二通目の手紙を読みかえしてみると、そうではないことに気づくのだ。あなたなら、私の心の奥にあるさみしさをわかってもらえるのではないかしら、ほんとうの私を知ってほしい……、母はせつせつと訴えたのだろう。それほど深いつきあいがあったわけではないけれど、このひととなら生きていける、母はひとりそう確信していたのかもしれない。精力的に仕事をこなすじぶんの父親とはまったくタイプがちがう男性。父の吃音や不自由な片足も、母はまったく気にしなかったようだ。

父の手紙の最後にはかすかな光が見える。

〈僕自身なり僕の家庭なりがあなたに適するかどうかもっとよくお考えになってください。僕もその為に自分のことをこれから追々話していこうと思います。

僕は今何かしら心の底の明るさのようなものを持ち続けて居ります。あなたと会って以来の事が皆一つ一つ連絡を持って今日迄来たような或る心安さを覚えます〉

陽がかたむきかけている。さきほどまでまばらにいた観光客や、スケッチブックをかかえた地元の小学生の姿ももうない。

私は手紙を読むことをやめて、あたりをぶらぶらと歩く。石畳のわきの細い道を入ってゆくと、木が生い茂っていてそのなかに大きなアコウの木がそびえていた。しーんとした緑の空間。夜になれば、じんじんの光がいまも見えるのだろうか。

その翌日。私はふたたびバスターミナルに行く。構内にあるちいさな建物のなかに食堂や喫茶店があって、そこがのんびりとしたいい雰囲気だったのだ。ところが店はのきなみ閉店になっていた。乗車客の減少が響いたらしい。このバスターミナルもちかぢか再開発されると聞いた。それでも行くところが思いつかず、建物の階段にすわって手紙のつづきを読むことにする。

四通目の手紙。母が送ったポートレートへのお礼からはじまっていた。

〈送って貰った翌朝は上着の内側のポケットに入れて出勤しました。子供らしいようですが心に暖かさを感じました。あなたのことを考えない日はありません〉

そして父はこの手紙で重大な告白をしている。

〈素直に申し上げます。僕には一つの過去がありました。或る人と恋愛関係を続けて来ました。それは僕にとって幸福な思い出ではないのです。相手の事を悪く云うのは心苦しい事ですが暫くお許し下さい。僕は何度も思い切ろうとしました。然しその当時僕は自身にも周囲に対しても希望を失って居ましたので惰性でそのままやって来ました〉

そのことをずっとかくしていたとわびる文章。そして身のまわりのことを整理し〈もっと素直に苦しんで自立の道を発見していきたい〉とつづる。〈何時迄も狭い処で反抗したり不平を言ったりして居ては益々自分の人間を小さくさせて行くばかりだと思います〉

このひとがお父さんの恋人だったのよ、母がアルバムの写真をさしたことがある。役所の同僚たち数人と写したもの。写真のすみに「摩文仁」と本島南部の地名が書かれていた。丘のうえに若い男女がすわり、楽しそうな笑顔だ。その背景に丘の下に広がる赤瓦の屋根が見える。のどかな郊外だ。同僚たちとピクニックにでも行った日だろうか。そのなかの女性が父の恋人だった。

父は二十代半ばだから、すでに結婚の話も出ていた仲だったのかもしれない。周囲も認めていたはずだ。けれども母から舞い込んだ手紙が父の気持ちを大きく変えてしまった。それは、母への恋愛感情のたかまりとともに、沖縄社会から飛び出したい、東京で新たな人生を切りひらいてみたい、そのふたつの思いだったのだろう。

〈近頃周囲に自分の生活に甘んじて居るような人々を見受けて自分もそうなるのじゃないだろうかと思うようになって来ました。理想を持つ今の僕としてはとてもあせり過ぎて行くのです〉

若さゆえの傲慢さも感じられる。このころ父は東京の大学で学びたいと思うようになっていた。十代のころから英文学の雑誌を東京から取り寄せていたらしく、彼は当時の沖縄では学べない学問につよく惹かれていた。けれども年齢を重ね、すでに安定した職を得ていた彼にとって、それは夢のようなものだった。しかし母の呼びかけに彼は「理想」を現実のものにできるのかもしれないと思いはじめたのだろう。

もっともそれは平坦な道ではなかった。かつての栄華など消え去った時代となった当時でも旧家の長男の立場はいまでは考えられないほど重い。家を出るということじたいが非常識な行動だった。しかもその相手が一見派手な仕事をしている女性であれば、父の家がたやすく賛成するはずもない。そのことは母も気にしていたようだ。

〈僕はあなたがラジオや劇をやって居られることを何とも考えて居りません。あなたからあんなことを言われたのでかえって僕の方が面食らってしまいました。どう考えてもそんなことにこだわる理由なんか見出し得ません。もっと大きな気持ちであなたの天分を伸ばして下さるように願って居ります〉

母はラジオ放送に出演する日を事前に知らせたこともあったようで、その日、父は役所を抜け出して「洗濯屋」のラジオを聴きに行っている。おそらく父は麻の背広姿。役所に戻らなければならないのだから椅子に腰を下ろすこともなく、洗濯屋の入口に立ったままラジオに耳を傾けたのではないだろうか。もっとも「懐かしいあなたの声」はほとんど聴き取れず残念だったと書いてある。父はこのごろ演劇関係の本を読んでいるともしるしている。父なりに母を理解しようとしていた。

はじめての手紙のやりとりから八ヵ月が過ぎ、父の気持ちは固まっていた。近々に東京に行きたいと伝え〈ふたりの生活を立派に築いてゆく決心で居ります〉と書いている。

二十五歳の父と二十一歳の母。ふたりが描いた未来は明るいものであったはずだ。周囲からすれば無邪気ともいえるものだったのかもしれない。旧弊な沖縄社会に埋もれたくないという父と、望んでいた新たな道に踏み出したばかりの母。ふたりで手をたずさえていけば、新しい土地で生きてゆける、そう思ったのだろう。

けれども父の手紙にはしのびよる戦争の影が見えはじめている。昭和十四年。父の同僚たちがつぎつぎと徴兵されていき、父の仕事は多忙をきわめている様子がわかる。

このくだりを読んだとき、私は、はっと気づいたのだ。沖縄戦のことを。父は不自由な足のために徴兵検査に合格しなかったという。しかし、彼が母の誘いにのらず沖縄に残ったとしたら、どうなっていたのだろうか。おそらく県庁の職員として働きつづけ、そしてあの激しい戦禍に巻き込まれたはずだ。男たちがすくなくなっていたのだから、足は不自由にせよ、県庁の仕事を最前線でこなさなければならない立場になっただろう。父が漠然と考えていた「平穏無事な沖縄」は一瞬にしてことごとく破壊された。父が同僚や恋人とともにいた摩文仁の丘は、沖縄戦最後の激戦地となる。沖縄住民の五分の一がいたましい死をとげたが、そのなかに父がいた可能性もたかい。

とすれば、私の姉や兄や、そして五番目の子となる私はこの世に生まれてはいなかったのだ。私が生まれたのは昭和三十三年で、戦争が終わってからずいぶんたってからのことだけれど、二十五歳の父が沖縄をあとにするという選択をしなければ、私も誕生しなかったのではないか。

何ともふしぎな気持ちだった。運命というにはおおげさなのかもしれない。ありふれた話なのかもしれない。男と女が出会い、恋をし、結婚して子どもが生まれる。そんなあたりまえに思える出来事にも、かならずドラマはあるものだ。ことに「戦争」という異常事態がはさまれば、ふしぎな偶然が重ならないと、命をつなぐこともなかったという話はたくさんあるだろう。それでも母が手紙を送らなければ、その手紙に父がこたえなければ、私という存在はなかったのだと思えてならなかった。

子どものころ、母に聞いたことがある。お母さんはからだもよわくて、うちは貧しいのに、どうして五人も子どもを産んだの、と。

母はすこし笑ってこう言った。

「むかしね、台北に住んでいたころ、占い師にみてもらったことがあるの。私は子どもを五人産むって。そんなにたくさん、ちょっと信じられなかった。五人目の子を妊娠したってわかったとき、その占い師の言葉を思い出したのよ。だから、恵が生まれることは前から決まっていたの」

母が残した父の手紙の最後の日付は昭和十五年二月。

〈上京は三十一日の湖北丸になりましょう。学校の方も決めてあります。只今役所の仕事やら身の回りの整理などでなかなか落ち着けません。くわしいことは上京してから申し上げたいと思います〉

そして印刷された一枚の葉書がある。

〈私どもはこのたび比嘉春潮氏ご夫妻の御媒酌により五月四日に結婚式を挙げ左記に寓居を定め新しい生活をいとなむことになりました　昭和十六年五月　与那原良規　りり〉

私の手のなかにあるもの。このバスターミナルのすぐちかくから送られた手紙の束。私じしんにつながるもの。私が生まれるためのもの。

バスが一台、どこからか戻ってきた。それは、遠いむかしからいまへと戻るバスなのだろうか。それとも、いまから、この先の時間へと運ぶバスなのだろうか。夕暮れがちかい。

耳もとにちいさな音がする。バッグのなかにしまった携帯電話の呼び出し音だった。着信を告げる緑の光はまるで、蛍の光。首里の森から飛んできたじんじんの光。

出てみると、沖縄の友だちからだった。私はここに、友だちと呼べるひとをもっている。父と母のうしろ姿を追いかける沖縄の旅はとうに終わっていたのだ。私はこの土地で多くのひとに出会い、私じしんの沖縄を手にしている。バスの中で聞いたふしぎな響きの土地の名も、すべてじぶんの足で歩いた場所になった。

お父さん。あの手紙を書いたころ、これからどんな人生になるかなんて、想像もできなかったでしょう。じっさいにはたくさんの困難も待ちうけていた。けれども、手紙をポストに投函したときには、青い空を見上げたのではないかしら。はじまりのときだと思ったのではないかしら。

あれから東京にひとつの家族ができた。五人の子どもが生まれ、その末娘はいま沖縄に友だちもいるのよ。これからバスに乗って会いにゆくつもり。沖縄は私の「故郷」にはなりえないけれど、いつの間にか私のかたわらに寄り添う土地になっている。

那覇バスターミナル。ここは出発の場所だ。若い父にとって。そして、私にとっても。

「おもろ」の匂い

昭和十六年五月、父と母は結婚した。

その前年の二月、さきに上京していた母南風原里々を追って、父与那原良規が沖縄からやって来たのだった。母がそのときのことをこんなふうに語っていたのをおぼえている。

「知らせは届いていたから、今日来るはずだわ、と思いながら朝、下宿の窓を開けると、そこに立っていたのよ。船が予定より早く夜中に着いたから、住所を頼りに探してきたって。東京は寒いって、カバンを持ったまま、そう言ったの」

東京の二月の寒さにふるえた父は、母の下宿の前でしばらく時間を過ごしていたのかもしれない。そうして、窓を開ける音とともに、母が顔をのぞかせた。ふたりは白い息を吐きながら、微笑みを交わしたのかもしれない。

結婚式の写真があって、新橋の洋食レストランで披露宴が行われたことがわかる。そのときの母の装いは、薄紫色の絹のワンピースで、彼女の生涯の写真のなかでも最も美しい。スーツ姿の父がそのかたわらに立っている。

けれど、このころの日本は戦時色におおわれている。ふたりが結婚した年の十二月に、日本軍はハワイ真珠湾を空襲、日米開戦となるのだ。

父と母は、池袋の隣、椎名町で暮らしはじめた。母の叔父で画家の南風原朝光がアトリエ村「池袋モンパルナス」を根城としていて、その地縁を頼ったのだった。池袋界隈が開発されたのは関東大震災以降で、昭和初期から椎名町周辺などにアトリエ付きの貸家が建ちはじめた。家賃が安く、若い芸術家たちがつどっていたのだ。

朝光は大正九年に上京して、日本美術学校に学び、そのあとは「彷徨の画家」と称されるように、東京、沖縄、台湾などで住まいを転々としながら創作活動をしている。池袋モンパルナスに暮らしたのは、ちょうど父と母が結婚したころのことだ。すでに沖縄には妻子がいるというのに、暮らしぶりはまったく変わらなかった。

朝光の兄、私の祖父の南風原朝保が台湾台北で医院を開業していたこともあり、台湾では兄の家の一室で筆をとった。朝光は、その家に暮らす少女期の私の母をとてもかわいがった。母も朝光を慕い、彼に感化されたのか台北の画塾に通い、画塾の展覧会の写真も残っている。私が知る母は、ときおりスケッチブックを広げて水彩画を描くことがあったが、とてもうまかった。

母は台北に暮らしていたときに台北放送局に出演していたが、東京の放送局の出演者募集に応募することを勧めたのも朝光だというし、愛する姪が新婚生活をスタートさせるなら、近隣に暮らしてほしいと思ったのかもしれない。もっとも、母が語ったところによれば、結婚式の費用にするようにと台北の父親から送られたお金は、朝光が高い画集を買ってしまったということで、母は「しょうがない叔父さんね」と笑っていた。

父と母が結婚した翌年には長女が生まれ、母は放送局の仕事を退いた。当時の母のノートが残されていて、家計簿としても使ったようだ。そのノートに、ある女性誌を購入したことが記されていたので、その号を国会図書館で調べると、「戦時下の出産準備」という特集号だった。物資も乏しくなっていくなかで、出産と子育てに必要な品々をどうととのえればよいのか、そのノウハウを指南したものだった。その雑誌の紙質も悪く、母がどんな社会状況で第一子を出産したのかがわかって、胸がしめつけられる思いがする。

父は都庁に職を得て、家族の暮らしがはじまる。椎名町の借家は仮住まいのつもりだったけれど、ここでの暮らしが長くつづくことになり、私も椎名町で生まれた。

台北では経済的に恵まれていた母だが、戦争の時代のなかで厳しい生活をしいられることになる。のちになって、幼い私に台北での贅沢な暮らしを楽しそうに幾度も語った母だが、彼女にとってはその記憶が心の支えにもなっていたのだろう。

台北の祖父は、母が上京したあとも医院を続けていたが、終戦後一年に台湾を去ることになった。母はすでに東京にいたので、そのときの祖父の状況を知ることはなかったのだが、私は思いもかけぬ場で、祖父が台湾を去るときを知ることになった。東京・府中市美術館で開催された「立石鐵臣展　麗しき故郷『台湾』に捧ぐ―」（二〇一六年）の会場である。

立石鐵臣は、明治三十八年に台北で生まれた。彼の父義雄は明治三十一年に渡台し、台湾総督府（のちに台湾瓦斯）に勤務していた。のちに父の転勤にともなって鐵臣も日本に帰国。だが鐵臣が十歳のときに父が没する。鐵臣は十六歳で画業の道を志した。二十代初頭から岸田劉生、梅原龍三郎らに師事し、展覧会で入賞を重ねていく。そして二十九歳になった昭和九年に渡台して以来、一時帰国をはさみながら二十三年まで暮らし、台湾の風景や風俗など描いた多数の作品を残したのだった。

彼は、朝光と同じく「国画会」の会員であり、ふたりは昭和十年代半ばから親交があったことは、『南風原朝光遺作画集』（昭和四十三年）に鐵臣がエッセイを寄稿していることから知ってはいた。

会場に展示されていた多数の作品のなかでも圧巻だったのは、鐡臣が台湾を離れて十四年の歳月が流れた昭和三十七年に描いた『台湾画冊』（上下二巻、全七十図）である。彼が在台中の街の光景や生活、親しくしていた人々の記憶を優しいタッチでいきいきとよみがえらせ、短い文章を添えている。そのなかに「引揚一風景」と題した作品があったのだ。「南風原医院」の看板が掲げられた建物の軒先で、美術品や家財道具を売り立てている様子を描いたもので、鐡臣はこんな文章を添えている。

〈南風原朝光ノ兄ノ朝保ハ台北デ医院ヲ開業シ医学博士トナリ甚ダ出世モシタ。第何回カニ突如沖縄へ引揚命令下ル。親交アル我レ、オビタダシイ品物ヲ、ソノ医院前デ売リサバクコトヲ引受ケル。早ク売ツテ金製品ニ代エナケレバナラナイ〉

その南風原医院の建物は、母が上京したあとの昭和十六年に祖父が新築した別院で、鐡臣も暮らした台北市児玉町内にあった。画家仲間として朝光と親交があった鐡臣は、その兄とも親しくしていたのだ。朝保は、引き揚げの際には持ち出し金額も規制されていたため、品物を売り払い、金製品に代えておこうとしたのだろう。彼は書画骨董をずいぶん集めていたらしいが、買い手たちの巧みな交渉により、安い値段で手放すことになる。そんなこともつづった鐡臣の文章の最後にこうある。

〈朝保先生ハ弟ノ朝光ノ画業ノ志ニ心ヲ使イ、ヨクメンドウヲ見テイタノニ沖縄ニ帰ツテ間モ

ナク世ヲ去ツタ。朝光モ今ハ亡シ〉

朝保は、私が生まれる前年の昭和三十二年に、朝光は三十六年に他界している。母は、末っ子の私が生まれる前後に父親と愛する叔父を失っていたのだ。自身も病に伏せる日々であり、どれほど辛かっただろうかと思う。

立石鐵臣の『台湾画冊』には長く胸の底にしまっていた台湾を描き残しておきたいというつよい気持ちがあったにちがいなく、筆を走らせながら台湾への愛惜の情が一気にあふれ出たようだ。戦争前の台湾の庶民の暮らしが手に取るようにわかるし、街の音や人々の声も聞こえてくるようで、鐵臣その人の優しいまなざしを感じることができる。そして、『台湾画冊』を描く前年に他界した朝光や、南風原医院の最後も描いてくれたことに、私はありがたい気持ちでいっぱいになった。

『台湾画冊』が描かれた年、昭和三十七年四月から五月にかけて「国画会」展が東京都美術館で開催され、一つの壁面を使って朝光の遺作が展示された。鐵臣がそのことを書いている。〈彼は身辺のものを理屈にこだわらず描きました。そして彼の感性がきわめて自然に郷里沖縄の色調をただよわせて美しい絵を生みつづけたのです。沖縄の風土に培われたアンチーム「親密な情感を表現する」な画家だったといえます。

戦争は沖縄生まれのアンチミストに、堪えがたい苦渋をなめさせ、戦後の美術界の様相は、彼の仕事のペースを守りにくいものにしたようです。彼の命より早く、実は彼の絵はそのいのちを細めていたかと思うのですが、遺作陳列には近年のものはなく、彼にとって良き時代の壮年の絵のみが輝いて並んでいます。見る人の胸にしみじみ通うもので、このような絵を残して死ねば悔いなしと思う絵であります。その絵を通じて善人だった彼を偲ぶことのできる絵であります。私は会場で彼の絵を見直す言葉をいく度も聞き、また彼の絵の前で耳にした彼の絵についてささやかれる言葉は、彼に伝えることができたら、さぞ喜ぶだろうと思いました〉（立石鐵臣「遺作に輝く」『南風原朝光遺作画集』所収）

鐵臣が述べるように、戦後の朝光の作品は戦前のものと比べると質が落ちているのは私も感じることだが、鐵臣はそのことを冷静に見ていて、そのうえで朝光の画家人生を讃えてくれたのだ。

この国画会展の懇親会では朝光をしのんで琉球舞踊が舞われた。朝光は琉球舞踊の会をたび催していて、自らも舞ったのだが、その会を鐵臣も見ていたという。懇親会での琉球舞踊を鐵臣はこう書いている。

〈その夜は［かって朝光が踊った演目を］舞姫の一人が踊り、南風原朝光を追慕する拍手が鳴りつづけました。国画会の彼の仲間たちは、彼の遺作に彼をしのび、彼の好きだった酒をのみながら、沖縄の踊りで彼を天上におくったのです〉（前掲書）

よき仲間に恵まれた朝光は、幸福な画家人生だったと思う。

『台湾画冊』に出会った鐵臣展の会場で、私は子どものころから鐵臣作品に接していたことも知った。私が愛読した新美南吉『ごんぎつね』(『新美南吉童話全集1』)の挿絵を描いたのが鐵臣だったのだ。心優しいキツネの「ごん」と人間の物語、そしてごんの悲しい最期。鉄砲で撃たれ、ぐったりとしたごんを描いた絵をいまもありありと思い出す。

鐵臣は、日本画から出発し、油絵、イラストレーション、風俗画、昆虫細密画など、多彩な画風を展開したが、戦後は一変してシュールリアリズムの作品を発表していく。戦後日本の厳しい生活が鐵臣の心の内の何かを変え、画風にも影響したのかもしれない。けれど、その作品には鐵臣が培ってきた技法のすべてが凝縮しているのだ。この一連の作品に、見覚えのある絵があった。淡い雲のなかを飛ぶ蝶を描いた「くもまつまきてふ」(昭和四十四年)である。私の父が毎週本屋に届けてもらっていた「朝日ジャーナル」の表紙にもなった作品で、このふしぎな空気感のある絵を見たときの驚きがよみがえってきた。これも鐵臣作品だったとは。

私が『ごんぎつね』を読んでいたころ、この「朝日ジャーナル」が出たときにも母は生きていたけれど、これらの作品を描いたのが、自分の叔父や父親と親交のあった画家だということに母は気づかなかったのだろう。

展覧会の場で、私は鐵臣の次男雅夫さん(グラフィックデザイナー・イラストレーター・元女子美術大学学長）にご挨拶をさせていただき、それからは手紙や電話、メールなどのやり取りをつづけている。南風原医院や、朝光のことで何かおぼえていらっしゃることがあれば、うかがいたかったのだけれど、雅夫さんは昭和十九年に台北で生まれ、二十三年に引き揚げたので、台湾での記憶はあまりないとのことだった。それでも鐵臣を彷彿とさせる雅夫さんの優しい人柄に接することができただけで充分だという気持ちになった。

手紙を交わすうちに、私はある事実を知った。立石鐵臣の五歳上の兄、正孚《せいふ》は鐵臣が台湾で絵を描きつづけるために惜しみない援助をしたといい、早くに父を失った兄弟は固い絆で結ばれていた。その成孚は、台北放送局に勤務していたのだった。

『放送史料集　台湾放送協会』（放送文化研究所）を調べると、立石成孚の写真が数点見つかった。昭和十一年、台北放送局編成局主任の彼は、モダンな顔立ちをしていて、ほがらかに笑い、スマートな身体つきにダブルのストライプスーツがよく似合っている。

私の母は、十代末から台北放送局の番組に出演するようになり、残されたアルバムには昭和十一年に放送局内で撮られた写真もある。ということは、立石成孚と、私の母は台北放送局で会っていたにちがいない。さらに想像をふくらませれば、成孚は、弟の鐵臣と親しい南風原朝光の姪である私の母をこの写真撮影以前から知っていたとも考えられ、彼女の台北放送局出演は成孚のおかげだった可能性もある。いずれにせよ、立石と南風原の両家は、画家としてのつながりと、台北放送局での縁もあったのだ。

けれど立石成孚は悲劇的な死を遂げていた。太平洋戦争中、軍の嘱託として台湾放送協会の職員が香港、ジャワ、マニラなどの南方占領地の放送局に派遣され、放送局の建設・運用などに従事しており、成孚は、昭和十七年十一月にフィリピン・セブ島に派遣された。壮行会の写真が史料集にあり、軍服姿ではあるものの笑顔を見せている。けれど、フィリピンでの彼は厳しい表情をしていて、過酷な状況に置かれていたことが推察できる。成孚は、終戦直前の二十年七月七日にフィリピンで病死した。享年四十四。

立石鐵臣は、この兄が大好きだったというけれど『台湾画冊』には描いていない。あまりに辛く、描くことはできなかったのかもしれない。南風原病院の絵に添えた文〈朝保先生ハ弟ノ画業ノ志ニ心ヲ使イ、ヨクメンドウヲ見テイタノニ……〉は、亡き兄成孚に捧げた言葉でもあったと思えてならない。

鐵臣は昭和五十五年、七十五歳で世を去った。『台湾画冊』は日本統治時代の台湾の風俗を伝える画集として、台湾でも刊行されている。私は、この作品の台北の風景のなかに、祖父や大叔父や、若き日の母もいたのだと思いながら見つめるばかりなのだ。

私が生まれた昭和三十三年は、両親にとってつらい時代だった。やがて生活も落ち着くようになり、私は五歳ごろからの椎名町の暮らしをぼんやりとおぼえている。木造の長屋住まいだった。三軒ほどの長屋があり、それを取り囲む中庭では近所の人たちが気軽に立ち寄り、おしゃべりに花を咲かせていた。

池袋モンパルナスが近いせいなのか、あたりの住人には風変りな人も少なくなかった。近所に詩人や画家もいたけれど、彼らがどんな創作活動をしているのか、私にはさっぱりわからなかった。どの人も、わが家と同じく貧乏だったけれど、どことなく陽気な性格で、私の精神形成にも影響を与えたのかもしれない。貧しい芸術家は、自分の好きな道を見つけることができれば人生は楽しくなる、といったようなことを子どもの私に真顔で話すのだった。自分自身に言い聞かせているようだった。彼らの招待だったのか、朝光の縁だったのか、父や母とともに絵画展によく行った。国画会展や春陽展には毎年行った記憶があるから、私は国画会展に出品していた立石鐵臣の作品を見ていたのだろうか。

末っ子の私をふくめ五人きょうだいの頭の出来はよくなかったけれど、それなりに成長していった。わが家には沖縄の人たちが遊びに来て、そんなときには両親が歓迎して宴会となり、夜遅くまで母が奏でるオルガンで琉球民謡を歌うのが常だった。父と母は、すこし複雑な家庭に育ったので、貧しい生活ではあったけれど、自分たちの子に囲まれて暮らす毎日に幸福を感じる瞬間もあったと思う。

母の体調がよいころ、日曜日に連れ立って出かけたのは、椎名町と同じ西武池袋線沿線にある石神井公園だった。公園を散策してベンチでお菓子をつまむ、そんな休日を過ごすこともあった。そのとき、母が立ち寄るのが木造二階建ての建物だった。それを遠くからながめるだけなのだが、なぜ朽ち果てたような建物を懐かしそうに見ているのか、私にはふしぎでならなかった。

その謎が解けたのは、石神井公園ふるさと文化館分室で開催された「志と仲間たちと―文士たちの石神井、美術家たちの練馬」展（二〇一五年）の図録が私のもとに送られてきたからだ。この展覧会は、通称「石神井ホテル」と呼ばれた旧料亭の建物（大正七年建築）に、作家の檀一雄や真鍋呉雄らが昭和二十年代初期に暮らし、作家仲間が集ったほか、美術家たちも暮らしていた歴史をテーマにしている。ホテルというものの、実質は安い木造アパートである。

この石神井ホテルには南風原朝光も昭和二十年代末から三十年代初頭にかけて暮らしていたのだった。朝光と親しい画家の今井滋や、美術評論家の四宮潤一もこのホテルの住人になった。図録の年譜には「彼らのもとに、池袋のアトリエ村の画家や詩人たちをはじめ、多くの友人が訪れ千客万来となる」と書かれている。酒を愛し、人を愛した朝光は、どこに暮らしてもにぎやかにやっていたのだろう。そして石神井の風景を描いた作品もいくつか残していた。

私が母とともに石神井公園に遊びに行ったのは昭和四十二、三年のころだった。そのころ、小学校の写生会で行くのも石神井公園だったのだが、あるとき同級生といっしょに絵を描いている私に、一杯機嫌のおじさんたちが近づいてきて、「絵は、もっと大きく描くんだ。木の全体をよく見るんだ」と言い、私の顔をじっと見て「きみは沖縄の子だね」。

こんな変な人は画家に決まっていると思った私は、「私の大叔父も絵描きだったの。南風原朝光というのよ」と言ってみたら、そのおじさんは「チョーコーか。そうか、チョーコーはよく知っている。いい人だった」とたいそう驚き、そのあとなぜか「では、おじさんがきみの代わりに描いてあげよう」と、私の画板をとりあげて、さらさらと描いてしまったのだ。私はあとで教師に叱られたけれど、この顛末を母に話すと、朝光をおぼえている人がいたことがとてもうれしそうだった。

この出来事と、石神井ホテルが私のなかでつながった。朝光は、石神井在住の文化人たちが中心となって結成した「石神井談話会」の発起人に名を連ねていたこともわかった。石神井ホテルは、昭和五十二年に取り壊されてしまい、いまはない。ちかいうちに、その跡を訪ねてみようと思う。ベレー帽をかぶった朝光の写真を持って。

ところで朝光は、石神井で静かに絵筆を握っていたというわけではなかった。毎晩のように池袋へ繰り出し、沖縄料理店「おもろ」に顔を出していたのだ。店名の沖縄言葉「おもろ」の意味は「思い」である。

池袋西口の「おもろ」は私にとっても思い出深い店である。小学校高学年のころから父に連れられてよく行ったのだ。

池袋駅から歩いて数分。細い路地にある、おもろの外観や内装は民藝運動の影響も感じられ、昭和四十年代のころでもモダンな雰囲気があった。一階は広々としたカウンターとテーブル席。私の記憶では奥にちいさな座敷があった。細い階段をあがった二階は座敷で、父と座ったのはいつも二階だった。

父は沖縄の友人を誘っていて、むかし話をしたり、友人たちの消息を尋ねたりしていた。そんなときの父はウチナーグチでしゃべり、泡盛を呑みながら沖縄料理を味わった。父が心から寛いでいる様子が私にもうれしかった。私はオレンジジュースを何杯もお代わりして、父や父の友人に沖縄のことについてあれこれ質問したのだった。父たちはどんどん酔っていき、最後はお決まりの琉球民謡の合唱となる。私も「てぃんさぐぬ花」を披露して、拍手を浴びたものだ。私はひどい音痴なのだけれど、東京生まれの沖縄の子どもが、親を大切にして生きなさい、という内容の琉球民謡をたどたどしく歌うのがよろこばれたのかもしれない。

父とおもろに行くと、朝光や彼と親しかった詩人山之口貘の話が必ずといってよいほど出た。ふたりはこの店で毎晩のように会っていたのだという。父は貘と面識があり、彼に役所のアルバイトを紹介したことがあったと聞いたこともある。父は「貘さんは、とても貧乏したけれどね、とてもいい詩を書いたんだ」と言い、作品のいくつかそらんじていた。

山之口貘は朝光の一歳上で、沖縄にいたころから知り合いだったのだが、親密になったのは上京後である。貘は大正十一年に上京し、朝光と同じ日本美術学校に入学する。その入学式で朝光に再会したのだが、貘は一ヵ月で退学してしまった。それでもふたりはよく会ってて、詩人や画家、琉球舞踊家など共通の友人も交えて、楽しい酒を酌み交わしていたのだった。戦中はしばらく会えない時期があったけれど、戦後は「会わない日はなかったほど会いつづけていたようなものであった」と貘が書いている。

貘の作品のなかでもよく知られる「沖縄よどこへ行く」（昭和二十六年）は、琉球王国崩壊以来の苦難の歴史と、米軍統治下の沖縄の悲哀をつづった詩である。この作品が発表された雑誌に絵を添えたのが朝光だった。また同作品をモチーフにして構成された「沖縄舞踊」が、昭和二十七年にＮＨＫテレビの実験放送で放映され、貘と朝光が出演したという。

ふたりが杯をかたむけていた「おもろ」は、昭和二十三年に池袋西口に開店し、現在の地に移ったのは五年後だった。そのころの池袋はまだ闇市の雰囲気を残しており、おもろの建物は目を引いたという。店の創業者は、石垣島出身のジャーナリスト南風原秀佳（驍）である。朝光と同姓だが、縁戚ではない。おもろ創業者の南風原氏は、東京で二十七年に結成された「南島研究会」の主要メンバーとしても活躍した人で、在京沖縄人が集える店にしたいと考えたのだった。彼の妻は福島出身の画家で、夫や沖縄人に習い、おいしい沖縄料理のかずかずをととのえた。この店で、朝光や貘、そして石垣島出身の詩人伊波南哲らが琉球舞踊の会をしばしば催している。本土出身の文化人もよくやって来て、作家の火野葦平、草野心平、丸山薫、映画監督の山本嘉次郎などが来店したそうだ。

ちなみに、火野を担当した「改造社」の編集者が沖縄出身の比春春潮で、私の両親の結婚式で媒酌人をつとめてくれた人である。火野は、昭和十五年に初めて沖縄を旅したのだが、その動機を比嘉に沖縄の話をよく聞かされていたからだと当時述べている。つぎに訪れたのが戦中の十九年。さらに戦後、朝光と知り合い、二十九年に再訪するときには、朝光が兄の家を訪ねるように言ったようだ。朝保は台湾から引き揚げ後、那覇に居をかまえていて、来沖した火野を歓待して宴会を開いている。朝保は火野に伝統的な琉球料理を味わってもらいたくて、ずいぶんがんばったらしい。その一夜のことを火野が楽しいエッセイに書いている。だが彼は三十五年に死去。のちに睡眠薬自殺だったことが遺族によって公表された。

一方、朝光が戦後はじめて沖縄へ帰ったのは昭和二十六年で、それからは石神井など都内を転々としながらも、沖縄にたびたび帰るようになった。三十五年、沖縄の大衆芝居「沖縄芝居」に魅せられていた彼は、妻の実家が所有する土地（那覇市泊）に劇場を建てようと思いたった。「とまり劇場」と命名された劇場が翌年四月に落成する。だが、その年の九月、トラックに轢かれて死去。五十七歳だった。

貘が書いている。

〈南風原朝光の死を知っておどろいた。まことに残念である。その日、ぼくのところでは、家中が埃だらけで、ぼくは頭にタオルを被り、シャツ一枚になって家財道具をあっちへやったりこっちに運んだりしていた。それは夕方近くになっても片づかないので、散在したまま中止し、池袋へ出て、「おもろ」に寄った。むろんこの日は飲みに寄ったのではない。朝光と親しくしていた人達に、電話連絡で朝光の死を知らせるためなのであった。ぼくは電話にしがみついたまま、手帳からこころあたりのものを拾ひ拾ひダイヤルを回しつづけたのであるが、ぶっつけに三〇人ばかりの人達に電話をするということは、まったく生まれてはじめてのことなのであった。おもろの主人も、手帳をひろげては客の間を縫って行って、電話のダイヤルを回して方々に連絡した〉（山之口貘「縁の下の文化功労者」『南風原朝光遺作画集』所収）

不器用な面もあった貘が、汗びっしょりになって電話をする様が目に浮かぶ。こんなふうに惜しまれて世を去った朝光は、やはり幸せな生涯だったと思うし、おもろの主人にも心から感謝したい。貘は昭和三十八年に他界した。あの世で朝光と泡盛を呑みながら語り合い、琉球舞踊を舞っているのだろうか。それとも朝光は、あの世でもひとつの場所に落ち着くことなく、彷徨をつづけているのだろうか。

父が死んだあと、私は二十代半ばになってから、ときおりおもろに行くようになった。店内の様子はむかしとほとんど変わらず、現在は、創業者の息子英樹さんが継いでいる。私は静かに呑んでいるだけだったけれど、あるとき思い切って、朝光のことを尋ねてみた。すると英樹さんは、朝光のことをよくおぼえていると話してくださった。

「僕が中学生になったころだったかな、朝光さんは石神井に住んでいらしたでしょう。僕はよくそこに遊びに行きました。朝光さんをおじさんと僕は呼んでいて、仲良くさせてもらいました。ずいぶんボロな木造アパートでしたけれど、おじさんはガウンなんか着て、優雅なんですよ。顔立ちがどことなくイタリア貴族みたいで、ボロアパートとの落差が面白かった。ふたりで近くの三宝寺池で釣りをしながら、思春期の僕が悩みを話すと、おじさんは釣り糸を垂れながら、悩みなんかいつかどうにかなるよ、みたいなことを言うんです。それで僕も、まあいいか、という気持ちになったものです」

朝光らしいエピソードを教えてもらい、うれしくなった。

英樹さんは、小学生のころから店の仕事を手伝っていて、料理は母親がつくるのをそばで見ておぼえたという。豚の尻尾を甘辛くとろとろ煮た一品や、豚レバーの蒸し物などは、いまの沖縄でもなかなか味わえない伝統的な料理だ。ウカライリチー（具材がたくさん入ったおからの煮物）やクーブイリチー（昆布の炒め煮）など、どれも優しい味付けだ。それをつまみながら、泡盛を呑む。温かい料理の香り、泡盛の匂い。それらが漂う店に客たちの笑い声がさざめく。

さまざまな匂いや音の向こうに、朝光や父の姿が見える気がする。私が「思い」をはせれば、彼らは今夜も「おもろ」にいる。

第二章

時の散歩道

江戸の琉球ブーム

田町一丁目よりは、左右の人家幕打廻し、後《うしろ》には屏風を竪《たて》、店前には手すりに毛氈《もうせん》を掛け、路傍も皆手すりを構へ、見物の人群居して、琉人の至るを竢《ま》つ体なり。但し其幕、屏風等、華麗疎薄も交じれど、殊に壮観なること、恒例の神田山王祭より、増《まさ》るとも劣る当《べ》からず（松浦《まつら》静山『甲子夜話《かっしやわ》』）

一八三二（天保三）年十一月末。琉球から江戸にやって来る使節団「江戸上《のぼ》り」の一行が二十六年ぶりに江戸にあらわれた。

すでに幕府から美観をととのえるよう「触《ふれ》」が出されており、道は修理され、ごみは片づけられ、見苦しい看板も取り払われた。火の元注意。琉球使節団が通る時間は商売も制限され、見物の作法までも通達されている。物干しからの見物は厳禁。二階から見物するときは、御簾《みす》やすだれを掛けること。門構えのある家ならば、門内に屏風を立て、幕を張る。一行の通行のさいには高笑い、喧嘩も禁止された。

夜明け前から道筋に行灯がかかげられていた。早朝から毛氈を敷いた有料の桟敷席もしつらえられている。見物人をあてこんで、絵草紙や菓子を売り歩く声もにぎやかだ。琉球使節団一行の到来を待つ町人たちの手には『琉人行列之図』と題されて売られた冊子もあったのかもしれない。これは、使節団渡来のたびに刊行されたガイドブックのようなもので、今回も使節団の行列の図とともに、中国風衣装をまとった使節のそれぞれの名前や役職、「路次楽」（中国伝来で行列の際に演奏する音楽）の楽器が描きこまれ、琉球王から将軍への献上物（香木、芭蕉布、泡盛など）もこと細かく記されている。

このときの見物人のなかに、戯作者・滝沢馬琴の姿もあったとわかるのは、『馬琴日記』天保三年十一月の記述に、琉球人の行列を見物したことを述べているくだりがあるからだ。

馬琴が琉球人になみなみならぬ関心を持つのは当然だろう。

彼が前回の江戸上り（一八〇六年、文化三年）の直後から刊行した『椿説弓張月《ちんせつゆみはりづき》』（文化四―八年）の後半は、源為朝が琉球に漂着し、のちに為朝の子が琉球王となるという五篇二十八巻におよぶ長編小説である。

為朝が南の島々を渡り歩き、琉球王の始祖になったという話は、鎌倉時代の軍記物語『保元物語』に由来してはいるものの、『保元物語』に琉球の地が具体的に登場するわけではない。けれども、十六世紀ごろ日本に為朝渡琉伝説が流布していた形跡がある。馬琴は『保元物語』から為朝一代記を活用し、さらに琉球でのディテールは、すでに数多く刊行されていた琉球にかんする書物「琉球物刊本」を駆使して、この小説を書き上げたのである。『椿説弓張月』は人気を博し、浄瑠璃や歌舞伎として舞台化され、「琉球王は源為朝の血脈」という巷間に流布していた説を決定的なものとした。言うまでもなく、史実ではない。

爛熟期を迎えた江戸の町民文化。その都市に「琉球ブーム」が巻き起こっていた。馬琴も熟読した「琉球物刊本」は、十七世紀半ばからあいついで刊行されていて、「異国」琉球への関心はしだいに高まりつつあった。さらに江戸の人びとに興味を呼び起こしたのは、何にもまして江戸上りの一行、彼らの姿そのものだったのである。

かの国の人びとは何者なのか、どのような歴史があり、どんな暮らしをしているのか。鎖国体制にあった日本にとって、琉球人の行列は異国との出会いであった。

そもそも琉球とは原日本文化を持ちつつも、独自に個性化の道を歩んだととらえるべきだ。青い海に囲まれた琉球王国は、十四世紀から中国（明）に「入貢」し、その支配下の一員として、政治的・儀礼的関係のもと公的な貿易が認められた。中国や日本から仕入れた品々を積んだ船を走らせ、東アジアの交易地を舞台に交易時代を謳歌してきた。

琉球から中国へ使者が渡り、とりわけ明時代、その回数は百七十一回におよび、渡航者は十万人に達したと推計されている。また中国からの渡来集団が那覇の一画に居住しており、琉球は中国文化の影響をダイレクトに受けてもいる。那覇は中国人のみならず、朝鮮や東南アジア諸国の人びとが往来する国際都市でもあったのだ。

日本との外交関係は、十四、五世紀から渡琉した仏僧を介して行われ、友好的な隣国として維持されてきた。交易地として華やいだ琉球には多くの日本人の姿も見られたのである。日本の物産も琉球をへて交易品として海外に渡っている。ところが一五一一年、ポルトガルがマラッカを占領し、琉球は南海貿易の拠点を失ってしまう。すでに琉球―博多、琉球―堺などの交易ルートが確立されており、これ以降、中国で仕入れた品々を交易する相手として日本との関係に依存度を高めてゆく。

一六〇九（慶長十四）年、すでに半世紀ほど前から琉球を政治的に従属化させようと画策していた薩摩島津氏が琉球を侵攻し、琉球側はあっけなく敗れてしまった。侵攻の本質的な理由は、琉球を幕藩体制に組み入れること、に尽きるだろう。こののち、薩摩を直接の管理者とする幕藩体制の一環に置かれ「日本のなかの異国」という複雑な立場となったのである。とはいえ、従来どおり中国との関係も維持され、琉球は中国に恭順している姿勢をくずさず、中国側の体面を保つことにも腐心したのであった。

さて、薩摩島津氏の琉球侵攻以来、薩摩藩によって義務づけられたのが「江戸上り」である。将軍の代替わり、琉球国王の代替わりのたびに江戸に赴いた。幕府への従属をしめすセレモニーである。一六三四（寛永十一）年から一八五〇（嘉永三）年まで計十八回におよんだ。

一行は初夏ごろ琉球を出立し、薩摩をへて伏見（京都）まで船旅をする。さらに美濃路、東海道を歩いて江戸に到着。江戸にはひと月ほど滞在し、帰路につく。およそ三百日にわたる「やまと旅」であった。

そのメンバーはおよそ百人前後。国王の王子を正使として、以下、副使に王府高官、次官クラス。さらに芸能にたずさわる者たちが加わるが、すべて上層階級に属する者や、若き王府幹部候補生である。音楽ばかりでなく、日本の学問、詩歌、書にも優れたメンバーが集められた。江戸上りがこのようなハイクラスの教養人で構成された理由は、日本で公家や大名、文人たちと接する機会に琉球文化の高さを認識させるためだった。

公式の場面では中国風の衣装をまとったが、それは琉球にとって格別なフォーマルウェアだったからである。中国の朝貢国であり、日本に対しては異国であるというアイデンティティーを、この衣装によって示したのだった。日本との関係を安定させつつ、中国との交易を存続させるという外交戦略を可視的に駆使したともいえよう。

ところで、異国から江戸にやってきた使節団といえば、琉球の「先輩」がいる。朝鮮通信使である。「通信使」とは日本との「信《よしみ》」を交わす使節という意味だ。一六〇七（慶長十二）年から一八一一（文化八）年まで十二回におよんだ。当初の三回の来日は幕府の使節派遣に対しての儀礼であり、のちの九回は徳川将軍代替わりのさいにやって来た。

その一行は三百人から五百人という大規模な編成だった。すでに鎖国時代に入っていた幕府にとって朝鮮通信使の華やかな行列は、将軍の権威を内外に示すのに絶好な機会ととらえていたのである。

朝鮮通信使を迎えた江戸では朝鮮ブームが起きた。一七四八（寛延元）年の来朝のさいに描かれた浮世絵（羽川藤永・筆）には、日本橋の越後屋（のちの三越）前をゆく壮麗な装いの使節と着飾った町民たちの姿がある。このブームの熱気は近世の祭り、たとえば山王祭りや神田祭りに「唐人行列」が取り込まれていることからもわかる。

幕府は朝鮮通信使を丁重に迎えるため、制度的な取り決めや外交儀礼を定めたが、朝鮮通信使と同様に処遇したのが琉球の使節団であり、先述の「触」も朝鮮通信使の前例を踏襲している。ただ、幕府にとって朝鮮は対等な関係でむすばれた隣国であるものの、琉球となると認識は異なるだろう。琉球は日本の一部（付庸国）であるというとらえかたであったのだろうが、その手厚い処遇からすると、単純にそう言い切れぬ複雑な視線も感じるのである。そして琉球側は、日本と中国のあいだで難しい舵取りをしていたのだった。

ともあれ、華麗な衣装を身につけ、珍しい音楽を奏でる琉球人の一行が江戸にやって来た。

ところで、琉球物刊本と呼ばれた江戸期の琉球関連出版ブームはどうだったのだろうか。研究者によれば、九十五点が確認されているという。

そのはじまりは出版文化の先進地域であった上方で一六四八（慶安元）年に刊行された『琉球神道記』だろう。島津氏の琉球侵攻の六年前、一六〇三（慶長八）年から三年間にわたって琉球に滞在した仏僧・袋中《たいちゅう》の著作である。じっさいの琉球見聞をもとにして書かれたため人気があったようで、何度も版を重ねた。

十八世紀に入り、西欧諸国のアジア進出の動向が見えるなか、琉球を具体的に知ろうとする人物がいた。儒学者であり、将軍家に仕えた政治家・新井白石である。国防的関心を持つ白石は、長崎から江戸に護送されたローマ人使節や、のちにオランダ人にも会い、西欧諸国の歴史や文化を解説した『西洋紀聞』（一七一五年ごろ完成）を執筆している。また白石は一七一〇（宝永七）年に江戸上りの琉球使節団の正使に京都で面談した。さらに一七一四（正徳四）年の江戸上りのさいにも数度にわたって琉球使節に会い、かずかずの質問をしていた。さらに白石が、中国や琉球の文献を駆使して執筆したのが「近世最高の琉球研究書」といわれる『南島志』（一七一九年脱稿）であり、この書物を平易にしたのが『琉球国事略』である。

また、一七一九年に琉球を訪れた中国皇帝の使者・徐葆光《じょほこう》による『中山伝信録《ちゅうざんでんしんろく》』（一七二一年、全六巻。中山とは琉球王国の別称）は「琉球百科全書」というべき詳細な記録である。琉球への航海記録に始まり、琉球王国の制度・宗教・教育など国家体制の全容に迫ったばかりか、王族から庶民にいたる幅広い階層の風俗、祭りや市場の光景などもとらえている。帰国した徐葆光は康熙帝に謁見して『冊封琉球図本』を献呈し、それをもとに『中山伝信録』を書き上げたのだった。一七四〇年代には日本にも輸入され、さらに一七六六（明和三）年には和刻版が刊行されている。この和刻版を一般向けに平易に書き改めた本が、蘭学者であり戯作者である森島中良《ちゅうりょう》『琉球談《ばなし》』（一七九〇・寛政二年）である。

しかし庶民に人気があったのはやはり絵を中心としたビジュアル本だ。江戸上り一行を解説した一七四八（寛延元）年の『琉球人大行列記』をはじまりとして、これ以後も類似本が上方や江戸で数十点刊行されている。琉球使節団がやって来るたびに、この一行の行列を楽しむためのガイドブックが刊行され、しだいに江戸町民のなかに琉球ブームが高まっていった。

そのころ登場したのが滝沢馬琴『椿説弓張月』である。馬琴は、袋中『琉球神道記』や、新井白石の著書、とりわけ徐葆光『中山伝信録』をフルに活用し、琉球をいきいきと描いていった。江戸期の出版文化、そして琉球ブームを背景に誕生した小説といっていいだろう。

この『椿説弓張月』の挿絵を描いたのが葛飾北斎であった。彼が琉球を描いた作品には『椿説弓張月』から二十数年後の一八三二（天保三）年に制作した「琉球八景」（浦添市美術館所蔵）という八枚組の風景画がある。

琉球の名所が描かれたものだが、むろん北斎は琉球に行ったことなどない。中国から琉球にやって来た使者・周煌《しょうこう》による報告書『琉球国志略』（一七五七年）を種本とし、彩色したといわれ、芭蕉や石垣に囲まれた家屋などを描き、幻想的な琉球イメージをかきたてている。そして興味深いのは、この風景画のうち三点に、種本にはない富士山を遠くに描いていることだ。琉球と日本の一体化という政治的意味合いではなく、ウェルカム・シンボルとしての「富士山」なのだろう。


さて、琉球ブームの頂点は、冒頭に紹介した天保三年の江戸上りだった。

そのときの様子が松浦静山の随筆『甲子夜話』のなかにある。『甲子夜話』は、静山の隠居後に書き始められ、一八二一（文政四）年から没する四一（天保十二）年まで書き継いだ。正編百巻、続編百巻、三編七十八巻という膨大な量である。

静山は、備前平戸藩九代目藩主で江戸藩邸に生まれた。対外危機が深刻化する時代ゆえに、諸外国、蝦夷、琉球への関心も強かった。彼は琉球にかんする書物をまるごと書き写したり、また江戸上りの一行を実際に見ていて、あれこれ尋ねて考察したりもしている。

あの衣装はいったい何か。彼らの言葉は日本語に似ているのか。書の流派は何か。品川で琉球人が酒器を取りだして日本の者にすすめた酒は、泡盛というものだったらしい。江戸は面白いかと琉球人に尋ねたら、お金がかかって大変だと答えたとか……。なかにはやや辛辣な記述もある。琉球人が奏でる中国風の音楽は大したことない。そして雪降る江戸の町をゆく琉球人一行についても「美々しくも見えず」などと書いている。

琉球人にとって「やまと旅」は、まずその寒さにふるえ、体調をくずし、なかには客死する者さえいたという苦難の旅程だった。あの南海の国からの長旅なのだから当然だろう。それでも琉球人は雪景色に驚き、美も感じたようだ。琉球人の和歌にこんな一首がある。

むさし野の原とき〻つるいにしへも
あとしら雪の軒をならべて

また彼らが好んで詠んだのは富士山である。富士山は朝鮮通信使もつよい関心があったようだ。琉球王子が詠んだ和歌を紹介しておく。

おもひきや田子の浦辺にて打出て
　ふじの高根の雪をみんとは

江戸上りの旅路の多くは公式行事に費やされたが、ときには文人たちと和歌や漢詩を贈りあい、書をしたため、また日本人との囲碁の対局記録もある。「里之子《さとぬし》」という役職の若い幹部候補生は見どころがあったらしく、本因坊から弟子の免許を得て帰国したというエピソードが伝わっている。また使節一行は、武家屋敷などにも招かれ、琉球の舞踊を披露したこともあったようだ。

このような「私的文化活動」は、琉球人の文化・教養のレベルの高さを認識させるという側面はあったものの、ただ苦難の旅というだけではなく、それなりの楽しみも見出していたのかもしれない。そして使者たちが持ち帰った日本文化は芸能や工芸など琉球文化にも多大な影響をもたらした。

約二百年にわたった江戸上り。十八回の使節団メンバーのなかには私の先祖も六人ほどいて、最後の江戸上りとなった一八五〇（嘉永三）年の使節のなかにも、当時十七歳の与那原《よなばる》良傑《りょうけつ》がいる。私の高祖父の兄であり、このとき彼がやまと旅の途上にしたためたとされる書を首里城公園が所蔵している。その書を見る機会があり、彼の堂々した筆運びに、若き琉球使節一員としての誇りを感じたのだった。良傑は、琉球王国崩壊の過程で外交担当者として明治政府との折衝を担当し、さらに一八七九（明治十二）年の王国崩壊後、上京を命じられた最後の琉球王・尚泰に随行して麹町区富士見町の尚家邸宅に十年ほど暮らし、帰郷後に没したと伝えられている。

近世から幕末にかけて、小国・琉球が時代の荒波のなかで何とか生きる道を模索しようとした姿を象徴したのが江戸上りの一行だった。それでも琉球からの使者を迎え、さまざまな交流もあった江戸の人びととは豊かな出会いもあったのだと思いたい。

わが祖先の苦悩

ほっそりとした顔に白いヒゲ、琉球男子の髪型「カタカシラ」に結った人物の写真が一点、いまに伝えられている。与那原良傑（一八三六?～九三?）、唐名（琉球士族の中国名）を馬兼才《ばけんさい》といい、私の高祖父の兄である。彼は、明治五（一八七二）年の琉球藩設置に始まる琉球王国解体を前提とした一連の政治過程、いわゆる「琉球処分」の時代を琉球王府の外交担当者として生きた。

十七歳のとき、琉球使節の一員として初めて江戸に上った良傑だが、四十歳を迎えるころから激動の渦に巻き込まれる。明治六年以降、たびたび上京して明治政府との折衝にあたる一方、同僚との連名で多くの請願書を明治政府に提出した。良傑らが訴えたのは、従来どおりの琉球と清国との関係維持であったが、その訴えが実ることはなかった。十二年の王国崩壊後、良傑は東京移住を命じられた旧王家に随行し、家令として在職十年ののち帰郷し、還暦前に没したと伝えられる。

彼については琉球史研究者などが多く言及しており、私の祖先という親近感を差し引いても興味深い人物だ。良傑をふくめ、琉球王府の役人たちが残した請願書、陳情書の一部は活字化されていて、それを読むと、揺れ動く琉球王国末期の苦悩が浮かび上がってくる。

もっと良傑を知る手がかりはないものかと、何の気なしに「アジア歴史資料センター」のデジタルアーカイブで、与那原良傑を検索してみると、一件ヒットした。

「琉球藩開墾ノ儀ニ付上申」（明治七年）という国立公文書館所蔵の文書である。外務卿寺島宗則が太政大臣三條實美《さねとみ》にあてた上申書で、関連書類がまとめられており、中に良傑の文書があった。それは良傑の上申の文言を外務省担当者が用箋に浄書したもので、良傑の直筆ではない。

上申の内容は、琉球の窮状を打開するためにも、養蚕を中心とした開墾事業を進めていただきたい、またこれに伴う税の優遇措置をお願いしたいというものだ。この文書のほか、外務省より琉球藩在勤を命じられていた伊地知《いじち》貞馨《さだか》（鹿児島出身）が、良傑と同じ趣旨をより具体的に記述している文書もあり、それには開墾事業の意義を琉官（琉球の役人＝良傑のことか）に説き、了承を得たことなどが記されている。その伊地知の文書が明治七年一月付、良傑のものが同年三月付なので、伊地知の提案が先にあったのである。注目すべきは、伊地知の文書には、（日本による）開墾事業を進めれば、琉球と清国の関係を断つことにもなるだろう、という意味の一文があることだ。

このころ日本政府は、日清関係とともに、琉球を従来の日清両属的な位置から日本専属へと改変させるための策に頭を悩ませていた。こうした最中での伊知地の上申は、日本政府の力を素早く琉球に見せつけることのできる開墾事業提案だったとも考えられるのだ。一方の良傑は、伊知地に対して強い警戒感を抱いていたことが当時の文書から判明している。にもかかわらず、伊知地の開墾事業提案に同調する上申書を出したのは、彼に従ったように装いつつ、水面下では清国との関係維持のために動く、いわば時間稼ぎだったのではないかと、私には思えるのだ。

この上申書の翌年の明治八年五月、大久保利通は琉球側の意向を無視して清国への「朝貢停止」を指令し、さらに同年七月には内務大丞松田道之が那覇港に上陸して、「琉球処分」が加速するのである。良傑は明治八年、さらに九年にも上京し、このときは約二年間滞在した。この間に彼は、琉球と清国の関係断絶に対する抗議や、琉球の日清両属を容認するよう訴える請願書を明治政府要人に立て続けに出している。

明治九年十二月、清国公使一行の船が神戸に入港すると知った良傑は、外交官の黄遵憲《こうじゅんけん》に面会する。ふたりは東京でも交友を重ね、黄は琉球問題の国際的関心を集めるために、駐日欧米公使に訴えるよう助言したといわれる。
　これを受けて良傑ら琉球の役人たちは、アメリカ、フランス、オランダの公使らに琉球王府の存続を求める懇願書を提出するのだ。フランス代理公使ジョフロワに提出されたこの懇願書の翻訳がフランス外務省アーカイブに保管されており、良傑の唐名「馬兼才」のフランス語表記が読み取れる。さらに良傑は、明治十年秋、イギリスの外交官アーネスト・サトウに二度面会して窮状を訴えてもいるが、事態は好転せず、十二年の琉球王国崩壊に至る。
　さきの黄遵憲は詩人としても名高く、後年の作とされる長編叙事詩「流求歌」は、良傑との出会いにより知った琉球の歴史と現状、さらには清国の無力を切々とうたいあげている。その冒頭の四句は、琉球救援を訴える良傑の悲壮な姿である。

　　白頭の老臣は助けを求めてむせび泣く
　　鬠はくずれ衣も乱れている
　　自ら嘆く　さまよえる祖国を
　　つぶさに訴える　時の荒波にさからうことはできないものなのか……

難しい舵取りを迫られた良傑の嘆きは、滅びゆく琉球そのものであったのだろう。

柳宗悦と沖縄

近代日本における新しい美の概念「民藝」の普及と「美の生活化」を目指す民藝運動の本拠地として、東京・駒場に日本民藝館が開設されたのは、一九三六（昭和十一）年である。創設八十周年特別展として、展覧会が催されている。民藝運動の中心人物であり、民藝館創設者の柳宗悦の仕事と軌跡を、所蔵品とともに四つの企画展で紹介している。

「朝鮮工芸の美」は朝鮮時代の諸工芸品から選ばれた二百五十点が展示され、人々の暮らしを彩った「民族固有の造形美」を堪能できる。「沖縄の工芸」では、紅型や芭蕉布などの染織品、陶磁器や厨子甕《ずしがめ》（骨壺）などのほか、柳に同行して沖縄を撮影した写真家坂本万七の貴重な風物写真が展示される。さらに「柳宗悦・蒐集の軌跡」は、柳の半世紀におよぶ幅広い分野のコレクションがどのように形成されてきたのか、その軌跡をたどる。また「柳宗悦と民藝運動の作家たち」では、バーナード・リーチ、河井寛次郎、濱田庄司、芹澤銈介、棟方志功らと、彼らにつづいた作家たちの作品を紹介する。

この中でも柳にとって特に重要な出会いとなった沖縄について、同館学芸部長の杉山享司さんにお話を伺った。

「柳は宗教哲学研究から出発し、美とは何か、生涯をかけて探求し、美とは無心の現れであり、自然との和解であると考えた。目には見えない精神的なものもふくめ、それを力として美にする、その一つの形が民藝でした。柳は日本各地、海外へと旅をしましたが、とりわけ沖縄では工芸文化のみならず、そのすばらしい自然と、神とともに生きてきた豊かな精神文化があることに深い感銘を受けました」

柳が日本民藝協会（一九三四年設立）同人らとともに、工芸調査のため沖縄へ行ったのは一九三八（昭和十三）年十二月から四〇年八月まで、計四回である。柳の滞在日数は九十九日、参加した同人らは二十六人におよぶ。彼らは多くの沖縄人に会い、染織品、陶器などを蒐集した。

この旅にも同行した河井寛次郎、濱田庄司らはすでに大正期、沖縄に滞在して陶芸を学んでおり、柳は彼らが持ち帰った沖縄の工芸品を見たり、話を聞かされたりしていて、以前から強い関心を持っていた。「柳の美への興味は、まず人との出会いがあり、そして自身の発見と結びつく、内発的なものでした」（杉山さん）。

柳の沖縄への最初の興味は、学習院中等科の同級生に、東京移住を余儀なくされた最後の琉球王の尚泰《しょうたい》直系の孫、尚昌《しょう》がいたことにさかのぼり、彼から沖縄の話を聞かされたことがあったという。さらに柳は高等科に進んだころに、紅型《びんがた》に接してその美しさに驚き、沖縄の焼き物にも惹かれていた。

尚昌は一九一一（明治四十四）年に渡英してオックスフォード大学に学び、一五（大正四）年に帰国。二〇（大正九）年に父尚典《てん》が死去。二一（大正十）年には皇太子（のちの昭和天皇）の、生涯ただ一度の沖縄訪問を首里で迎えるという激動の日々を過ごしている。

その最中の一九二一、二二年ごろ、朝鮮美術に深く関わっていた柳だが、琉球の芸術を研究したいので援助してほしいという手紙を尚昌に送った。尚昌は喜び、沖縄調査の便宜を図るという返事があったという。だが、二三（大正十二）年に尚昌は中国旅行から帰国直後に死去（享年三十四歳）したため、「琉球に関する私の注意は暫く休息状態に入った」（柳宗悦「私と沖縄」）のだった。

「併し私と琉球の因縁は別の意味で遥か古い」と柳が書いているのは、父楢悦《ならよし》（海軍少将、貴族院議員などを歴任）が、琉球王国崩壊の過程にあった一八七三（明治六）年に、沖縄周辺の水路調査をしているからだ。

「琉球処分」と称される領土併合の過程は、王国解体を前提とした琉球藩設置（一八七二・明治五年）に始まるが、その発端は、前年に起きた台湾南部に漂着した琉球人殺害事件である。明治政府が、殺害された琉球人は「日本国民」であると内外に示すためにも琉球藩設置を急いだのは、台湾出兵（一八七四・明治七年）が画策されていたためにほかならない。

海軍大佐（当時）柳楢悦は、若き日に長崎の海軍伝習所でも学んだ海洋測量の第一人者であった。彼は、琉球の島々から「台湾近海」までの海路および港の調査を『南島水路誌』（一八七三・明治六年）にまとめ、台湾出兵において活用されたのだった。柳楢悦は、三男の宗悦が二歳の時に他界したため顔も覚えてはいないが、柳家と琉球との「不思議な巡り合わせ」だと柳は述懐している。

一八七九（明治十二）年、琉球王国は崩壊した。これ以降の沖縄は多くの困難に見舞われ、かつて王府の保護・育成の下に開花した工芸文化も危機に瀕した。しかし明治半ばから産業復興が図られ、各地に織物工場が設立されるなどし、織物、漆器や陶器が本土の博覧会にたびたび出品され、受賞するなどしている。

のちに「沖縄学」と命名される琉球・沖縄研究は、伊波普猷《いはふゆう》『古琉球』（一九一一・明治四十四年）刊行を嚆矢とする。一九二〇（大正九）年、伊波に会うため柳田國男が訪沖し、東京でも多面的な琉球・沖縄研究が展開されていく。また、東京美術学校の鎌倉芳太郎が「琉球芸術調査」（一九二四〜三六年）に取り組んでおり、二五（大正十四）年九月には彼が蒐集した工芸品を一堂に展示した大々的な「琉球芸術展覧会」（会場・東京美術学校）が開催された。工芸品、美術品を中心に三千点、鎌倉撮影による多数のガラス乾板写真も展示され、会期三日間の来場者は五千人に達し、関連する刊行物も出版された。

一方沖縄では、一九二七（昭和二）年に「沖縄工業指導所」が設置され、窯業・漆器・染色・機織の四部門で、技術指導、販路開拓指導が行われている。

このころから本土に「琉球ブーム」というべきものが起こりつつある。本土著名人の紅型コレクターによる豪華本が刊行され、有名百貨店で沖縄の染織品、陶器などの展示販売会がひんぱんに行われていた。

柳は、関東大震災を契機に京都に居を移していたが、河井や濱田らとともに日用雑器の美に着目し、一九二六（大正十五）年に「民藝」（民衆的工藝）の言葉が生まれ、民藝運動が開始される。二八（昭和三）年に「工政会」（一九一八年設立。「工業の進歩発展を図る」社団法人）の依頼があり、大礼記念国産振興東京博覧会（会場・上野公園）に特設館「民藝館」を出展。会場内に一棟の小住宅を建て、民藝品を中心に展示した。二ヵ月の会期で約二百二十三万人が来場し、民藝運動の飛躍点になったとされる。

　この民藝館で、紅型に初めて接したのが芹澤銈介だった。展示されていた紅型が柳のコレクションなのか、それとも染織品コレクターで、柳の親しい友人でもある水谷良一（内閣統計局などに勤務した官僚）が蒐集したものなのか、不明だ。「現在の日本民藝館の所蔵品は柳や、同人らが蒐集したものが中心ですが、いつ、だれが、どのような経緯で入手したのか、民俗学的データが十分ではないのです」と杉山さんは言う。

　水谷は柳より二歳年下、東京帝国大学在学中から「白樺派」の運動に共鳴し、やがて柳と親しくなって民藝運動に深くかかわった。学究肌の人として知られ、比木《ひき》喬《たかし》のペンネームで、民藝運動の機関誌「工藝」（一九三一年一月創刊）などで旺盛な執筆活動を展開する。水谷の支援もあって、柳は一九三三（昭和八）年に京都から東京・小石川に転居し、民藝運動はさらに活発になっていった。沖縄関係では、「工藝」（一九三五年一月）で「琉球染色」特集を組み、民藝館では水谷のコレクションと所蔵品を展示した「琉球染色展覧会」（一九三八年一月〜三月）を開催している。

　この時期の柳は、沖縄を訪れてはいないものの、染色品への関心が高まっていたのだろう。ちょうどこのころ、沖縄は広く注目を集めていた。

　建築家の伊東忠太（一九二四・大正十三年、沖縄で琉球建築調査）の尽力もあって、取り壊しを免れ、「国宝」に指定されていた首里城正殿の修理工事が一九三三年に完了。三六年に首里城北殿に沖縄初の博物館「郷土博物館」が開館し、王国時代の工芸品が展示された。その翌年、守礼門の修理工事が完了するころに、大阪商船が大型新造船を導入し、パックツアーを企画。「観光処女地」沖縄を紹介したガイドブックも多数刊行されている。

こうした中、柳らを沖縄に招いたのは、沖縄県学務部長として赴任してきたばかりの山口泉である。

山口は、朝鮮総督府を経て内務省に入省。赴任地の埼玉で見事な和紙に着目し、製紙研究所設立について、第一高等学校在学中からの知友であった水谷に相談したところ、かねてより「あこがれた人」柳を紹介されたのだった。山口は、東京帝大在学中に柳の著作を読み、感銘を受けていたのだ。水谷の仲介により、一九三四年十二月、柳、濱田やバーナード・リーチを埼玉にやって来て、山口は彼らを案内して親交を深める。

一九三八年十月、山口は沖縄県学務部長に任じられたのだが、ほどなくして水谷から、柳が精神的に苦しい情況にあるので、沖縄に招いてくれと頼まれたのだった。そこで山口はポケットマネーで柳を招き、彼を通じて「琉球の文化を世に紹介」しようと考えた。

一九三八年十二月二十九日、柳、河井、濱田が沖縄に到着する。山口の回想によれば、柳が尚昌と学習院の同級生だということもあり、東京の尚家から、首里に屋敷をかまえる尚順（尚泰の四男）に、できるかぎりの接待をするように伝えられていたという。尚順は、「琉球新報」を創設するなど実業家であるとともに、稀代の教養人であり、趣味人・美食家としても知られた。旧王家を代表して、本土からの重要な客人をもてなしており、柳一行と山口は、尚順邸で古酒や食事をふるまわれている。

約二十日間の滞在中、古着市を訪れて絣や紅型、古道具屋では焼き物や漆器などを買い集めた。かつての琉球王国の士族階級が没落してしまい、手放さざるをえなくなった染織品や道具類が市場などで売られていたのである。柳の購入資金が足りなくなると、山口が用立てることもあったという。こうして彼らは満ち足りた旅を終えたのだった。

その興奮を伝えるように、民藝館で「琉球古陶器展覧会」（一九三九・昭和十四年三月～四月）を開催。柳は「民藝」創刊号（同年四月）に「なぜ琉球に同人一同で出かけるのか」を執筆。「琉球の存在は誠に奇蹟のやうなものであった」といい、再びの沖縄調査の理由を、五項目で語っている。琉球の工藝を勉強するためであり、自分たちは「指導の位置」ではなく、琉球の「よき僚友たる任務」を尽くしたいのだ、と述べている。しかしすでに大きな影響力を示していた柳の存在感は沖縄にとって、その言葉以上だったろう。

柳ら民藝協会同人の第二回の沖縄調査は、一九三九年三月二十八日から四月二十三日まで行われる。柳と妻兼子、柳の甥、柳悦孝《よしたか》（染織家）、河井、濱田、芹澤ら総勢九名の一行を迎えたのは、前回同様に県学務部長の山口泉だった。だが、山口は内閣情報局書記官に任じられており、数日後に沖縄を離れてしまう。

この旅程は、「民藝」創刊号から八回にわたる連載「琉球日記」として、つぶさに報告されている。県立女子工芸学校校長宅を宿舎として提供され、一行の世話をしたのが、同校卒業直後の宮平初子だった。宮平は、帰京する柳に伴われて上京し、民藝館や悦孝の工房で学ぶことになる。柳らにとっても、宮平を通して染織技法や、琉球の歴史や伝承、またウチナーグチなどの知識を具体的に得ることができたのではないだろうか。宮平は二年後に沖縄に帰り、後進を育てることに尽力し、一九九八年には「首里の織物」保持者として人間国宝となる。

さて柳らの二回目の沖縄滞在は、県の工業指導所所長が旅程をサポートしている。本島北部、中部への調査は県庁からの車が用意され、久米島にも足を延ばして三泊した。県をあげ、産業と観光業育成のためにも柳らに期待していたことがうかがえる。また濱田、河井は王国時代からの窯場「壺屋」を仕事場とし、芹澤らは紅型工房で技法を学び、染織研究家の田中俊雄には県立図書館の館長室が提供されるという厚遇だった。この図書館で柳は、亡父の著書『南島水路誌』を「懐かしく見ることが出来た」（「沖縄と私」）。

だが、一行の帰京の直前に、第二高等女学校で柳の講演と座談会が行われ、柳が「琉装と沖縄口の制限や廃止奨励のことほど解せぬことはない」と発言。のちの「方言論争」の火種となるのだ。

帰京後、民藝協会は「工藝」（一九三九年十月）や「民藝」（同年十一月）で琉球の工藝を特集、民藝館で「琉球織物古作品展覧会」（同年十一月〜十二月）を開催する。

さらに、一九三九年十二月から四〇年一月にかけて、第三回の沖縄調査が行われる。一行は二十六人にのぼった。棟方志功、保田與重郎、式場隆三郎のほか、国際観光局などの観光振興関係者、そして写真家の土門拳、坂本万七も加わった。このときも多面的な調査がなされ、坂本は、市場など戦前の貴重な風物写真を残した。坂本は広島生まれ、十九歳で「新しき村」に入村したのち、上京して写真家となり、三四年に柳と出会ったという。また、一行には松竹映画のスタッフも参加し、映画「琉球の民藝」と「琉球の風物」が撮影され、貴重なフィルムとなった。

けれども、この滞在中に「方言論争」が本格化する。一月七日、那覇市公会堂での公開座談会（沖縄観光協会・郷土協会主催）において柳は、観光施設の整備と「沖縄色豊かな土産物」の開発を提言するとともに、「琉球語をおろそかにすべきではない」と持論を展開した。その翌日、県学務部は「敢て県民に訴ふ　民藝運動に迷ふな」の一文を新聞三紙に発表。県民に対して標準語使用を奨励するのは、本土や海外の移民先で活躍するためにも重要なのだと激しく反論した。

県学務部のこのような対応は、柳と親しい山口が在任中ならば、ありえなかったかもしれない。柳は、一月十五日付新聞三紙で反論を展開し、こののち論争は本土知識人などを巻き込み、さらに激しくなっていく。

帰京後、「工藝」（一九四〇年三月）で「琉球の文化」を特集。一方「民藝」（同年三月、十二月）では「方言論争」を特集している。すでに「挙国一致」が叫ばれ、戦時体制が色濃くなっていた時代に、琉球文化の独自性を訴える柳と、本土から赴任した内務省官僚が中枢を占める沖縄県との論点はかみ合わないままだったが、柳の意見に賛同する県民の声もあったのである。

この論争の最中の一九四〇年七月から八月にかけて、柳、坂本、田中が第四回の沖縄調査に赴くのだが、軍事施設を撮影したとの理由で取り調べられるなど、柳らに対する県側の態度は明らかに変化していた。

民藝館の杉山さんは「柳は古いものをただ守れと主張したわけではありません。沖縄の言葉を全廃させるのは理不尽だと訴えたのです。沖縄でも賛否両論でしたし、柳も苦しかったと思います。彼は政治運動としてではなく、文化運動として方言問題をとりあげた。けれど柳は、自身の理想論と沖縄の現実の狭間でもどかしさを感じたはずです」と語る。

ウチナーグチが単一なものではなく、地域や島々によって異なるということに柳は気づいていたのか、疑問も残る。また実際には、沖縄県がどれほど標準語を奨励しようが、ウチナーグチが廃れることはなかった。言葉には強い生命力があり、沖縄人には公的な場と私的な場で言葉を使い分けるというたくましさがあったのだ。

やがて戦況は悪化し、ついに沖縄戦によって沖縄は灰燼に帰す。柳が戦後沖縄の光景を目の当たりにするには繊細な神経の人だったのだろう。彼が再び沖縄へ行くことはなかったが、甥の悦孝や同人らが沖縄に行くたびに、くわしく話を聞いていたという。

また戦後まもなく、柳が中心となって女子美術大学工芸科設立に向けた打ち合わせがつづけられた。一九四九（昭和二十四）年に実現に至り、芹澤や柳悦孝が教鞭をとったが、ここから、沖縄出身の祝嶺《しゅくみね》恭子、伊差川洋子など、先駆的な女性染織作家が誕生している。柳悦孝は、同大学学長（一九七五〜八三年）、沖縄県立芸術大学（一九八六年設立）附属研究所初代所長などを歴任する。

柳宗悦は一九六一（昭和三十六）年に死去。六四（昭和三十九）年、米軍施政下にあった沖縄で、民藝協会全国大会が開催され、濱田とバーナード・リーチが長期滞在して作陶活動をする。また六七（昭和四十二）年には民藝館設立の資金提供者でもあった大原總一郎（倉敷紡績社長）が資金を提供し、石垣島の士族屋敷を首里金城町に移築。沖縄返還後の七五（昭和五十）年に日本民藝館沖縄分館としてオープン、濱田が初代館長となった（一九九二年閉鎖）。

柳宗悦の旧自邸（民藝館西館）の書斎に、沖縄関係の本が残されている。伊波普猷による『校

訂　おもろさうし』（一九二五年）は、古謡「おもろ」の初の活字本だった。また『琉球史料叢書』（一九四〇～四二年）は、琉球王府古文書を収録した、今日でも第一級の資料とされる全五巻である。そのなかで王国の正史「中山世譜《ちゅうざんせいふ》」のページに柳自身が多くの付箋を貼り、鉛筆で傍線を引いた箇所が多数残っていた。「方言論争」により傷ついた柳だが、そののちも琉球を理解しようとつとめていたのだろう。その姿には胸をうたれる。

山口泉という人

東京・中央線荻窪駅南口のすぐそば、白いビルの地下一階に「いづみ工芸店」はある。ゆったりと落ち着いた雰囲気の店内には、全国各地の陶器や染め物などの工芸品が並べられ、そのどれもが美しく愛らしい。手ごろな価格、ふだんの生活で使ってみたいものばかりだ。二代目店主の山口浩志さんが、長年にわたって日本各地を歩き、職人たちと語り合い、集めた品々である。

いづみ工芸店は、昭和二十二年に荻窪駅北口のマーケットの一角で創業し、翌年に現在地に移転。平成元年にビルに建て替え、今年創業七十年を迎えた。創業者は、浩志さんの父、山口泉である。

山口は内務省官僚として、主に地方の労働問題改善や地場産業の育成に取り組んだが、終戦後の内務省解体により退職し、四十代半ばにして、いづみ工芸店を創業したのだった。転身してからの彼は、日本の手仕事の文化の発展を願い、その担い手たちを支援し続け、店は多くの人たちが集うサロンとしても愛された。昭和四十七年に山口は他界し、次男の浩志さんによって守られてきたのだった。

いづみ工芸店の創業者の名を知ったとき、私が驚いたのは、山口泉が民藝運動の柳宗悦の初の沖縄訪問（昭和十三年十二月）のきっかけを作った人物として知られ、以前からとても興味があったからだ。当時の山口は、沖縄県学務部長の立場にあった。

柳は最初の沖縄訪問で深い感銘を受け、その後、民藝運動のメンバーらと三回にわたる沖縄への工芸調査に出かけ、日本民藝館での展覧会開催、また沖縄工芸を広く紹介する著作を多数発表していくことになる。

山口泉と柳宗悦、そして民藝運動とのかかわりはどのようないきさつがあったのだろうか。また、ユニークな官僚だったと思われる山口は、どんな人生を送ったのだろうか。浩志さんは語る。

「父が柳さんに初めて会ったのは、内務省官僚時代です。けれど、大学一年の時に柳さんの『朝鮮とその藝術』（大正十一年）読み、感銘を受けていました。父は関東大震災（大正十二年九月）

の直後に、ひとりで朝鮮を旅し、帰ってすぐに柳さんの本を読んだのです。父と朝鮮・韓国とのかかわりは長く続きます」

山口泉は、明治三十五年に教育者の次男として、東京下谷区で生まれた。府立一中の学友に、柳宗悦の甥、石丸重治（美術評論家）がいたといい、第一高等学校を経て、東京帝国大学に入学した年に関東大震災に遭遇した。

混乱の中で、多くの朝鮮人が殺され、義憤にかられた山口は「幾人かの新聞配達をやっていた朝鮮苦学生を密かに自宅にかくまって、その生命を守った」（山口泉「回想の人・柳先生」）。そして彼は、朝鮮人の祖国を自分の目で見ようと、同年九月末に下関へ向かい、さらに釜山へと渡る船に乗る。大邱《テグ》に暮らす幼なじみを訪ね、古都の慶州を見てまわり、京城（現ソウル）では釜山への船中で知り合った朝鮮人留学生の家に招かれた。朝鮮王国の貴族階級「両班《ヤンバン》」の家系を継ぐ人の教養と知性に接し、多くを学んだという。また京城で彼が目にしたのは、王宮の景福宮の正門・光化門を移築し、その敷地に建てられようとしている朝鮮総督府庁舎だった。

帰国した山口はほどなく、石丸重治とも親しい友人から、柳の『朝鮮とその藝術』を贈られ、強い衝撃を受けた。「私の美についての観察、特に朝鮮陶磁器についての愛着はこの時に始まる」のだった。

彼のリベラルな思想と行動力は、父袈裟治《けさじ》（長野県松代出身）の影響が濃いのかもしれない。

袈裟治は、南千住町（現荒川区）の瑞光小学校の訓導を経て、二十五歳で同校校長に就任し、約四十年におよんで同一小学校に勤務した。全国の小学校校長の代表として、昭和天皇即位の式典（昭和三年）に列席するなど、人望厚い教育者だった。子どもたちの個性を伸ばすべく教育論を唱えた著作を刊行している。

大正十四年秋、文官高等試験に合格した山口が、翌年春、朝鮮総督府に入省して鉄道局に勤務したのは、彼自身の希望だったと思われる。朝鮮では、柳に朝鮮の白磁を紹介し、柳とともに「朝鮮民族美術館」を設立（大正十三年）した浅川伯教《のりたか》・巧《たくみ》兄弟にも会った。

昭和二年に内務省に移り、新妻の園を伴って徳島県に向かう。園は、東京控訴院判事の名児耶《なごや》梅三郎の養女である。名児耶家は、越後長岡藩の家臣団の一族であり、梅三郎の妻ろくも長岡藩士の家系で、山本五十六のいとこにあたる。夫妻には子がなく、園を養女に迎えたのだった。山口は、東京女子師範学校在学中の園をみそめ、結婚に至ったという。

その後も山口の地方転任が相次いだ。徳島の次には岡山県、さらに福岡県へ赴任する。この間に、長男岳志（のちに地理学者、東大教授）と長女尚子が誕生。

山口は官僚としても活躍し、昭和六年から九年にかけて、内務省関連団体が発行する雑誌に、「被差別者の社会的進出方策に就いて」「職業紹介機関の農村進出策」「炭鉱労働者紹介に関する基本問題」などの論文を発表。経済的苦境にある地方の人々が、就職の機会を得るための具体策を提案している。

山口が初めて沖縄を訪ねたのは、福岡在任中の昭和九年二月である。沖縄の労働事情視察という出張であったが、滞在中に本島南部の漁師町・糸満に足を延ばしたのは、糸満漁師の家計が夫婦別個であるということを知り、興味を持ったからだった。彼は、この旅をエッセイ「紀行　沖縄の旅―糸満の町を訪ねて―」（「職業紹介」昭和九年六月号）で、いきいきと描いている。

糸満の市場で働く女たちの姿は「女の社会を強く印象づけた」。漁師の妻は、夫が獲った魚を現金で買い取り、市中で売った利益を蓄財して独立した経済を維持している、といった話を書きとめた。また、海外に出稼ぎをする糸満漁民の実態なども聞き出している。山口は、たくましく働く人々を愛情こめて見つめ、「糸満人に学ぶべき点の多いことを想い乍《なが》ら、深い感銘に溢れた」。彼は地に足を付け、地方の実態を探ろうとした官僚であったといえよう。

昭和九年、山口は埼玉県に転任する。そこで着目したのが、この地で生産される楮《こうぞ》を使った和紙だった。衰退の危機にあることを憂いた山口は、東京帝大時代からの友人で、内閣統計局に勤務する水谷良一に相談する。水谷は帝大在学中に「白樺派」運動に共鳴し、柳と親しくなって民藝運動に深く関わり、比木喬《ひきたかし》のペンネームで、民藝運動の機関誌に多数の論稿を発表した。

水谷は、和紙にくわしい柳を山口に紹介し、同年十二月、柳と滞日中のバーナード・リーチらが埼玉の小川町を訪問する機会を設けた。

さらに濱田庄司、芹澤銈介ら民藝運動メンバーの埼玉来訪が相次ぎ、製紙業再興への機運となった。山口にとって「かねて学生時代から、『朝鮮とその藝術』を通じて以来敬慕の念を抱いていた柳宗悦氏にお目にかかることの出来たことは私にとって、大きな喜びであった」（「工藝」昭和十年十一月号）。

ところで山口と朝鮮との縁は、彼の妹の春の結婚によっても深まっていた。春の夫は、朝鮮史研究者の末松保和（朝鮮総督府修士官を経て京城帝国大学教授）である。山口は『朝鮮とその藝術』を義弟の末松に譲り、長く愛読した末松は、のちの昭和三十六年、親交深い李弘稙《りこうしょく》高麗大学教授が来日した際、日韓の友情の証として贈るのだ（李弘稙「柳宗悦翁と韓国」）。山口が大学生のときに手に入れた本は、海峡をいく度か越えたのである。末松は『李朝実録』を編んだことでも知られる。

さて山口が埼玉から愛知への赴任を経て、沖縄へ転任したのは、昭和十三年十月である。浩志さんは語る。

「僕は昭和十二年、名古屋で生まれました。二、三年ごとの転任のたびに家族で引っ越したのです。母は大変だったでしょうね。沖縄赴任のころ、僕は幼かったので、あまり記憶はありませんが、官舎で撮った家族の写真や首里城正殿での写真が残っています。絵を描くのが趣味だった父がキャンバスに向かっているスナップもありますね。沖縄で自動車の免許をとり、各地を見てまわったそうです。沖縄の伝統的な工芸品、その育成を考えていたのでしょう」

当時の沖縄は、陶器や染織品生産の育成が図られ、本土顧客に向けた新作工芸品開発や県主催の物産展も開催されていた。その担当部署は、県の経済部である。しかし学務部長の山口が工芸に強い関心があり、民藝運動の人脈や、これまで赴任した地方で商工課長として地場産業育成の経験もあったことで、経済部との摩擦が生じたようだ。

そんなおり山口は、「私の友人で恩人でもある水谷良一氏を通して、今柳先生がゆきづまって苦しんでいるので、沖縄へ呼んであげてくれ、とたのまれた」（山口の証言記録「民芸」昭和四十九年十一月号）。その当時、民藝運動をめぐって複雑な諸問題が起きており、苦悩した柳は、民藝館の責任者から身を引き、著作専念のため「書斎の人となりたい」という書簡を友人に送るような心境にあった。彼を案じた山口は、ポケットマネーで柳を飛行機に乗せ、沖縄に招く。

昭和十三年十二月末、柳は沖縄に到着。以前から沖縄への関心が強かった彼だが、現地を歩いて一気に魅了されてしまう。志賀直哉に宛て、「茲《ここ》は非常に美しい、こんな世界がよくも地上に残っていたと云う感じがする、毎日眼を忙しく働かせている」（昭和十四年一月一日付）というハガキを送る。

柳は帰京してまもなく、民藝協会同人の沖縄調査旅行の計画を立ち上げるとともに、帰京後、民藝協会による沖縄物産展の開催を企画する。柳は、この企画が「うまくまとまれば山口さんと経済部との関係もうまく行くと思う」と、河井寛次郎宛て書簡（昭和十四年二月二十三日付）にしたためている。

昭和十四年三月末に一行九名が那覇に到着するが、その数日後に山口は内閣情報局書記官に任じられたため、沖縄を離れてしまうのだ。約半年の沖縄在任中、「山口旋風」と新聞に報じられた教員の大量異動を断行し、教育現場からの反発があったといわれる。しかし、短期間の在任であったことを考えると、この施策の立案は彼の前任者だったのではないだろうか。

山口は沖縄を去ってしまったが、この「第二回沖縄調査」中に行われた講演会で、柳は県の「標準語励行」を批判し、のちの「方言論争」の火種となった。一方、山口は「沖縄の文化的動向」（「民藝」昭和十四年十一月号）を執筆し、方言問題には触れないものの、「沖縄の文化をつくりあげるのには、正しい方向をもった沖縄を真に理解した指導者」の必要性を訴えた。山口は柳らの民藝運動を援護したが、沖縄側は反発したことが推測される。

つづく「第三回沖縄調査」（昭和十四年十二月〜十五年一月）において、山口の後任の渡辺瑞美《みずよし》（岡山から転任）が部長職にあった沖縄県学務部と民藝協会の方言論争は本格化する。

山口は内閣情報局勤務ののち、富山県、さらに再び岡山県へと赴任する。岡山は、文化支援に熱心な大原總一郎（倉敷紡績社長）を中心に、民藝運動の拠点ともなっていた。山口家には、民藝運動の関係者がよくやって来て、昭和十九年には版画家の棟方志功がしばらく逗留したこともあった。山口は岡山の美しい花筵《はなむしろ》に魅せられ、その技術保存にも尽力している。そのかたわら短歌を作った山口は、川田順に師事し、東京の斎藤茂吉に会いに行ったこともある。

さらに山口は岐阜県の内政部長となり、次女の翹子《あきこ》の誕生後まもなく終戦を迎えた。直後にGHQは内務省解体を指示。重職にあった多くの人が公職追放となるが、山口は自ら官界を退いたのだった。「それまでは自分は役人として国や人の世話になっていたが、これからは誰も甘やかしてくれる筈がない、それに戦争の責任もある、そう考えて自発的に自分で自分を追放したわけです」（「オール生活」昭和二十八年十二月号）。

「私の自立できる力は各地の手仕事を蒐集する目であり、これは天才柳氏によって目のあたりに教示されたものであり、在官中手がけた民芸品は山ほど集められた。しかしながらこれを販売する店を自力で経営することは当時甚だ難しいことであった」（「回想の人・柳先生」）と山口が書くように、苦難の再出発だった。浩志さんはこう話す。

「戦後直後のモノのない時代ですから、父は荻窪駅北口マーケットで砥石を売り始めました。父も苦労しましたけれど、母も四人の子を抱え、慣れない商売で大変だったと思います。砥石販売で資金を作って、一年後に本格的に工芸店を始めることができました。全国各地の窯場に行き、さまざまな工芸の職人たちに会って酒を酌み交わし、信頼を得ていきます。職人たちと語り合うことが何より大切だとよく言っていました。当初は喫茶部もあって、民藝運動の人たち、工芸家たちがいつも集まっていました。富山にいた棟方志功さんを東京に呼び戻そうと父が声をかけ、後援会をつくって寄付を集めたのは、昭和二十六年ですね。それで棟方さんは東京に転居したのです」

喫茶部はのちにギャラリーとなり、「濱田庄司先生を囲む会」「柳・濱田渡英壮行会」「バーナード・リーチを語る会」などが催される。また昭和二十九年に新宿に創業した「民芸茶房すゞや」（現「新宿すずや」）のインテリアなどにも山口が協力しており、この店には民藝運動メンバーが足を運んだ。

浩志さんは高校生のころから父の仕事を手伝ってきた。戦後復興とともに、いづみ工芸店は軌道に乗っていく。伊勢丹新宿店にも支店を出し、昭和三十五年には小金井に松本民藝家具を扱う「いづみクラフト・ハウス」（山本勝巳設計）をオープンし、柳夫妻もやってきた。柳の死去の一年前のことだった。

昭和三十九年、米軍施政下にあった沖縄で、民藝協会全国大会が開催される。浩志さんは

「けれどこのとき、父は招かれなかったのです。柳さんがすでに他界されていて、父が柳さんを初めて沖縄に招いたことも忘れられていたのかもしれませんが、とても残念そうでした。それからまもなく、父は沖縄を旅します。米軍基地が広がる沖縄を目撃して、沖縄はこれからどう自立していけるのか、心を痛めたようでした」と語る。

また山口が再訪を願った韓国への旅は昭和四十三年、妻園を伴って四十年ぶりに実現した。一週間の滞在中、ソウルの徳寿宮で美術品に接したほか、ソウル近郊の窯場を訪れ、すばらしい焼き物と職人の仕事ぶりに目を見張り、竹細工の日用品や韓紙の見事さに感嘆する。山口は、韓国人の日本人に対する厳しい視線を覚悟していたが、どこでも親切なもてなしを受けた。また韓国人陶工の案内で、当地の墓地に眠る浅川巧（昭和六年没）の墓に手を合わせることもできた。

山口は、この旅を振り返って「（韓国の実用品はいまも美しさが保たれているが）、手仕事の滅びて行く日本の真似をして殊更とりたてて民芸と呼称して誤った民芸運動など起こすとすれば却て伝統の品を破壊することになるおそれさえある」（「親和」昭和四十三年十二月号）と、書いている。すでに日本では手仕事の工芸品が衰退しつつあり、その一方で大量生産される「民芸風」の品が大手をふるう状況を彼は憂いていた。山口は民藝運動の功罪も問いかけているように思える。

浩志さんは「父は、民藝ではなく、工芸という言葉を好んでいました。一つの美しいモノが生まれるためには精神的に豊かな社会や暮らし、人々の安定した生活というものがあってこそ、ということをずっと考え続けていたのでしょう。このころの民芸品と呼ばれるモノは、かつてのように土地の暮らしの中から自然に生まれたものではなかった。柳さんや父の民藝運動は、モノへの愛着だけではなく、土地に長く根差した暮らしそのものへの深い愛情だった。いま、日本の手仕事が見直されているといわれますが、私も危ういものを感じています」と話す。

山口泉は韓国への旅から四年後、六十九歳で没した。葬儀は、いづみクラフト・ハウスで営まれた。若き日に、理不尽な悲劇に見舞われた朝鮮人の祖国を知るために旅をした彼は、官僚時代、そしていづみ工芸店を興してからも、一貫して人と社会をあたたかく見つめた生涯だった。

池袋モンパルナス

絵描きの叔父さん。母の思い出話に毎度のように登場する人物だった。病に伏せる母が末っ子の私に昔のことを語る日は、母の具合もいいのかなとうれしくなった。そこは椎名町の長屋である。冬の日には、火鉢の炭が小さく燃え、薬缶がシュルシュルと音をたてる音が聞こえてくるなか、母の話は尽きなかった。

絵描きの叔父さんとは、南風原《はえばる》朝光《ちょうこう》という沖縄出身の画家である。母の叔父、私にとっては大叔父になる朝光は、同郷の詩人・山之口貘とツルんで、池袋を根城に毎晩のように呑んだらしい。昭和十年代半ば、朝光は妻子を沖縄に残し、アトリエ村「池袋モンパルナス」の一角に暮らしていた。

池袋モンパルナスとは、昭和初期から池袋界隈に建てられた、つつじが丘アトリエ村・すずめが丘アトリエ村・ひかりが丘アトリエ村・さくらが丘パルテノンなどの総称で、ここに若い芸術家たちがこぞって暮らし、創作活動や芸術談義に明け暮れたのだった。

池袋モンパルナスのことを知りたくて、画家・寺田政明夫人、政子さんとご子息の俳優・農《みのり》さんをお訪ねした。

寺田政明は、福岡から上京して太平洋美術学校に学んだのち、昭和八年から池袋モンパルナスに暮らしはじめた。彼は、若い芸術家の面倒をよく見た「兄貴分」のような存在で、多くの芸術家に慕われ、とりわけ詩人・小熊秀雄との深い親交が知られている。寺田は朝光とも親交があったと考えられるのは、戦後に再建した「池袋美術研究所」のポスター（昭和二十六年）に、寺田や熊谷守一とともに朝光の名もあるからだ。

政明は同郷の政子さんとは幼なじみだったといい、芸術家のタマゴたちが集うグループでともに絵を学ぶ仲間でもあった。彼が帰省のたびに東京の様子を聞かせてくれたこともあり、政子さんも上京することになった。ふたりは昭和十三年に結婚し、「さくらが丘パルテノン」の一角が新居となった。四畳半の居室に板の間のアトリエがあった。政子さんは語る。

「子どもが生まれたので、あとになって隣の家も借りました。ひとつは創作の場、ひとつは住まいにして。別々にしていたので、みなさん来やすかったのでしょう。うちにはしょっちゅう、人が集まっていました。ご近所は上野の東京美術学校の生徒など独身者もいましたし、芸術家のご夫婦もいらっしゃいました。ほとんどが二十代でしたね。そうそう、うちのお隣はね、独身で学校の美術の先生だったのですけど、隣といっても両方がふすまを開けると見えちゃうような造りなの。その方が寝坊してしまうから毎朝私が起こしてあげました。時間ですよーって。楽しかったわ」

彼らの出身地は多彩だった。北海道や沖縄、朝鮮半島からやって来た人たちが芸術というひとつの目的に向かう場が池袋モンパルナスだった。

「とにかく時間だけはあるから、どこかの家で集まっては話していましたね。夜、一杯呑みながら議論に熱中してケンカみたいになると、あちこちから、それ行けぇってケンカを止めに行くのよ。アイツがいい作品を描いているという話になると、みんなで見に行ったりしてね。主人もどこかで芸術論を戦わせたあと家に戻ると、まっすぐキャンバスに向かうことがありました。負けてられない、という気持ちになったのでしょうね」

息子の農さんは言う。

「画家というのは逃げることができない孤独な作業でもあるのだけれど、それでもあの時代のモンパルナスの熱気は、仲間がいて刺激しあった世界が生んだのでしょうね。自分の絵を描きたいという意欲、情熱のほとばしりはすごかったと思う」

それぞれ故郷を離れて創作活動に励む身は同じだからこそ、互いを思いやる気持ちもつよかった。家に誰かが来れば、無理をしてでも食事を出さなければ気が済まなかった。今でもつい、客の腹具合を心配してしまうのよ、と政子さんは笑う。周辺の商店も芸術家に優しく、八百屋や肉屋が売り物を貸してくれることもあったそうだ。

「でもね、みんな借り逃げっていうことはなかったの。絵が売れて、ちょっとでもお金が入ったら、すぐ返しに行ったのよ」

戦争の足音が響く時代、誰もが苦しい生活をしいられただろうに、池袋モンパルナスにはユートピアのような暮らしがあったのだ。玄関の鍵など掛けたこともなく、窓から誰かが顔をのぞかせれば、そのまま家にあがって芸術談義になった。戦況が厳しくなっても、住人たちの創作意欲が衰えることはなかった。アトリエ村独特の雰囲気は若い芸術家のあいだでよく知られ、常に空き家待ちの状態だったという。

寺田家に毎日のように来ていたのが北海道出身の小熊秀雄だ。昭和三年に上京、プロレタリア詩人として活躍した。アトリエ村一帯を「池袋モンパルナス」と名付けた人でもある。政子さんは振り返る。

「朝から晩まで私たちの家にいらしたわ。主人の絵の道具を使って、絵を描いていましたよ。あのころ絵具も配給制度になっていましたね。それから詩もね、いいのが出来ると、奥さん、読んできかせましょう、って朗読してくださるの。それはうれしかったわ。小熊さんは長く結核を患っていらしたでしょう。主人にお金が入ると、小熊さんに食べてもらおうってお肉なんかを買うの。小熊さんのアパートは三畳一間で、奥さんと息子さんの焔《ほのお》ちゃんがいて生活は大変でいらしたから。でも主人は、僕が小熊のアパート訪ねると芸術談義が長くなって身体に悪いからって、食べ物を渡すために私をおつかいに出すの。渡したら、すぐ帰ってくるんだよって言い含められてね。彼はすぐ近所で子供をおぶって待っていたわ」

小熊は昭和十五年に三十九歳で病死した。後年、政子さんは小熊夫人のつね子から「あのときはよくしてくれて、ほんとうにありがとう」と言葉をかけられたそうだ。寺田政明にとっても、小熊はモンパルナスのオピニオンリーダーとしてつよく影響を受けた大切な人だった。小熊との思い出を農さんにもしばしば語ったそうだ。

息子にとって画家の父はどんな存在だったのだろう。

「うちの親父は、画家仲間だけではなく家族も大切にしていましたね。そういうバランス感覚がいい人だった。ずいぶんあとになって、親父の作品でいいものはうちにないんだねって言ったら、それできみたちが育ったんだよって笑っていましたよ。絵を描いて家族を養うのは大変だったと思いますよ。手元に少しお金があると〈非常金〉と書いた封筒にお金を入れていました。家族のための貯金だったのでしょう」

政子さんが笑う。

「あら、あの非常金の袋にお金が入っていたことはほとんどないのよ。いっつもカラッポ。非常金、なんて赤い字で書いてあるだけだったのよ（笑）。気休めねぇ」

戦後、モンパルナスの住人の顔ぶれは変わっていき、寺田一家も戦後二年目に板橋の通称「ひぐらし谷」へ転居した。平成元年、明治最後の年に生まれた画家は世を去った。作品の寄贈先をすべて決め、自らの身体は献体する手続きを済ませていた。鮮やかな終わり方だったというほかない。

間もなく九十歳を迎える政子さんは、池袋モンパルナスの日々をこう締めくくった。

「ちっとも苦しくなんかなかった。お金はなくても若さがあった。何も恐ろしくはなかったわ。あそこには、自由があったもの」


池袋モンパルナスのアトリエ付き住宅の大半は昭和初期に建てられている。当時のまま現存する貴重な一軒に伺った。彫刻家・白井謙二郎が創作に励んだ「ひかりが丘アトリエ村」である。智子夫人（八十八歳）が現在もおひとりで暮らしている。

その家は、昭和三十年代後半に二階を増築したが、一階スペースは謙二郎がここに居を定めた昭和七年とほとんど変わっていないという。当時、一坪が玄関、台所、押入れ、トイレに区切られており、左に三畳間、奥に十二畳のアトリエがあった。北側に面した広い窓は天井近くまであり、窓下に作品の搬出口、室内に地下に掘られた粘土蔵があった。淡い光が差し込む窓のガラスも建てられたときのままだ。

「アトリエは太陽光線の変化に影響されないように北向きに造られるから、寒いわね。戦後、まわりの方たちはほとんど引っ越したけど、主人はここから越す気はぜんぜんなかったのよ」

今は遊歩道になり面影もない谷端川のほとりから、すこし入ったところに「ひかりが丘」はある。細い道をはさんで十軒。同じようなアトリエ付き住宅が並んだ。勤め人が住んだ一軒をのぞき、画家・桑原實ら芸術家たちがここの住人だった。

香川出身の謙二郎は、東京美術学校彫塑科に学び、在学中から池袋にアパートを借りていて、卒業後に友人と共同で借りたアトリエがこの家だった。智子さんとの結婚は戦争末期の昭和十九年。そのいきさつが面白い。

「私は津田塾を出て、女子美術学校で英語を教えていました。私の叔父が世話している芸術家で、学校の先生か看護婦、とにかくひとりで食べていける女性と結婚したいと言っているのがいるって、私に言うの。彫刻で妻子を養うのは難しいから、職業を持つ女がよかったのね。叔父は彼の相手に私をぴったりだと思った。それで私たちは結婚することになったのよ」

智子さんは日本橋の綿布問屋に生まれ、親戚に染織家・芹澤銈介や画家などがいたので、芸術家との結婚に躊躇はなかったそうだ。

「結婚するときに、お互いの仕事には一切口を出さないと約束をしたの。それぞれ好きなことに夢中だから気は楽だったわね。ケンカしたこともなかった。彼がアトリエで創作をしているときには立ち入らない取り決めでした」

結婚して半年で夫は徴兵され、二年近く帰ってこなかった。近隣の芸術家たちもほとんどが出征したり疎開したりしてしまう。

「戦争中、米軍の戦闘機が低空を飛んで銃撃するのよ。空襲警報が鳴ると、すぐにまわりの家の窓を全部開けてまわるの。爆風で窓が破れるでしょ、だから先に開けておく。みんなが帰ってきたときに穴だらけでは申し訳ないでしょう。それから押入れに入ってじっとしているの。覚悟を決めるっていうか、戦争ってそういうものなの」

麦畑に囲まれたアトリエ村の周囲には焼夷弾が落とされ、川向こうは全焼したが、この一角は燃えずに残った。戦後になって、大家の初見氏から頼まれて土地と家を買い取ったのだという。

智子さんは埼玉大学附属中学で教職を続けた。理路整然とした話しぶりは有能な教師だったと感じさせる。いっぽう謙二郎は創作に勤しむ日々だった。具象から出発した彫刻家は、年月を重ねて抽象へと向かう。

お酒を飲まない謙二郎はコーヒー好きで、ひとり娘を連れては芸術家仲間が集う喫茶店「コティ」によく顔を見せたという。その娘が画家を志望したときには反対したが、孫三人は全員、アートの道に進んだそうだ。謙二郎が孫のひとりのために創作した作品「サチコの木馬」が残されている。晩年は池袋モンパルナスの証言者として尽力し、訪れる若い人たちに請われてアトリエ内を見せることを厭わなかった。

「主人は自分の仕事以外に悩みもなかったし、楽しく過ごしたと思うわ。五年前にこの家で死ぬ前の日まで意識がはっきりしていて、作品のことを話していました。朝、起こそうとしたら息絶えていたの。九十歳でした」

池袋モンパルナスを終生愛し、幸福な芸術家の一生をまっとうしたのだろう。智子さんは夫の没後、作品の整理をして過ごす日々だという。謙二郎が紫煙をくゆらせた缶ピースの空き缶がいまもそのままある。「そろそろここから逃げ出したいのよ」と笑うけれど、あたたかい記憶が智子さんをはなさないように思えた。


このお話をうかがってから五年後の二〇一一年十一月から翌年一月まで、板橋区立美術館で「池袋モンパルナス展　ようこそアトリエ村へ！」が開催され、南風原朝光の「静物」（昭和十七年）も展示された。テーブルの上に、沖縄の色鮮やかな魚、パパイア、そして紅型の布を配した作品である。朝光が画家として最も充実した時期は、池袋モンパルナスの仲間とともにいたことを、私は実感したのだった。

第三章

旅の向こうに

台湾、記憶の島で

台湾・台北。この街に漂う匂いにはいつも胸がきゅんと締めつけられる。どこか甘い匂い、生温かな空気につつまれるたびに、うれしさと切なさがまざった気持ちになる。そして四十数年前に他界した母が幼い私に「たいほく」の思い出話をくりかえし語った声を思いだす。

沖縄生まれの私の祖父は、東京で医師資格を得てから二年ほどロシアに暮らし、大正半ばに当時二歳の母を連れて台北に渡り、終戦一年後まで暮らした。祖父が営んだ医院兼住居を私が探しあてたのは十五年ほど前だ。大正末期に建てた木造の建物が残っているはずはないと思っていたけれど、心の隅では母が少女期を過ごしたその家は私が訪れるのを待っているような気もしていたのだ。

建物はすでに朽ちてはいたけれど、不思議な偶然が重なって中に入ることができ、母の言葉をひとつひとつ思い出していった。そうして祖父と母のこと、台湾に暮らした沖縄人の話を『美麗島まで』（二〇〇二年）にまとめたのだが、台湾への旅はこれで終わらなかった。多彩な台湾の魅力に引き寄せられ、いつのまにか私自身の台湾に出会い、旅を重ねている。

二月下旬の朝、羽田空港を飛び立って松山空港に到着し、地下鉄で台北駅に向かう。一緒に旅するのは親しい編集者の田中紀子で、これまで取材もふくめて何度か台湾を旅した仲だ。彼女の祖父は台南師範学校を卒業し、中部の虎尾付近の町で教師をしていた。数年前にそこへ一緒に行き、田中の祖父が勤務した学校を引き継ぐ小学校を訪ねたことがある。突然の訪問にもかかわらず先生が親切に対応してくれ、生徒たちに慕われた彼女の祖父の若き日の姿がわかって、うれしくなった。戦前から大きな製糖工場があった虎尾にはいまもサトウキビを運ぶ列車が走っていて、町全体に甘い香りが漂い、降りそそぐ陽光が美しかったのも忘れられない。

今回の私たちの旅の行く先は、東部海岸地域の台東県・成功鎮（鎮は日本の町に相当）だ。ドキュメンタリー映画監督の酒井充子《あつこ》がこの町で次作を撮影中で、その陣中見舞いを兼ねている。

私が酒井と知り合ったのは、彼女の初監督作品「台湾人生」（二〇〇九年）が公開されて間もないころだ。「日本語世代」の台湾人五人の半生をそれぞれの語りによって浮き上がらせた作品は、人の言葉の中にこそ「歴史」が刻まれているのだとあらためて感じ、田中に話すと、すぐに酒井に会う場をつくってくれたのだ。

一九六九年生まれの酒井は「北海道新聞」の記者をしていた九八年、初の台湾への旅をしたときに九份（映画「悲情城市」の舞台になった町）で日本語を話す老人に出会った。そのことが忘れられず、新聞社を退社してドキュメンタリー映画などの制作や宣伝に関わりながら台湾取材をつづけ、七年後に「台湾人生」を完成させた。酒井と田中そして私はとても気が合い、たびたび会っては楽しい時間を過ごしてきた。その後酒井は、日本人が撤退した戦後の台湾、言論統制と弾圧の時代が長くつづいた時代を生きた台湾人をテーマに「台湾アイデンティティー」（二〇一三年）などを完成させている。

台北駅で待ち合わせしていたエリーこと黄碧君がいつものようにチャーミングな笑顔でやってきた。翻訳家・通訳として活躍する彼女は多様なジャンルの日本の出版物を翻訳していて、近年の文学では角田光代、三浦しをん、柴崎友香、川本三郎作品などの翻訳をしている。台湾の出版点数の半分は海外の翻訳だといい、日本の現代作家は二十年前の村上春樹以来、継続的に紹介されてきた。またエリーは、台湾の書籍を日本に紹介する業務を手掛けてもいる。私は彼女にとてもお世話になっていて、その優しい人柄も大好きだ。

エリーは台湾の大学を卒業後に東北大学に留学して日本文学を学んでいる。一九九七年夏、北海道の国際交流センターが企画した二週間のホームステイプログラムに参加したおり、函館で三日間民泊したのが、北海道新聞記者二年目の酒井宅だった。酒井が初めて台湾を旅する一年前のことで、そののち台湾との深い縁ができるとは想像もしなかった時期だ。エリーと酒井が再会したのは十三年後の二〇一〇年、「台湾人生」の東京での上映会の場だった。声をかけられた酒井はすぐにエリーだとわかり、翻訳の仕事をしていると聞いてよろこんだ。そのころのエリーはアメリカの語学留学を経て日本人男性と結婚、千葉に住んでいたのだが、現在は夫とともに台北で暮らしている。

三人で台北駅から特急プユマ号に乗って約三時間。車窓から見える緑濃い山々を楽しみながら玉里駅に到着したのは夕方六時半、あたりは闇につつまれていた。さらにタクシーで約四十分、成功鎮に着く。夜風の中に漂う潮の香りが漁業の町ということを実感させる。近年は観光にも力を入れているといい、きれいな民宿が立ち並び、その一軒で荷をほどく。民宿を営む女性は原住民族のアミ族で、目鼻立ちがはっきりした美しい人だった。成功鎮の人口は約一万五千人、アミ族と漢民族系が半々の構成だという。

ほどなく酒井がカメラの松根広隆、録音の川上拓也とともにあらわれた。この町の一軒家で合宿しながら撮影をつづけてすでにひと月だが、元気いっぱいの様子だ。もうひとり、なめらかな日本語を話す陳韋辰《ちんえいたつ》は成功鎮生まれ、いま酒井らの撮影を全面的にサポートしている人だという。さっそく陳がなじみにしている海鮮料理の食堂に行く。テーブルには脂がのったカジキの刺身、茹でたセミエビ、シイラのあんかけ、野菜炒め、魚のスープ……。新鮮でおいしい料理に舌鼓をうちながら、酒井に今回の映画のテーマを聞いた。

「〈台湾人生〉で戦前、〈台湾アイデンティティー〉で戦後、それぞれの時代を生きた台湾人をテーマにしたけれど、撮りながら台湾人であることとは何だろう、台湾という島は何か、ということを考えつづけていたのね。複雑な歴史に翻弄された台湾だけれど、地に足をつけて生きてきた人たちがいる。その人たちの姿を通して、太古の昔から今の台湾につながっているものを見つけたいと思った」

酒井は「台湾人生」を撮った「原点」に戻ろうと考えた。初の台湾旅行で偶然出会った老人との会話が出発点だったように、ひとり旅に出ることにしたのだ。「地に足をつけて生きる人」とは何かを考え、台湾の山や海とともに暮らす農業、漁業の人に会いたいと思ったけれど、あえて事前の調査やアポイントをとることをしなかった。

二〇一五年六月、南部の高雄でレンタカーを借り、西海岸から南へ、さらに東海岸に出て海岸沿いを北上するルートを走った。

「まず米どころの池上鎮（台東県）に行っていろいろ尋ね、それから山を越えて海に出たら、

〈成功漁港〉という看板が見えたのね。漁港なら漁師に会えるかもしれないと思った。そのときは成功が日本との関わりが深い漁港とはまったく知らなくて、あとで驚くことになるのだけれど。漁港ではちょうどセリの最中で、そこにいた人たちに筆談で戦前生まれの現役の漁師を知りませんかと尋ねると、八十四歳の漁師がいる、と親切に教えてくれたの。だけどこの日のセリにその漁師はあらわれなくて、会えなかった」

酒井は翌日に花蓮から台北へ移動しなければならなかった。ただ、偶然にもこのとき漁港に長崎大学の水産調査の研究グループがいて、成功鎮の漁業を知りたいなら日本語が堪能な人がこの町にいると教えられた。それが陳韋辰だった。彼の名と住所をメモした酒井は、後ろ髪をひかれる思いでこの旅をひとまず終え、二ヵ月後に成功鎮を再訪する。陳が語る。

「私が事務所で仕事をしていると、スーツケースをがらがらと引いた女の人が私のところにまっすぐやってくるからびっくりした（笑）。酒井さんは電話番号をメモしていなかったから、直接きたそうです。そうして彼女と知り合い、よい友だちになりました」

陳は酒井と同じ一九六九年生まれ。父の代から海産物の仲卸を手広く営んでいる。二十歳前後に両親を相次いで失った彼は家業を継いでこの町で生きていく決心をしたのだが、その前に海外を見ておこうと日本に留学、のちにオーストラリアにも語学留学した。日本で出会った大阪生まれの日本人女性と結婚、ひとり娘がいる。

「酒井さんが成功鎮の漁師を映画にしたいというので、とてもうれしかった。漁師を紹介するし何でも協力すると申し出たんです。成功鎮の歴史と現在の姿をたくさんの人に知ってほしい」

力強い応援者を得た酒井は、この三ヵ月後、映画クルーとともにやってきて一回目の撮影にとりかかり、八十四歳の漢民族系漁師と、アミ族の六十九歳の漁師に密着している。

明るい人柄の陳の話はとても楽しく、酒井がこの人に巡り合うことができてほんとうによかったと思う。そして私たちも滞在中、彼や、彼の幼なじみたちからも心温かいもてなしを受けることになる。

この日テーブルに並んだ新鮮なカジキの刺身やセミエビなども私たちのために陳が特別に用意してくれたものだった。「カジキ、おいしいでしょ。日本にも輸出しているんですよ」。

そのカジキ漁には近代の台湾と日本、そして沖縄の漁師たちが黒潮の流れとともにつむいだ「海と人」の物語があったのだ。

朝、目を覚ますと曇り空だった。民宿のベランダから間近に海が見える。昨日は気づかなかったけれど、海とともに生きてきた町だとよくわかる。今日の波は高いが、漁師たちはいつものように朝四時に出漁したそうだ。酒井ら映画クルーは撮影に出るというので、セリがある午後に漁港で待ち合わせし、私たちは町を散策することにする。

山のつらなりが海の近くまで迫っている。東部地域に一般的な「上山下海」といわれる地形だ。平坦な一帯には道路が碁盤状に貫き、食堂や商店、コンクリート造の家屋が軒を連ねている。その軒先には、沖縄でもよく見かける「石敢当《いしがんとう》」（中国起源の除災招福の石柱）があった。全体にこぢんまりとした町で、生活しやすい感じだ。

その一角に市場があった。おばさんたちがにぎやかにおしゃべりしていて、何種類もの小魚の塩漬けや、小粒のトウガラシを酒に漬けた辛味調味料は沖縄の「コーレーグース」と呼ばれるものとまったく同じ。おばさんたちのたたずまい、野菜の並べ方、豚肉をかたまりで売っているのも沖縄の市場の雰囲気にそっくりだ。成功鎮はネーブルオレンジの産地としても名高く、ひとつ食べたらとても甘くておいしかった。

耳に聞こえる言葉がやわらかい感じがするのは、「国語」と呼ばれる公用語の「北京語」ではなく、いわゆる「台湾語」だからだ。アミ族同士はアミ語のようだ。こういった感じも、独特のイントネーションの標準語と、ウチナーグチがまざっている沖縄の市場に似ている。

漁港の方へ歩くと何艘もの漁船が係留されていた。赤、ブルー、グリーン、白のペイントが鮮やかだ。波模様が描かれていて、原住民族伝統の刳り船の雰囲気を残しているという。特徴的なのは、船の舳先に突き出た台「頭架」があることだ。そこに人が立ち、波間に姿をあらわすカジキを見つけると、四、五メートルある銛で突いて捕える「突きん棒漁」という漁をする船だ。

近くに成功鎮の漁業の歴史を展示する施設「魚主題館」があったので入ってみた。受付にいた女性にエリーの通訳を通していろいろ尋ねていたら、成功鎮の歴史を知りたいなら八十七歳の私の父に会うといいですよ、日本語がとても上手ですから、と言う。ぜひお目にかかりたいです、今から会えますか、と図々しくお願いすると、すぐに父親に電話してくれ、これから家まで案内するという。台湾を旅していると思いもかけない親切を受けることがよくあるけれど、台湾人の優しさにはびっくりするほどだ。

「父はここ数年、体調があまりよくないのですが記憶はしっかりしていますよ。そうそう、お昼には毎日楽しみにしているNHKのドラマ〈あさが来た〉を見ますから、インタビューはそれまでに終えていただけるとありがたいです」

そうして私たちは王河盛《おうかせい》に会うことができたのだ。「いらっしゃい。よくきてくれましたね」、とても美しい日本語だ。いただいた名刺に「在地文史工作者」(郷土史研究家)とあり、成功鎮の歴史をまとめた日本語の文章を用意してくれていた。

一九二九年、台湾北部最大の港湾都市・基隆で生まれた彼は、三五年に鮮魚の荷積みなどの仕事をする父親ら家族とともに成功鎮に移住した。国民学校高等科で日本語教育を受け、四四年に卒業して役場に勤務。十八歳で戸籍業務の主任（課長に相当）になったのが「人生で一番うれしい思い出」だという。七三年からは秘書（町役場の助役）として三代の鎮長（町長）仕え、定年まで勤めあげた。町役場勤務のかたわら、町の子どもたちに柔道を教えてきた。

退職後に郷土史研究に着手したのは、三十八年間つづいた戒厳令が解除（一九八七年）され、台湾全土に地誌研究の機運が盛り上がった時期でもある。貴重な資料を発掘して『成功鎮志』を執筆、日本人研究者の調査にも協力してきた。

「私たち家族がここにやってきたのは日本統治時代の昭和初期に漁港が建設され、拡充工事によって整備が進んでいたからです。当時は〈新港〉という地名で、成功という名は戦後に付けられたものなのです。けれどいまでも新港という名で通じます」と、王は語る。

元来、この地区は原住民族のアミ族が暮らす集落で「マララウ」といった。百数十年前の津波によって草木が枯死した風景を意味するという。この地のアミ族は狩猟や小規模の農業、漁業をして生きてきたのだが、近代以降は大きな変化を余儀なくされる。

日本統治時代になってから台湾西部は対岸の中国漢民族系住民の移住によっていち早く開拓されていったが、東部地域の開拓に総督府が着手するのは明治末からだ。黒潮の流れにある豊富な水産資源に着目したのだ。

マララウの港はもともと天然の港があり、漁船の退避港として機能していたのだが、一九二〇年に大阪商船の定期船停泊港になるなど、大正時代から東部開発の重要ポイントとして期待されていた。翌二一年、マラウ地区を含む周辺地域を「新港」と改称、行政機関が移転して市街地が形成されていった。二七年には総督府が漁港調査をし、二九年から漁港の建設が始まる。三二年に竣工、さらに三六年に拡張工事がなされ、魚市場や漁船修理ドックなどが整備されていった。

総督府による新港への日本人漁民移民募集事業の本格的開始は一九三二年である。統治初期に台湾西部や東北部での移民奨励事業が失敗に終わった先例を踏まえ、新港へは五年間の事業計画が立案され、漁民世帯七十戸の定住をめざした。「官営移民」として「内地」から募集したのは、新港地区と似通う黒潮に囲まれた海洋環境の十五府県の人々だった。初年は単身で、翌年に家族を呼び寄せる形式をとり、渡航費用の負担、宅地と耕地を払い下げ、もしくは貸し下げられるなど手厚い援助があった。

一九三二年、和歌山県から五名、千葉県から七名の漁民がやってきて、翌年に本格的な移住へと移行し、さらに大分県、熊本県、徳島県、神奈川県からの官営移民もきて新港の一画に「移民村」が形成されていった。三八年までに移民村で暮らす漁民は四十五戸、百五十二人に拡大している。こうした官営移民のほか、沖縄出身者を中心とする「私的移民」の漁民がやってくる。与那国島など八重山諸島、宮古島、沖縄本島南部の糸満の漁民たちだった。

王は「終戦の一九四五年までに移民村は八十二戸に達し、日本人と沖縄人が半々でした。沖縄人は、日本人よりも私たち台湾人に近い感じがありましたね」と振り返る。

老齢の台湾人と話すと、沖縄人を日本人とは別のカテゴリーと考えていて、親近感を持っていることがわかる。独立国琉球が一八九七年に日本に併合された運命は台湾とも通じるし、文化的にも近いと感じているのだ。さかのぼれば、琉球王国時代末期、宮古島民六十六人が台湾に漂着して五十四人が殺害された事件（一八七一年）は、明治政府による「台湾出兵」（一八七四年）の口実となった。

一八九五年に日本が台湾統治を開始してほどなく、距離的にも近い沖縄人が仕事を求めて台湾へ渡っている。なかでも与那国島から台湾へは百十一キロ、沖縄本島へは五百十四キロだから、与那国島の漁民が見つめた海の先にあるのは台湾だった。

沖縄人最大の漁民集落があった基隆・社寮島（現和平島）のほか、東部では蘇澳、花蓮、馬武屈などに沖縄人集落が形成された。やがて新港の開発と発展にともない、台湾各地から沖縄人が移り住み、また漢民族系やアミ族もこの地にやってきて日本人漁民世帯に同居しながら漁業に従事した。

新港に移民した日本人漁民たちはこの地での漁撈法を模索し、カツオ延縄漁と、先述したカジキ突きん棒漁を中心とした操業が展開されていった。ちなみに動力船を用いたカジキ突きん棒漁は、大正期に千葉県安房地方で始まったといわれる。王は「日本人によって伝えられたカジキ漁が新港発展の基礎となり、さらに戦後、そして現代にも引き継がれているのです」と言う。

カジキ漁は役割分担がはっきりとした十人前後の漁撈集団で行われる。その頂点は、一番に銛を投げる船長であり、その下に副船長、船員、機関長、操舵手……。そして見習いをしながら食事の世話をする係（飯炊き）などがいて、漁をしながら経験を積んでいく。それぞれの役割によって利益配分も明確で、見習いも漁撈技術を習得していくにしたがって稼ぎが向上していった。

カジキ漁は冬季のやや波が高い時期を中心に行われる。「板子一枚下は地獄」という海で日本人、沖縄人、漢民族系、アミ族と、多様な出自の人々が一艘の船に乗り、一つの目的に向かうには深い信頼関係を築かなければならないだろう。時に厳しく、時に優しく漁撈技術を教え合った言葉は日本語が主だった。

一九四五年終戦。台湾は中華民国国民政府（国民党政権）の執政下に入り、新港の漁船や魚市場などの施設は台東県政府の管理下となった。その翌年に新港の地名は台湾の英雄・鄭成功にちなんだ「成功」と改称され、同時期に日本人の引き揚げが始まる。

その一方、台東県政府は漁撈技術を持つ日本人と沖縄人を「留用」（台湾に留めて任用すること）する。日本人十人、沖縄人十六人が残り、台東県がつくった「水産技術訓練班」で漁撈講習を受け持ち、漁民を育成していった。台湾の政治状況が大きく変貌する時代にあっても、熟練した日本人漁師らがその技術を次世代に伝授したのだ。また戦前に日本人漁師の下で経験を積んだ漢民族系・アミ族漁師も、教える立場になっていた。

一九五〇年代以降、カジキ突きん棒漁を中心とする近海漁業はさらに発展し、成功周辺地域、また離島の「緑島」（旧火焼島、一九四九年に改称）から、漢民族系やアミ族が成功にやってきて人口は増加した。この緑島とは、台東の東南二十九キロの洋上に浮かぶ小さな島で、日本統治時代から漁業が盛んな島だった。だが緑島は、戦後の台湾人にとって「白色テロ」（革命運動や民主化運動などの反体制活動に対する為政者による弾圧行為）と呼ばれる恐怖政治下、政治犯収容を目的とした監獄が置かれた島として特別な意味を持つことになる。

成功における日本人・沖縄人漁師たちによる漁撈講習がいつまでつづいたのかははっきりしない。戦後から数年たつうちに少しずつ帰国していったようだ。

だが王によれば「一九六〇年代末まで沖縄人が暮らしていましたよ。中国語を勉強して、こちらの漁師たちと一緒に仕事をしていました。沖縄が日本に復帰する直前まで、沖縄漁民との個々の交流はつづき、いま成功鎮で活躍する漁師は戦後に沖縄人から漁業技術を習い、八重山の海で漁をした人も少なくありません」とのことだ。

市場で見かけた「コーレーグース」によく似た辛味調味料は、台湾に暮らした沖縄人が持ち帰ったものかもしれないと想像がふくらんだ。ちなみにこの辛味調味料は、台湾の原住民族を中心に広く使われ、離島の蘭嶼島、さらにはフィリピンのバタン諸島にもあるという。南米原産のトウガラシは十五世紀末、コロンブスによってヨーロッパにもたらされ、世界各地に広がった。この辛味調味料の伝播も、人間の移動の足跡を物語っているのかもしれない。

台湾と沖縄の間に広がる海は、日本統治時代、戦争と戦後、そして沖縄の本土復帰と、揺れ動く歴史とともにあった。その海域はいま国家という枠組みの中で自由な往来はできない。現在、与那国島には陸上自衛隊の「沿岸監視隊」が配備されている。台頭する中国を意識した「南西諸島の防衛強化」の先駆けとされる。近代以降「帝国の南門」と位置付けられた沖縄の島々は、再び同じ意味を担わされているのではないか。

けれど、かつてさまざまな出自の漁師たちが一つの船に乗り、漁撈技術を教え合った史実は記憶されるべきだろう。青い海原を行く漁師にとって、日本人か沖縄人か、漢民族系かアミ族かは関係なかった。高い漁撈技術と知恵と人徳のある人が船長となり、船員を一つにまとめ、全員の安全を確保しつつ、獲物をとらえる。その目的のために力を合わせ、無事港に帰ってこなければならない。さらに自らがこの地を去ったのちにも漁業が存続するために、後継者育成は漁師としての責務だと自覚していたのだ。

船の上ではさまざまな言葉がやりとりされていたのかもしれない。だが船長以下、一人ひとりの行動を見れば、信頼に足る人物か、そうでないのかは瞬時に判断できたはずだ。漁師としてのプロ意識が互いの信頼関係を築き上げていったのだ。

王が楽しみにしているテレビ番組の時間になってしまった。聞きたいことはたくさんあったけれど、また再会する日を楽しみにして辞去することにした。「またいつでもいらっしゃい」、そう言って見送ってくれた。

午後二時半。市場でのセリが始まる。市場の人たちと顔なじみになっている酒井がやってきた。カジキ、マグロ、マンボウ、クエ、サメ、シイラ……。豊漁だったようだ。セリ人を取り囲む十数人の仲買人たちが素早い駆け引きをし、あっという間にセリ落とされていった。台北へ、また日本へと運ばれていく魚も多いという。サメやシイラは日本でかまぼこなどの練り物の材料にもなるというから、私も成功鎮の漁業の恩恵を受けていることになる。

成功鎮の漁業は一九八〇年代半ばをピークとして、漁獲高は減少傾向にあるという。また後継者不足も深刻になりつつあり、近年はインドネシア、マレーシアからの出稼ぎの人たちが漁船の一員として働いている。さまざまな顔立ちの人たちがきびきびと仕事をしている様子を見ながら、私はかつての日本人・沖縄人漁師たちの姿を想像したのだった。

それは戦後もつづいた国を超えた漁師たちの交流の物語だった。だが、私は旅をつづけるうちに台湾の戦後は過酷な時代であったことを実感していくことになる。

私たちが成功鎮滞在中のある日、酒井は一本の電話を受け取った。話しているうちに表情が変わり、目に涙を浮かべている。どうしたの、と尋ねると「喜久子さんが亡くなった……」と言ったまま、言葉をつまらせた。映画「台湾アイデンティティー」に登場してもらい、その後も親交をつづけていた日本名・矢多喜久子（中国名、高菊花）の訃報だった。八十三歳の生涯を閉じたという。

一九三二年、台湾南部の阿里山のふもと、原住民族ツオウ族の集落で生まれた彼女は、民族名をパイツ・ヤタウヨガナといい、日本人と同じ小学校に通い、六年生の時に終戦を迎えた。戦後は師範学校に学び、米国への留学準備中に父が逮捕されてしまう。

父は、ツオウ族のリーダーとして知られる高一生（民族名、ウォン・ヤタウヨガナ、日本名、矢多一生）だ。台南師範学校を卒業した原住民族の中では突出したエリートで、作詞作曲するほどの豊かな音楽の才能や、日本古典文学の教養にも秀でていた彼は、警察官や教員を務めていた。戦後は呉鳳郷（現阿里山郷）の郷長（村長）となったが、原住民族の自治を主張したため、国民党から要注意人物と目されるようになった。

「白色テロ」の嵐が吹きすさぶ中、高一生は一九五二年に逮捕されて獄中生活を送り、五四年に銃殺された。四十五歳だった。

獄中の父から届く便りは美しい日本語で書かれていたが、カタカナで「ウサナアオ」という文字が記されていることがあった。それは看守には意味がわからないツオウ語の「会いに来てほしい」だと、喜久子にはわかったのに、父娘が会うことは許されなかった。父の最後の手紙には

〈あなたも元気で何よりです。

銀も黄金も玉も何せむに
　勝れる宝子に及かめやも

此の歌覚えていますね。家と土地さえあれば好いです。立派な子供が沢山居るから。品物取られても構いません。私の無実な事が後で分かります。（略）

畑でも山でも私の魂が何時でもついていています。〉

と、山上憶良の歌に父親としての万感の思いを託している。父娘は会えないまま、永遠の別れとなってしまった。

その後、喜久子は母と九人の兄弟姉妹を支えるために歌手になる。音楽を愛した父の影響もあったのだろう。さまざまなステージに立ち、ときには国民党兵士の前で歌うこともあっ

た。彼女は政治活動にはかかわらなかったが、国民党は厳しい尋問をして「自白」を迫るとともに、監視をつづける。一九七一年、喜久子は「自首証」提出して偽りの告白をし、父の銃殺から十七年ぶりにほぼ自由の身となったのだった。

「台湾アイデンティティー」で、喜久子は自分の人生をなめらかな日本語でつぶさに語っている。酒井という聞き手を得て、彼女の記憶がひとつひとつよみがえっていくようだった。映画完成後も酒井は台湾へ行くたびに喜久子の家を訪ねて語り合っていたが、ついに再会はかなわなくなってしまった。

酒井は、映画クルーと喜久子の弔問に行く日を相談したあと、車で一時間以上走り、この日の撮影をつづける。海はひどく荒れていた。白い高波が押し寄せ、しぶきが散る。ザッバーンと波の音だけが響く海岸で酒井たちは言葉もなくカメラをまわした。私は荒れる冬の海の光景と、政治状況に翻弄された喜久子の人生を重ねていた。

数日後、エリーは一足先に台北に帰り、私と田中が台北に向かったのは二月二十八日だ。台湾戦後史にとって重要な「二二八事件」から六十九年目の日に台北にいたかった。

二二八事件は、一九四七年二月二十七日夜、国民党の専売局闇タバコ摘発隊が本省人（終戦以前から台湾に居住する住民）女性に暴行を加えたのが引き金となった。これに抗議した群衆に向かって摘発隊が発砲して一人を殺害。翌二十八日に抗議デモが行われるが、憲兵隊は非武装のデモ隊に向けて一斉掃射を行い、多数の市民が犠牲になる。市民たちは台湾全土で抗議行動を展開し、放送局を占拠するなどしたが、国民党政府は大陸に援軍を要請して武力による弾圧を行った。

この事件は台湾全土を揺るがし、成功鎮にも波及した。若者たちが抗議行動を起こしたものの、三月中旬には国民党軍が漁港から上陸、七名の青年らが逮捕されている。

さらにその後、日本統治下で高等教育を受けたエリート層を中心に台湾全土で逮捕・投獄・拷問がされ、多くが殺害された。殺害・処刑されたのは一万八千人から二万八千人と推計されており、行方不明、死体の行方もわからない人が多数にのぼる。また多くの人が「緑島」の監獄に収容され、長期にわたった人も少なくない。一九四九年に発令された戒厳令は八七年まで継続し、この間に高一生ら多数が犠牲になった「白色テロ」の時代があったのだ。

長く語ることさえタブーとされてきた二二八事件だが、一九八九年に公開された侯孝賢監督「悲情城市」は、この事件を正面から取り上げた作品だ。ヴェネツィア映画祭でグランプリを獲得し、事件が全世界に知られる契機ともなった。

田中とともに台北駅の南側にある「二二八和平公園」に行く。この公園の前身は日本統治時代の一九〇八年に開園した都市公園「台北新公園」である。そして二二八事件の際、本省人たちが園内の放送局（旧台北放送局）を占拠、台湾全土に向けて台北での蜂起を告げたことで、二二八事件を象徴する場の一つとなっている。一九九六年、陳水扁台北市長（当時）が、公園内に事件で犠牲になった市民を追悼する「二二八和平紀念碑」を建立、公園名も改称したのだった。

この日、公園の一角では午後二時から、台北市政府などの主催による「二二八事件69周年紀念会」の式典が行われた。たくさんの市民が集まり、和平の鐘が打ち鳴らされ、黙祷のあと事件犠牲者遺族代表や、当選を果たしたばかりの蔡英文総統がメッセージを読み上げ、つづいて市民たちが事件のシンボルである百合を献花した。その一隅で百合の香りにつつまれた私は、この「最も悲惨な悲劇」と「抑圧と沈黙」をしいられた台湾の戦後、そして事件を決して忘れず、自らの手で台湾の自由を勝ち取った台湾人の姿に涙がこぼれてしまうのを抑えられなかった。そのとき、来場者の悲しみを慰めるように、ステージでは音楽愛好家の市民によるバンドが、美しい音楽を奏でてくれた。そのうちの一曲が「涙そうそう」だったので、また涙があふれてしまった。

二二八事件で蜂起を呼びかけた放送局は、一九九七年に「台北二二八紀念館」となって、事件と白色テロの時代を伝えている。この日は無料開放され、たくさんの人たちでにぎわっていた。

このスペインコロニアル様式の建物（一九三一年竣工）に私が特別の思いがあるのは、母がこの放送局のマイクの前にいたことがあるからだ。台北女子高等女学院在学中の母はすでに演劇活動などをしていたことからラジオ出演の声がかかった。子どもたち向けに童話などを朗読していたという。母が残したアルバムの中に放送局で撮られたセーラー服の母の写真がいくつもある。

母は台北放送局の出演をきっかけにして本格的に放送の仕事を志し、一九三八年に東京の中央放送局出演者募集に応募して合格、上京する。その二年後に沖縄出身の父と結婚するのだが、戦争の時代となり、放送局での仕事は数年で終わってしまった。母が語った台北での思い出話には台北放送局でのエピソードもあったけれど、そこが二二八事件の舞台となったことをおそらく知らないまま、七一年に他界している。

母が上京する日に、台北の祖父の医院兼自宅で撮られた写真がある。スーツ姿の彼女は二度とこの家に帰ることがないとは思ってもいなかっただろう。母が上京したあとも、祖父は医院をつづけ、終戦一年後に沖縄へ引き揚げた。祖父は知人の台湾人医師に家を売却し、その後に現在の持ち主が買い取ったという。私はその家を見つけた十五年前から、台北に行くたびに立ち寄ってきたのだが、近いうちに一帯は再開発されると知った。

その家に行ってみることにした。公園から徒歩十数分だが、歩くうちに複雑な気持ちになってきた。きっともう取り壊されている、でも残っていてほしい……。道すがら田中が「大丈夫だよ、きっとあるよ」と慰めてくれるのだが、自分でも祖父の家にこれほど執着していることに気持ちの整理がつかなくなってしまった。

その家は残っていた。木造の家は、以前にも増して朽ち果てていたけれど、かろうじて姿をとどめていた。母のアルバムに何枚も残されていた「医院」は、風雨にさらされ、屋根は崩れ落ち、窓ガラスはすべて破れていたが、残っていた。穴が開いた外壁から台所をのぞく。かつて一度だけ中に入ることができたとき、持ち主が「この食器棚は家が造られた当時のものです」と教えてくれた食器棚がかすかに見えた。母が少女のころ、そのちいさな手も触れたはずの食器棚――。

崩れ落ちた家を見た私は、「祖父と母の台北」の終わりを、いま見届けた、とごく自然に思えた。私が再びここを訪れるときにはこの家はないだろう。建てられてから約九十年、この家の命は尽きようとしているのだ。

せめてもの思い出に煉瓦塀のカケラを持って帰ろうかとも考えたけれど、やめてしまった。時の流れの中にこの家が消え去っていくのを私は受け止めなければならない。家という形はなくなっても、ここにかつて沖縄人一家が暮らしていたという記憶は私に受け継がれているのだから。

ところで母の名は「里々」という。祖父は身重の妻を残して単身ロシアに渡ってしまったのだが、娘が生まれたら大好きな百合の花、リリーを里々と表記して名づけるようにと、ロシアからハガキを送っていたのだ。母も百合の花をとくに愛していた。二二八の日、私は百合の香りにつつまれてこの家に向かい、祖父の家に別れを告げることができたのだった。

それから私と田中は、総督府前に行った。正面広場が原住民族ケタガラン族にちなんで「凱達格蘭大道」と改称されたのは民主化が進行した一九九六年である。台湾は多様な原住民族、民族によって構成された共同体であり、中国文化とは別の文化があることを表明している。

この日は音楽イベント「共生音楽節」が大々的に行われていた。ちょうど「原住民族青年陣線」が輪になって原住民族の歌と踊りの最中で、若者たちのパワフルな声と動きに圧倒された。広場には、学生や研究者グループが出版物やグッズを販売するブースがたくさん出ていた。原住民族、漢民族系、さまざまな血を継ぐ若者たちが出版物を手にしながら熱心に話し込んでいる。その中でとりわけ若者が集まっていたのは、二二八事件について討論するブースだった。

台湾とは何か、台湾人とは何者か、彼らは長い時間をかけて考えつづけてきた。二〇〇〇年の総統選で国民党の五十五年におよぶ一党独裁が終わったが、八年後には国民党が政権復帰するなど、民主化への道のりは平坦ではなかった。それでも一四年の「ひまわり学生運動」（太陽花学運）は、長期にわたった台湾民主化運動の経験が花開いたともいえる。

ひまわり学生運動は苦難の台湾の歴史を未来のために生かしていく、台湾人自らの意志によって台湾をつくりあげていく、その決意を再確認させた運動だった。二〇一六年には再びの政権交代を果たす。また、いま若者たちを中心に、当局や大陸系大手資本による土地再開発計画反対運動も各地で活発である。台湾の土地には「台湾人の記憶」が刻まれているのだと訴えている。

凱達格蘭大道前の音楽イベントは躍動する台湾の今日を充分感じさせてくれ、夜十時まで歌声が響きわたっていた。

この旅を終え、しばらくして帰国した酒井に会った。私たちが滞在中に訃報を知った「喜久子さん」のお別れのミサが三月三日に嘉義市内で開かれ、参列したという。クリスチャンだった彼女のために讃美歌が何曲も歌われ、そのうちツオウ族の言葉で歌われたものもあったそうだ。参列者には生まれ故郷の村の人や、白色テロの時代に「緑島」の政治犯収容所に収容されていた男性の姿もあった。「喜久子さんとは受難者同士ということで交流があったのでしょうね」と酒井は言う。

美しく化粧をほどこされた喜久子の顔は安らかで、棺は蘭の花で埋め尽くされた。酒井がきてくれたことを彼女も天国でよろこんでいると思う。

パイツ・ヤタウヨガナとして生まれ、矢多喜久子として育ち、あまりに辛い戦後を高菊花として生きた彼女は、台湾の歴史そのものだ。ウサナアオ（会いに来てほしい）――。父、高一生の手紙に何度もあった言葉。娘はようやく愛しい父に会えたのだ、そう思いたい。

酒井の撮影現場を訪ねた旅は、私にとってもあらたな台湾との出会いになった。これからも何度も旅をするだろう。映画クルーは五月に再び成功鎮での撮影に入るという。

成功鎮の風に吹かれて

どこまでも突き抜けるような青空、ぽっかりと浮かぶ白い雲。台湾南東部の台東県・成功鎮は漁業と農業の町である。太平洋の海原が広がり、その海岸近くまで緑濃い山脈が迫る。吹き渡る風は潮の香りと樹々の匂いがまざり、私の身体を優しく包んでくれる。

成功鎮は人口約一万五千の小さな町だ。私が初めて訪ねたのは一年四ヵ月前で、その第一印象は、ここに台湾のすべてが凝縮されている、ということだった。

美しい自然が色濃く残る風景にまず圧倒された。太古から台湾には多様な原住民族が暮らしてきたが、十七世紀以降、中国からの漢民族の移住が活発になり、現在では台湾全土で二・三%（政府が正式に認定しているのは十六部族）にすぎない。だが成功鎮の住民は、アミ族を中心とする原住民族と漢民族系が半分ずつの割合だ。

成功鎮を歩けば、さまざまな顔つきの人たちにすれ違い、台湾語やアミ語が飛び交う市場には新鮮な魚、野菜、肉などとともに原住民族の伝統的な食品も商われている。多様な言語と文化が共存する成功鎮は、大都市の台北とは異なる豊かな魅力に満ちていた。これまで何度も旅した台湾だけれど、成功鎮との出会いは、台湾へのまなざしを大きく開かせてくれることになった。

成功鎮へ私を誘ってくれたのはドキュメンタリー映画監督の酒井充子である。彼女は、日本統治時代に青少年期を過ごした台湾人たちの思いを描いた「台湾人生」（二〇〇九年）、さらに戦後台湾の苦難の歴史を背負い生きた人々に迫った「台湾アイデンティティー」（二〇一三年）などを発表してきた。長年にわたる台湾取材の中で気づいたことがあるといい、こう述べている。

「日本統治時代も戦後の戒厳令時代も台湾の自然は太古から変わらぬ姿でそこにあり、人々はその恵みに生かされてきた。どんなに時代が変わろうとも、台湾の人たちは台湾の海に、山に向き合い、汗を流して働いて生きてきた。だからこそ、いまの台湾がある」

酒井は「台湾三部作」の終章として、この「あたりまえのこと」をテーマにしたいと考えた。二〇一五年六月、ひとり車で東海岸を走り、「成功漁港」の看板に導かれたことが、新作「台湾萬歳」の始まりになる。

成功鎮は、もともとアミ族が暮らしていた地域で、地名をアミ語の「マララウ」（麻荖漏）といい、天然の漁港があった。日本統治時代半ばの一九二〇（大正九）年、黒潮にのる豊富な水産資源に着目した台湾総督府はこの地の開発に着手し、地名を「新港」に改称。三二（昭和七）年に漁港が竣工し、日本人・沖縄人や漢民族系の人々が移住してきた。日本人漁師が持ち込んだカジキの「突きん棒漁」の漁法が伝えられ、現在も続けられている。毎日午後、漁港で行われるセリをのぞくと、カジキ、マグロ、マンボウ、クエ、シイラなどが水揚げされていた。戦後、新港は成功鎮に改称されたが、いまも新港と呼ぶ人が少なくない。

導かれるように成功鎮にたどり着いたという酒井だが、この町は彼女がやって来るのを待っていたのかもしれないと私が感じたのは、天然伊勢海老の仲卸や海ぶどうの養殖を営む陳韋辰との出会いである。日本語が堪能な陳は訪ねて来た酒井とすぐさま意気投合し、「全力で応援する」と言った。そうして日本語を話す元船長・張旺仔《ちょうおうし》（八十四歳）やアミ族の現役漁師・オヤウ（六十九歳）とアコ夫妻を紹介してくれたうえ、現地プロデューサーとして八面六臂の活躍をするのである。

酒井と映画クルー（撮影・松根広隆、録音・編集・整音・川上拓也）は成功鎮で一軒家を借りて合宿生活をしながら五回におよぶ撮影を敢行、計約百日間滞在することになる。私が成功鎮を訪ねたのは、その最中の二〇一六年二月、朝日が昇る前に出航するオヤウ夫妻の漁船に同乗して撮影する酒井らの奮闘ぶりを目の当たりにした。北風の日が突きん棒漁には適しているといい、荒れる冬の海をものともしない彼らには驚くばかりだったが、結局、彼らは漁船に十五回も乗ることになる。また私が訪れた時、映画クルーは高地に暮らしてきたブヌン族の夜の狩りに同行した撮影を終えたばかりだった。

酒井らが撮影中、私は成功鎮を歩いていたのだが、いろいろな人たちから酒井の撮影をとても喜んでいると声をかけられた。私は酒井のおかげで、張旺仔やオヤウ夫妻、さらに「町の賢者」というべき郷土史家の王河盛（八十七歳）に会うことができ、成功鎮の歴史をくわしく教えていただいた。陳韋辰とも親しくなり、彼の小中学校からの友人、陳が「義兄弟」と呼ぶ九人の面々とも楽しいお酒を酌み交わした。こうして成功鎮は私にとっても大切な場所になり、再会を約束したのだった。

「台湾萬歳」が完成し、二〇一七年七月二日夜七時、成功鎮での特別試写会が開催された。会場は国立成功商業水産職業学校（高校に相当）で、制服姿の学生たちがきびきびと観客を案内してくれる。町の人たちが三々五々集まって来て、五百人が会場を埋め尽くした。酒井は「台湾の人たちへの尊敬の気持ちと自然への畏敬の念を込めて撮影しました」と挨拶し、上映が始まった。張やオヤウ夫妻も来場した。

冒頭のシーンは、朝焼けの海を行く突きん棒漁の船だ。そして毎朝畑仕事に向かう張旺仔が海岸沿いをバイクで走る姿を追う。一九三一（昭和六）年、恒春半島で生まれ、十歳で家族とともに新港に移住。戦後、十九歳になった彼は兄の船の飯炊きとして働き出した。戦後も残っていた沖縄人漁師のもとで漁法を学んだという張は、日本語とウチナーグチ（張の言葉は八重山方言）が堪能だ。三十歳で船長となり、船員たちの安全を守ることを最優先して漁をつづけた。自らも四人の子を得て、妻は夫を支えて暮らしを営んできたことが描かれる。四十九歳で船を下りた張は、小さな船で小魚を釣り、畑仕事をしている。午後のセリの時間には港の市場に顔を見せ、豊漁をわがことのように喜ぶ。そんなおだやかな日常を生きる彼が話すのは、自らの人生と漁師としての誇りだ。けれど、その中にも台湾の複雑な戦後史が垣間見える。

観客たちは身を乗り出すようにスクリーンを見つめている。張のチャーミングな笑顔、刺身をおいしそうに食べる彼、てきぱきと台所仕事をする妻を追うカメラに照れる彼女……。客席から笑い声がもれるのは、まるで自分たちがそこに映っているような気持ちになったからかもしれない。

アミ族のオヤウは、張の後輩漁師だ。十六歳で突き船に乗り、二十七歳で船長になった。妻のアコとともに漁をするシーンは圧巻である。荒れる海、大きく揺れる船上でぴたりと息が合う夫妻、獲物を見つけてからとらえるまでの俊敏な動作。雨の日も風の日も漁をつづける彼ら。漁を終え、家に帰ったあともふたりは干物を作ったり、網を修理したりと、休む間もなく働く。その彼らから、日本統治時代に原住民族が体験した事柄が訥々と話されていく。さらにアコの叔父が戦後、国民党軍に徴兵されて中国に送られ、四十三年も帰郷できなかったという事実には言葉を失う。

台東県延平郷桃源《とうげん》村に暮らすカトゥ（四十一歳）は、父がパイワン族で母がブヌン族。中学校教師をしながらブヌン族の伝統文化を継承している彼は、親しいブヌン族の友人ダフとともに狩りに出る。夜の森で狩りの前に先祖に祈りをささげる姿がブヌンの崇高な精神性を感じさせる。一発でキョンを仕留めたダフは、丁寧にさばき、何一つ無駄にしない。私たちは動物や魚など多くの命をいただいて生きているにもかかわらず、そのことから目を背けているのだと感じるばかりだ。

映画には多くの「歌」が流れるのも魅力だ。張が歌う日本語の「突き船のうた」。カトゥがギターを奏で、愛らしい娘とともに歌うブヌン族の民謡。またカトゥが作った「老兵の歌」は、中国から台湾に渡った国民党兵士が退役したあとも残らざるを得なくなり、村で雑貨店を営みながら老齢となった悲哀を、のびやかな声で聴かせる。

「台湾萬歳」は、それぞれに生き、暮らす姿に寄り添いつつ、このひとりひとりが台湾を形作ってきたことを静かに訴えかける。台湾の自然は、何代にもわたる人生を見守ってきたのだ。ひとりの歴史が家族の歴史となり、国の歴史となることを、人はさまざまな困難に見舞われつつも、なお生きていくという普遍的なメッセージが私の胸にまっすぐ届いてくる。ラストシーン。いつものように畑仕事に精を出す張が口ずさむ歌「台湾楽しや」。歌い終えたあとにつぶやく「台湾は宝島。どの国も台湾を獲る、そういう争いをしてますよ」という言葉は、台湾が背負わされた運命を端的に言いあらわしている。

私がふいに涙をこぼしてしまったのは、旧正月を迎え、家族に囲まれて満面の笑顔になった張の姿だった。私は父を早くに亡くしたが、父の働く姿を私は知らず、彼の人生に耳を傾ける時間もなかった。張のような穏やかな老後を送らせることもできなかった悔恨が胸にあふれてくる。「台湾萬歳」は、胸の底にしまっていた記憶もよみがえらせる。台湾の夜空に放たれた無数のランタンの灯りに、私の父の魂も宿っていてほしいと祈るような気持ちで、スクリーンを見つめていた。

会場をあとにする観客たちに話を聞いた。「僕の身近にいる人たちの普通の生活が、いろいろな視点で描かれ、その尊さをあらためて知った」(男性・三十二歳)。日本語が少し話せるというアミ族の女性(七十一歳)は、「この映画、上等さあ」とウチナーグチのイントネーションで言い、「原住民族の文化を描いてくれたのがうれしい」と話す。男性(三十一歳)は、「酒井さんにこの町を好きになってくれて、ありがとうと伝えてください」。男子高校生は「新港から成功鎮へと移りかわった歴史がよくわかったし、漁師たちのすばらしい腕によってこの町が支えられてきたことをあらためて感じた。僕に何ができるのか、考えていきたい」と話してくれた。

翌日、張やオヤウの家を訪ね、郷土史家の王河盛にも会い、再会の約束を果たすことができた。陳韋辰プロデューサーと彼の「義兄弟」とも再び楽しいお酒を飲んだ。またカトゥが暮らす延平郷桃源村にも行き、「老兵の歌」を歌うシーンが撮影された小さな雑貨店に立ち寄った。老兵たちは、すでにこの世にいない人が大半だろうけれど、カトゥの歌はこれからも歌い継がれ、中国と台湾のはざまで歴史に翻弄された老兵士の人生に思いを馳せることになるだろう。

そこからさらに足を延ばし、延平郷紅葉《もみじ》村を訪ねた。陳と義兄弟が少年時代に野球に夢中になった話を聞いていたからだ。台湾全土の少年たちに熱狂的な野球ブームが起きたのは、一九六八（昭和四十三）年に、ブヌン族の「紅葉少年棒球隊」が、強豪で知られた日本の関西選抜の少年野球チームに勝利したことがきっかけだった。台湾の五百元札にも少年野球チームの絵柄が印刷されていて、紅葉チーム勝利の史実もこの絵柄に込められたといわれる。

紅葉チームは紅葉国民小学の児童たちで構成された。彼らを指導したのが戦中に海軍に入隊し、このときに日本人から野球を教えられた古義《こぎ》という人物だった。ブヌンの少年たちは野球道具も不十分な中で練習に励み、台北市立球場に詰めかけた三万人の観客の前で、日本チームに勝利したのだった。それは台湾全土が喜び沸いたばかりか、ブヌン族の誇りに強く訴えることにもなった。この栄光の紅葉野球チームは一九九九年に過疎化のため、いったんは解散に追い込まれるが、二〇〇七年に再結成を果たした。一三年には台湾一に輝き、今も大活躍を続けている。

山中にある紅葉小学。高いヤシの樹々に囲まれた校庭では少年たちが野球の練習に汗を流していた。監督やコーチはおらず、少年たちだけで元気な声を掛け合い、球を追い、砂埃を舞い上げながら走り、バットを力いっぱいふるう姿がたくましい。彼らが担う台湾の未来を私も見続けていきたい。そうして多くのことを学んでいきたい。台湾萬歳。人間萬歳。

森鷗外の遺品を守った台湾人医師

國立台湾大學名誉教授の蔡錫圭《さいしゃくけい》博士は、九十四歳になったいまも、医学部「体質人類学研究室」で研究にいそしむ毎日だ。専門は解剖学である。

温和な笑みを絶やさない蔡は、研究室に保管されてきた数千体の骨格標本と対話を重ねながら「台湾人はどこから来て、どこへ行ったのか」という壮大なテーマに取り組んでいる。骨格標本は台湾やアジア各地の数百年前のもので、なかに五千年前の古人骨もあるという。蔡が美しい日本語で語る。

「骨格標本は、この大学の前身、台北帝国大学時代に、台湾における解剖学の基礎を築かれた森於菟《おと》、金関丈夫《かなせきたけお》、考古学の国分直一《こくぶなおいち》の諸先生が収集なさったものです。DNAなどの研究の進歩により、数千年前に生きていた人の生活さえ、具体的にわかるようになりました。日本人の起源などの解明をめざして、日本の研究機関との共同研究も進んでいます。しかし、それは先達の研究があってこそ、なのです」

彼が日々向かう机、どっしりとした本棚は、森於菟が愛用した品を譲り受けたものだ。研究室には於菟を描いた油絵の肖像画や、金関のポートレートも飾られている。

森於菟は、鷗外の長男として生まれた。東京帝国大学医学部を卒業後、欧州留学をへて母校の助教授となり、昭和初期から著した多数の解剖学の著作は、医学生必読のテキストとして読み継がれてきた。一九三六（昭和十一）年に新設された台北帝国大学医学部教授として赴任し、のちには医学部長を二度つとめている。

金関丈夫は香川生まれ、京都帝国大学医学部を卒業。専門分野のほか、人類学と考古学研究にも着手。母校の助教授時代に共著『人類起源論』（一九二七年）で注目された。渡台して、台湾総督府医学専門学校、さらに森於菟と同時に台北帝大医学部教授に就任。彼の研究は民俗学、民族学、歴史、文学にまでおよび、幅広い学問領域は「金関学」と称されている。

於菟と金関は台北帝大解剖学教室づくりに心血をそそいだ。彼らの着任四年目にして、同教室主催による日本解剖学会総会が催されている。九十本もの論文が発表された大規模な学会の成功により、台北帝大の名声は一気に高まったのだった。

いまもふたりの恩師に見守られながら研究をつづけているという蔡は、台中に生まれ、父のすすめにより中国・青島の東亜医学院に進学。卒業後、山東医学大学（山東省済南）で教鞭をとることになった直後、終戦を迎えた。

「戦争が終わったあと、私はそのまま山東医科大学で教えていましたが、台湾に帰りたくて仕方なかった。医学雑誌の情報から、森・金関両先生が終戦後も台湾に残ったと知ったからです。私はおふたりが書かれた教科書で学びましたので、ぜひとも直接教えを受けたかったのです」

終戦翌年の一九四六年六月。教え子の女学生の夫が空軍パイロットだったという幸運があり、彼は南京から空路で台湾に帰ったのだった。

戦後、台北帝国大学は國立台湾大學と名称を変えていたが、日本人教授が「招聘留用」されており、台湾の混乱期にあっても従来と変わらずに講義や研究が続けられていたという。故郷に帰還した蔡は、於菟や金関の下で濃密な日々を過ごす。ゆたかな師弟関係を育み、のちに「鷗外の遺品」をめぐる感動的なドラマが生まれることになる。

「おふたりにかぎらず、日本人教授には親身に指導していただきました。さかのぼれば、明治期から日本人が台湾の医学で果たした役割ははかりしれません。医療施設の整備、研究の発展、人材の育成など、台湾医学を開拓しました。私たちは、その功績と恩義を忘れることはありません」と蔡は語る。

日本統治時代の台湾医学の歴史をたどってみることにする。

一八九五（明治二十八）年六月、激しい抵抗があったのち、台湾総督府が設置される。このとき陸軍軍医監として台湾に入った森鷗外は、総督府衛生総務部長として約三ヵ月滞在し、医学校開設準備にも着手している。このころ台湾は、悪性伝染病の脅威にさらされていた。

台湾総督府はもっとも緊急な課題として、衛生・医療事情の改善を掲げ、領有開始の年に台湾医院（のちに台北医院、台湾総督府台北医院）を創設。その三年後、後藤新平が民政長官に就任すると全土の主要都市に医院を開設・充実させていく施策が進められた。

また台湾特有の伝染病・風土病などを研究する機関として、一九〇九（明治四十二）年に台湾総督府研究所に衛生学部が設置され、二一年に中央研究所と改称。三九年に熱帯医学研究所が台北帝国大学の附属施設として開設されている。

台湾における医学教育は、一八九七（明治三十）年、台北医院内に設置された台湾人子弟を対象とする医学講習所にはじまる。『日治台湾公衛五十年』（二〇一二年）を編んだ張秀蓉《ちょうしょうよう》（台湾大學医学部教授）に話を伺った。

「それまで台湾で診療行為をしていたのは医生と呼ばれた漢方医でしたが、資格制度もなく、地位としても高いものではありませんでした。台湾で医師免許制が施行されるのは一九〇一（明治三十四）年です。医学講習所の設置により西洋近代医学教育が導入されます。学生に学資が支給され、寄宿舎も整備されました。そののち医学講習所は、医学校（一八八九年）をへて、医学専門学校（一九一九年）に変遷すると同時に日本人学生も受け入れ、さらに台北医学専門学校（一九二七年）へと発展していきます」

三代目医学校校長を皮切りに、一九一五（大正四）年から三六年まで医学教育に尽力し、四七年まで在台したのが堀内次雄だ。日清戦争で軍医として来台し、一時帰国後、再渡台して台北医院に赴任。とくにペスト研究で知られるが、教育者としても人望厚く、民族主義運動にかかわる学生にも理解と寛容を示したといい、台湾人学生に好意を持ちすぎるとの非難さえ受けたという。

一九〇九（明治四十二）年に医学校に入学し、一四年に首席で卒業した杜《と》聡明《そうめい》（薬理学）は、そののち京都帝国大学に進学した。彼が二二（大正十一）年に台湾人初の医学博士号を取得したおりには、堀内がつよく推薦したといわれる。杜は、アヘン・蛇毒・漢方薬学研究など、台湾ならではの特色ある先駆的研究で知られ、台北帝国大学医学部初の台湾人教授となった。台湾人医学者のホープとして期待を一身に集めた彼だが、森於菟の「かけがえのない友人」ともなるのだ。於菟の五男常治（英文学者）が回想している。

「（杜）教授は博覧強記、そしてまことに誠実にして几帳面な、これぞ紳士と呼ばれるにふさわしい風貌の学者であった。教授は台北のわが家でもお会いした」（『台湾の森於菟』）

ちなみに杜聡明の三男杜祖健（化学者）は、渡米して生化学を専攻。オウム真理教サリン事件（一九九五年）では日本の警察にサリン分析方法を指導したことで知られる。

台北帝国大学が設立されたのは一九二八（昭和三）年である。その六年前の「台湾教育令」により、中等以上の教育機関では台湾人・日本人の隔離教育が解消されるとともに、台北帝国大学設立の動きが活発化する。総合大学構想だったが、当初は文政学部・理農学部の二学部で発足した。

医学部設置は当初から視野にあり、世論の高まりも受けて、一九三六年に実現にいたったのだった。台北医学専門学校と台北医院を基盤とする医学部は「日本内地より医学人材を招聘し、優秀な教授陣をもって、台北帝国大学医学部が日本一の医学部となることを期待した」（歐素瑛「台北帝国大学と台湾学研究」）。

医学部は七講座で立ち上がり、三年後には二十四講座となる。教授陣は東京帝大、京都帝大出身者など、そうそうたる人材が集まった。北海道帝大助教授から転じた小田俊郎（東京帝大卒・内科）の妻は、堀内次雄の長女である。小田は台北帝大の中枢研究となるマラリア研究、結核の治療でも成果をあげていき、同僚とともに熱帯医学会を設立して、雑誌「熱帯医学」を創刊。一九四二年には医学部長に就任する。岳父とともに台湾医学界に多大な影響を与えた。

台北帝大医学部学生のレベルも高く、初の入学者（台湾人十六人、日本人二十四人）は合格率四割の難関を突破したのだった。台湾人学生の比率は次第に高まり、医学部は台湾人・日本人がほぼ半々という構成になる。他学部（工学部が一九四〇年創設）学生の大半は日本人であり、台湾人学生が多い医学部はきわだっていた。

森於菟が台北帝大の解剖学教授として赴任することになったのは、東京帝大での恩師、三田正則（台北帝大初代医学部長）と、叔父の小金井良精《よしきよ》のすすめによるものだという。妻富貴《ふき》と、男児五人のうち高校在学中の二児をのぞく三児を台湾に伴った。

台湾赴任にあたって於菟は、「父の遺物で私の管理下にあるもののすべてを、大形の木箱数個に荷造りして予め台北帝大に郵送し」ている（森於菟「砂に書かれた記録」）。鷗外の蔵書、書簡、愛用品（ビールジョッキ、ナイフ、硯など）、文官礼服、手袋、勲章、写真などである。

父鷗外が世を去ったのは、その六年前の一九二二（大正十一）年だった。欧州留学先で訃報に接した於菟は、その二年後に帰国して千駄木（現文京区）の森鷗外邸「観潮楼」に妻とともに暮らすのだが、よく知られるように、幼少時から複雑な関係であった継母茂子との仲は修復せぬままだった。そのため於菟夫妻は転居し、しばらくして観潮楼を人に貸すことになった。そうして於兎は台湾へ向かった。

台北の於菟が「センダギノイヘゼンセウ」（千駄木の家全焼）の電報を受け取るのは、着任一年半後の一九三七（昭和十二）年八月。借家人の失火だった。その後の於菟は「私の魂の故郷」観潮楼の歳月を細やかに描いた「観潮楼始末記」（一九四三年「台湾時報」に連載）や、鷗外の人物像を活写した名随筆などを著しながら、父の遺品を守りつづける。

台北帝大教授としての於菟は「同僚の金関丈夫教授等とも、前々から友人のごとく親しみ、専門の解剖学の教授と研究に気持よく力を尽く」していた（「砂に書かれた記録」）。金関はこう書いている。「オトさんは洗練された、あらゆる意味で都会人であり、私はあまりよい意味ではない田舎者であったから、この付き合いでは、私のほうがよほど得をしたと思っている」（『孤燈の夢』）。

台湾近代医学の発展に尽力した森於菟と金関丈夫。そのふたりの名は、私にとっても近しく感じられるのは、祖父の南風原朝保との縁があったからだ。

朝保は沖縄で生まれ、医生教習所で学んだのち、一九一二（明治四十五）年に上京して、日本医学専門学校（現日本医科大学）に進学した。この学校は観潮楼と同じく千駄木にあり、以前から鷗外を敬愛していた朝保は、数回にわたって鷗外を訪ねている。そのことは子孫に伝えられていて、鷗外に近所の洋食屋でオムレツをごちそうになったり、署名入りの本をプレゼントされたり、といったエピソードがあるのだが、鷗外の「日記」にも朝保の名が登場（大正二年九月、大正六年二月）している。朝保は、書生にしてくれと頼み込んだようで、それは断られたものの、鷗外はいろいろと相談に乗ってくれたことが鷗外の日記からもわかる。沖縄から来た世間知らずの若き朝保にも親切に応対してくれた鷗外の優しい人柄がしのばれる。

朝保が鷗外に会った最後は一九一七（大正六）年二月で、その直後に朝保はロシアに渡ってしまう。彼の叔父にあたる人がニコリスクで医院を開業しており、そこで働くことになったからだ。二年ほど滞在して沖縄に帰った朝保は、一九一九（大正八）年に台湾に渡った。台北医院に勤務したのち、二四（大正十三）年に「南風原医院」を開業している。

台北帝大医学部創設とともに着任した森於菟のことを知った朝保はさっそく会いに行き、鷗外によくしてもらったことの礼を述べたという。また朝保がとくに親しくしたのは金関だった。彼とは台湾における沖縄研究の雑誌「南島」の編輯仲間であり、このころ金関は「琉球人の人類学的研究」（一九三〇年）などの論文も執筆している。また、ふたりは趣味の骨董収集の仲間でもあり、金関が、ときに癇癪を起す朝保の人物像などを交えた文章（「南風原朝保博士を懐う」『琉球民俗誌』所収）を書いている。

こうしたことから私は金関に親近感をおぼえていたのだが、ついちかごろ、親しい作家や編集者たちと食事会をしたときに参加してくれた編集者の名が、金関ふき子さんといった。もしかして子孫なのかと尋ねてみると、彼女は金関丈夫の孫だったのである。祖父同士が台北で親しく付き合ってから八十年以上の時が流れ、孫たちが東京で顔を合わせるとは、ちょっとドラマティックではないだろうか。ふき子さんは幼少時に祖父丈夫とも暮らしていたので、彼の人柄がよくわかるエピソードをいろいろと教えてくださった。さらには金関丈夫と蔡錫圭との縁をふき子さんが継いでいて、いまも交流があるという。

さて時間を巻き戻す。やがて台湾では戦争が本格化していき、於菟は医学部の資料を疎開させるなどしたのだが、ついに終戦を迎える。台北帝大医学部は國立台湾大學医学院となり、初代院長は、初の台湾人医学博士である杜聡明が就任した。彼の使命は新体制へのスムーズな移行であり、留用された日本人教授とも力を合わせてやり遂げていくのだった。

終戦から八ヵ月後、中国から台湾に帰った蔡錫圭は、面会かなった森於菟の言葉をよく憶えている。

「自分は近いうちに日本に帰るので、教えを受けるのなら、ずっと台湾にとどまるつもりでいる金関教授になさい、と。中途半端になっては教えられるほうが困る、という配慮だったのかもしれません。それでも私は於菟先生に教えを請いましたし、金関先生の薫陶も受けて、今日の研究の基礎を学んだのです」

そのころ、於兎と金関らは「無聊をなぐさめるために」、回覧雑誌を作り、於菟は「三木寅一」というペンネームでエッセイを寄稿していた、と金関が回想している。於菟の叔父（鷗外の弟、次男）森篤次郎は医師であるとともに、歌舞伎を中心に演劇評論で活躍したが、若くして世を去っている。彼の筆名が「三木竹二」といい、於菟は寅年生まれの長男だから、自らのペンネームは叔父へのオマージュなのかもしれない。

さて於菟は一九四七（昭和二十二）年四月、帰国の途につくことになる。

そのとき蔡は、於菟が暮らした家（東門町）への入居をすすめられるのだが、その条件として鷗外の遺品管理を託された。蔡の師でもある杜聡明が、蔡ならば必ずや責を果たすと判断したのだった。すでに於菟は詳細な遺品リストを作成していて、時機をみはからって遺品を日本に送ってほしいと言い残した。その費用は於菟が蔵書を台湾に残していくので、それを売って工面してくれという。蔡は語る。

「鷗外の遺品や書籍の虫干しを怠りなくするうちに、私が鷗外の人となりに心酔していき、遺品にふれるよろこびを味わいました。同時に、何としても日本に送らなければならないという重責もありましたね。於菟先生所蔵の書籍も大切に読みました。もちろん売ることはせず、いまも台湾大學の研究者のために保管しています。しかし遺品送付の件は、台日関係が複雑な時代でしたから、困難をきわめたのです」

一九四八年末ごろから於菟の手紙がたびたび届き、鷗外遺品の件を案じているとつづられていた。蔡は、役所の関係部署に鷗外遺品をリヤカーで運び、許可を得るべく奔走する。だが、どこに行っても、「敵国の品を送ることなど許さない」という回答だった。ようやく台湾省警務処長（警察長官）の理解を得て、証明書が発行されたのは一九五一（昭和二十六）年四月。

「無事、送ることができて安堵しました」と蔡は振り返る。

金関丈夫は中国から台湾に来た国民党軍兵士らによる台湾人への弾圧事件「二二八事件」と、それ以降の台湾の社会状況に衝撃を受けたといい、事件から二年半後の一九四九（昭和二十四）年八月に帰国した。その後も蔡は年に数度、日本に金関を訪ねて教えを受け、金関が八三年に死去するまで師弟関係はつづいた。それを孫のふき子さんが継いでいるのである。クラシックファンの蔡が、年に数度来日してコンサートを聴くときにはふき子さんがお供するそうだ。

一方、森於菟が台湾を再訪したのは一九五八（昭和三十三）年十二月。旧居である蔡の家を懐かしそうに見ていたという。彼の胸のうちにどんな思いが去来したのだろうか。六七（昭和四十二）年十二月に没した。

文京区千駄木の森鷗外記念館は、旧観潮楼の跡地に建つ。鷗外の原稿、書簡、家族資料とともに、台湾の蔡が守った遺品のかずかずも所蔵されている。鷗外のドイツ留学中に彼をかわいがったというザクセン軍軍医部長から贈られたというジョッキ。観潮楼の正面玄関に掲げられた扁額「賓和閣」は、陸軍省医務局長の地位にあった鷗外に、部下の軍医が朝鮮から持ち帰って贈ったものだった。鷗外は於兎にこの扁額の言葉は「お客が仲良くする所」という意味だと教えてくれたという逸話を於兎が書いている。また同館には、これらの遺品を日本に送り返すために蔡が台湾省警務処長に申請した書類も保管されている。その一点一点に、台湾と日本との医学交流、そして友情の物語があるのだと思うと、胸があつくなる。

蔡はこう語っていた。

「台北帝大などにおられた日本人教授たちは台湾が植民地だったから力を尽くしたのではないでしょう。医学者として、純粋に台湾医学の発展を願っていたと思います。いまも台湾大學医学院の医学伝承講座では、年に数回、日本人教授の業績を伝えているのです」

一九九八年には、台湾大學の「医学人文博物館」が開館した。旧台北帝大医学部の校舎（近藤十郎設計、一九〇七年）にも使用された建物をリノベーションしている。台湾医学発展の歴史を展示する一室には日本人医学者の功績がつぶさに紹介され、金関のコーナーもある。二〇〇四年には同窓会館「景福館」に森於菟の銅像が教え子たちによって建立された。

これほど長きにわたって日本人医学者の足跡が伝えられているとは、感動する。何より、蔡錫圭博士のいまなお真摯な研究への姿勢そのものが、次世代へとつながる「財産」になっていくのだろう。

きっと森鷗外もよろこんでいると思う。私は、祖父朝保も接したであろう鷗外の美しい微笑を想像するのだ。

歌え、台湾！「ＮＨＫのど自慢」がやってきた

台湾に台風が近づいているらしい。二〇一一年十月一日。生暖かい風のなか、パラパラと雨が吹きつける。けれど、この天候も「國父記念館」（台北市）に集まった人たちにはさほど気にならないようだ。

國父記念館は、孫文の生誕百年を記念して一九七二年に建てられた。二〇一一年は辛亥革命百年の節目であり、すでに総統府前広場では九日後に控えた式典の飾りつけがととのい、お祭りムード一色だった。

國父記念館の入口はおおぜいの人たちでにぎわっている。彼らは、この日開催される「ＮＨＫのど自慢イン台湾」の予選出場者と、その応援団だった。出場者を取り囲んで励ます家族や友人たちもどこか緊張した面持ちである。

中高年の女性グループがいたので声をかけると、きれいな日本語が返ってきた。「のど自慢出場を楽しみにしていたのよ」という八十四歳の彼女は「ミドリ」と名乗り、とても若々しい。ミドリさんは台湾生まれの台湾人だが、一時日本にも暮らしたことがあるといい、長いキャリアを持つ日本舞踊のお師匠さんだった。ミドリさんが予選で歌うのは、大ファンの小林幸子の「迷い鳥」だ。♪ほほ打つ風に髪は乱れても～　のはじまりから「しみじみするいい曲なのよねえ」と言う。

ブルーのロリータファッションのワンピースがよく似合う陳さんは、東呉大学日本語学科の四年生。日本のアニソン、ビジュアル系ロックが大好きだという。今日の衣装は秋葉原で買ったものだった。彼女は、短期留学のため東京八王子市にいたときに、東日本大震災に遭遇していたのだ。帰国して「日本の皆さんを応援したい」と、のど自慢出場を決意し、中島みゆきの「地上の星」を歌う。「心臓ドキドキしています」。

東日本大震災の際、台湾から二百億円を超える義援金が寄せられたことは忘れられない。半世紀におよんだ日本統治は台湾人が望んだ運命ではなかったけれど、それでも日台の間にはともに紡いだ記憶と、未来がある。

「ＮＨＫのど自慢」は、終戦から五ヵ月後の一九四六年一月、「のど自慢素人音楽会」として、ラジオ放送が開始された。戦後の開放的な気分をいち早く反映した番組だった。五三年からテレビ放送もはじまり、六十五年にわたる長寿番組となった。また、世界各地でも放送されており、百五十の地域・国におよび、台湾では日本と同時に放送（時差一時間）されている。

番組のモットーは「明るく楽しく元気よく」。番組が続く理由を中地豪平チーフ・プロデューサーは「人はうれしいときも、悲しいときも歌いたくなる。歌は人格の一部なのかもしれません。けれど番組は歌自慢ではなく、さまざまな土地や暮らす人びとの魅力を伝える人間ショーなのです」と語る。

日本各地で収録されてきた「のど自慢」だが、初の海外収録は一九九八年に日系移民百年を記念したブラジル・サンパウロ以来、南米各国、ハワイ、アメリカ、中国、韓国など十一回行われている。

台湾でも以前から開催要望の声が寄せられ、熱心な署名活動も展開されていたという。六年ぶりとなる海外での「のど自慢」は、ＮＨＫと、現地の台湾日本人会、台北市日本工商会で構成される実行委員会の共催として実施されることになったのだ。しかも放送は通常の時間帯ではなく、ゴールデンタイム。放送時間も三十分延長というスペシャル版になる。

台北開催が告知されると大きな反響があり、出場応募者の総数は千四百八十組に達した。これまでの海外開催の応募総数最多は、ブラジルでの六百七十四組だったから、群を抜く数だ。ただ「のど自慢」は日本の歌を歌うことが条件のため、これまで海外開催の応募者は、日系人、現地在住の日本人が圧倒的多数を占めてきたのだが、台湾では応募者の多くが台湾人だったことがきわだっている。応募者の年齢も幅広く、日本統治時代に幼少期を過ごした「日本語世代」のお年寄りから、日本で流行中のポップスや歌謡曲を歌うという若い世代も多数にのぼった。中地プロデューサーも「これほど多彩な楽曲の応募があるとは驚きました」と語る。

「台湾人は、ほんとうに歌が好きです。日本の歌も大好き。日本語世代はもちろんですが、その下の世代、植民地時代をまったく体験していない世代もみんな日本の歌をよく知っています。とてもうまいんですよ」と教えてくれたのは、「のど自慢イン台湾」予選会の数日前に会っていた台湾在住のジャーナリスト、片倉佳史さんだ。

台湾人はどれほど歌が好きなのか、それを知ることができる場があるというので、片倉さんや、旅の同行者を誘って行ってみることにした。松江路にあるカラオケスナック「めばえ」は、広い店内にちいさなステージとモニターが数台。照明は少々アヤシイ雰囲気だが、お酒はなく、サービスをする女性はいない。店内に入ったとたん、響きわたる元気な歌声に圧倒されてしまった。

この店は昼十二時に開き、午前〇時までの営業だ。この間に一度の入れ替えがあるだけで、何時間歌っても二百五十元（日本円で約六百四十円）。たっぷりの果物とお茶をサービスしてくれる。昼間は歌好きのご老人たちでにぎわい、夜になれば会社帰りの男女グループがマイクをにぎるという。お酒を飲みたければ持ち込み自由だと知った私は、さっそく近くのコンビニでビールを調達して席に座った。

ステージで歌われる歌に驚いた。杉良太郎、安全地帯、矢沢永吉、西田佐知子、三橋美智也、桑田佳祐……。日本語や台湾語の歌詞である。どの人も声がすばらしく、リズム感が見事で、歌うことを心から楽しんでいる。片倉さんが説明してくれた。

「日本の楽曲のメロディ、歌詞の内容が台湾人の感性に合っているようです。日本語を話せなくても、日本語の歌詞は完璧に歌えるという人がたくさんいます。地域の公民館で日本語詞を勉強する市民向け講座もあり、盛況ですよ。かつて戒厳令下にあった時代は日本語歌謡が公の場で歌われることは少なかったのですが、童謡や戦前の歌謡曲などは庶民の間に浸透していました。現在、日本の曲の歌詞は台湾語や北京語に翻訳されているものも多いですし、また台湾語や北京語によるオリジナル歌詞を付けた曲もあります。大別すると、演歌系は台湾語、バラード系や一般歌謡は北京語が多いですね」

日本ではあまり歌われなくなった「骨まで愛して」（城卓矢）や「十代の恋よさようなら」（神戸一郎）が四十代の台湾人に人気だという。

「原住民族のアミ族の村で『星降る街角』（敏いとうとハッピー&ブルー）が台湾語で歌われていました。アミ族の定番になっていて、日本の楽曲とは知られていないほどです。はずむメロディがアミ族の琴線にふれたのでしょうね」と片倉さんは言う。

原住民族は、現在、政府が認定しているだけでも十六部族。しかし政府が認定していない諸部族も多くある。部族独自の言語、習俗、習慣が継承され、豊かな文化が築かれている。

緑濃い山岳地帯、星空も美しい土地に暮らすアミ族が歌う「星降る街角」は、どんなふうに響いているのだろう。歌が持つ不思議な力を感じる。歌は軽やかに旅をし、どこかの土地にふっと降り立ち、溶け込んでしまうのかもしれない。

カラオケスナックのお客さんたちが、分厚い歌のリストを私たちに勧め、一緒に歌いましょうと誘ってくれた。こうして日台友好歌合戦がはじまった。片倉さんはとてもうまい。恥ずかしながら私も一曲。お客さんたちが拍手で盛り上げてくれる。最後はお客さんと片倉さんが台湾語の歌をデュエットして夜はふけていった。

滞在中の朝、ホテルの近くを散歩していると歌声が響いている場に遭遇した。

中正記念堂前の広場、中国風の庭園を取り囲む回廊にカラオケ愛好グループがいた。尋ねてみると、このグループは許可を得て自前のカラオケ機械をセッティングし、毎朝六時半から八時十五分まで会員が集い、熱唱するという。「星影のワルツ」（千昌夫）台湾語バージョンを歌う六十九歳の女性は毎日参加しているそうだ。

彼らのカラオケセットは冷蔵庫ぐらいの箱にコンパクトに収められ、モニター、マイクも完備。上達したい曲をＣＤに編集して持参する会員もいるという。この愛好会のモットーは「真・善・美」。会員二十三名の会費で運営され、カラオケセットの準備も当番で行っている。毎朝ここで歌ってから出勤するサラリーマンもいる。広場にはウォーキングや気功のグループもいるが、「カラオケも健康にいいよ」と女性は笑った。

台湾の若い世代ももちろん歌が好きだ。いま台湾ではオーディション番組が盛んだと聞き、その現場をのぞいてみることにした。

民視テレビの「明日之星」は放映開始からまだ間もないのだが高い視聴率を誇っている。観覧客で埋まったスタジオで「台湾のみのもんた」と紹介されたベテラン司会者と、若手お笑い芸人が番組を進行していく。生バンドの演奏でつぎつぎと登場する若者たちは実力派ぞろい。台湾語の歌を堂々と歌いあげ、すぐにでもデビューできそうなしっかりした歌声だ。それでも審査員のアドバイスは「歌詞を丁寧に歌うこと」だった。日本のアイドルのように顔はかわいくても歌唱力はいまひとつ、では評価されないという。勝ち抜き戦のこの番組から、いずれスターが生まれるのだろう。

台湾の新世代を象徴する女性シンガーにも会った。魏如萱《ウェイ・ルーシェン》さんは一九八二年生まれ。すらりとしたスタイル、まるで人形のようにととのった顔立ちだ。ラジオのＤＪとしてよく知られる人で、若者たちに人気の最先端カルチャースポット「西門紅楼」などでパフォーマンスをしたり、映像作品にも出演したりしている。二〇〇三年にシンガーとしてデビューし、楽曲も自ら手がける。インディーズから登場してカリスマ的人気を誇る彼女の実力は、数々の受賞歴が証明している。

香港、欧米のアーティストとのコラボレーションもしていたのだが、日本人プロデューサーが彼女に着目したことがきっかけで、近々、日本でのツアーがはじまる。すでに日本人ファンが台湾まで彼女を訪ねてくるという。魏さんはこう語る。

「子どものころから歌が大好きだったの。私のおもちゃは自分の声だった。何でも歌ったけど、おばあちゃんが日本のレコードを持っていて、たくさん聴かせてくれたから日本の歌も大好きだった。美空ひばりの『リンゴ追分』は最高です。きれいで温かい声がすばらしい」

そんな彼女がいまもっとも好きなシンガーは、椎名林檎だ。歌だけでなく椎名の言葉にも刺激を受けているという。そしてカヒミ・カリィ、ＣＨＡＲＡ、中島美嘉、コーネリアス……。日本人シンガーの曲をインターネットで聴いている。

「おばあちゃんと同じように日本の歌に魅せられているんです。メディアはちがうけれどね。これから日本で歌えるなんて、すっごく楽しみ」

「NHKのど自慢イン台湾」に多くの応募者があったのは、歌が大好きな台湾人が多いからだとわかった。けれど千四百八十組の応募者から予選会出場を果たしたのは二百五十組である。中地プロデューサーは、応募者の年齢、男女、楽曲、出場動機などを考慮し「全体のバランスを考えて」予選出場者を決めたという。予選ののち、翌日の本選出場は通常二十組だが、台湾版は二十五組が出場するという。じつに狭き門なのである。

午後一時、予選会がスタートした。二百五十組が本番と同じ生バンドの演奏で歌う。あいうえお順の曲名でステージに登場し、歌唱は規定の秒数で自動的に終了する。出場者の七割ほどが台湾人のようで、現地在住の日本人、そして日台混合チームも数組登場した。楽曲はじつに多彩だった。

「お嫁サンバ」（郷ひろみ）を歌った台湾人男性は三十代後半。エンタメ記事を執筆する新聞記者だ。「中学生のときから日本の八〇年代アイドルの大ファン。毎年、松田聖子ちゃんのコンサートを聴きに日本へ行くんです。父は日本語世代ですから日本の演歌をよく歌っていますよ」。

タイヤル族の民族衣装を着て小林幸子の「おもいで酒」を歌った女性は三十二歳。親戚が日本人男性と結婚したので、日本の歌が身近に感じられるようになったという。この歌を歌ったのは七人でもっとも多かった。また吉幾三「雪国」も四人が歌っている。吉の「酒よ」は、台湾語の「傷心酒店」としてカヴァーされており、人気が高いそうだ。

このほか、演歌、アニソン、歌謡曲やポップスなどが歌われた。台湾出身の歌手では、テレサ・テン、ジュディ・オング、一青窈などの楽曲があった。また現地在住の日本人や駐在員家族なども熱唱する。日本の半導体メーカーの高雄工場で働く日本人男性三人組は、工場のユニフォームで「明日があるさ」（坂本九）を元気よく歌った。このうちのひとりは、東日本大震災の影響で日本の工場が一時閉鎖になったため台湾に赴任してきたといい、いまはよい仲間に恵まれ、親切な台湾人に助けられている、と私に話してくれた。

「日本の歌」であることが出場の条件であり、台湾人が日本語詞をとてもうまく歌うので、ここが台湾だということを一瞬忘れてしまいそうになるほど、日本での「のど自慢」の空気と変わらない。

ちょっと意外だったのは、「日本語世代」をほうふつとさせる楽曲がすくなかったことだ。「両親が好きだった曲」として「故郷」歌った台湾人男性（六十代もしくは七十代）がふたりいただけだった。

日本が台湾を領有してまもなく、植民地教育の一端として「唱歌教育」が推進された（岡部芳広『植民地台湾における公学校唱歌教育』）。唱歌教育は、統治者側からの視点と、台湾人個々に宿る記憶という、ふたつの側面があり、一概に論じることはできないかもしれない。日本語世代の台湾人のなかには日本の唱歌に幼少期の思い出と重ねる人がいることは、これまでも台湾人のお年寄りからよく聞かされていたことだ。学校教育での場で教えられた唱歌ではあっても、歌そのものが生命を持って生きていると感じたものだ。

こんなエピソードがある。終戦後三年、日本人が引き揚げていった基隆の港では、船が動きだすと、波止場に残る台湾人から日本語の「蛍の光」の大合唱が起こったという。そのころ日本語の歌を大ぴっらには歌えない台湾の政治状況にあったにもかかわらず、台湾人、日本人ともに万感の思いを込めて歌われたのだった。さようなら、さようなら。港から離れてゆく船、手を振る台湾人――。

「のど自慢」本番は、翌日午後二時四十五分にはじまった。客席は観客で埋まっている。観覧希望の応募倍数は三・二倍に達したという。

開会にさきだちＮＨＫ関係者の挨拶があり、「八年前から開催要望の署名活動があり、二万五千人の署名もしっかりＮＨＫに届いております」と述べ、その言葉を客席の呉正男さん（八十四歳）が感慨深く聞き入っていた。呉さんは台湾で生まれ、十代で出征し、シベリア抑留の体験がある。戦後は日本で生活しているが、台湾での「ＮＨＫのど自慢」の開催を求めて日本での署名活動を中心的に担った人だった。

さて、いよいよ本番がスタート。小林幸子と吉幾三をゲストに迎えて華やかにはじまった。小林は台湾観光親善大使でもあり、東日本大震災で台湾から多額の義援金が寄せられたことに感激したと語っている。小林ファンが台湾に多いことについて、彼女は「私と同じ体温で歌ってくれている感じがしています」と話してくれた。また吉は、舞台に登場すると台湾語で呼びかけて会場を沸かせた。お腹は空いていないか、という意味で、台湾人同士でよく交わされる挨拶のような言葉だ。台湾人の友人も多い吉は、これから日本語と台湾語を織り込んだ新曲を作りたいと語っている。

オープニングは原住民族タイヤル族の子どもたちによる歌と踊りである。農作業や機織り、木登りの場などを表現した見事な構成だ。会場からのあたたかい拍手につつまれた。

本選出場者二十五組中、二十組近くが台湾人だと思われる。予選会のときに会ったミドリさんは勝ち残っていて出場を果たしていた。黒のドレスがとてもすてきだ。もうひとり、気になっていたアニソンファンの大学生、陳さんは残念ながら出場ならなかった。

いよいよはじまる。スタートは、台湾人女性の「河内おとこ節」（中村美津子）。アミ族の若い男女カップルが民族衣装に身をつつんで歌う「時の流れに身をまかせ」（テレサ・テン）。「千の風になって」（秋川雅史）を歌った台湾人男性は五十代の医師で、祖母との楽しい思い出話を語った。

日本で歌手になるのが夢、という二十代台湾人女性の「ら・ら・ら」（大黒摩季）は、きわだつ歌唱力で鐘を響かせた。アニソン「宇宙刑事ギャバン」を歌う台湾人男性。日本人駐在員の妻ふたり組は「負けないで」（ZARD）を歌う。そのひとりは東日本大震災の被災地出身だといい、台湾人の友人がとても心配してくれたことに感謝の言葉を述べた。

司会の徳田章アナウンサーが出場者からエピソードを引き出していく。ミドリさんには「昔は日本語教育も受けられたそうですね」と声をかけたが、ミドリさんはやや緊張した様子だった。彼女のつぎに、韓国アイドルグループ少女時代の「MR・TAXI」を日本語で歌う台湾人ギャルグループが登場。なるほど「のど自慢」出場者のバランスがよく練られているものだと感心する。そしてグランドチャンピオンには「暖簾」（五木ひろし）を歌った台湾人男性が決定し、のど自慢の幕は無事下りたのだった。


その夜、私は中正記念堂広場に向かった。原住民族によるミュージカル公演が行われると知ったからだ。雨が降っていたが、広場は観客でぎっしり埋まっていた。台湾でよく知られる原住民アーティストが部族の衣装を身につけ、高らかに歌う。独唱の声。繊細なユニゾンとなって重なる声。伝えられてきた原住民族の物語が、響きわたる歌声とともにつむがれていく。なんという美しい声、のびやかな歌だろう。

今回の台湾滞在中、公開されたばかりの映画『セディック・バレ』（前編・後編）を観ていた。一九三〇年に起きた「霧社事件」をテーマにした大作である。霧社事件は原住民族による最大規模の抗日事件だが、日本側の鎮圧はすさまじかった。映画はセデック族の頭目を中心に原住民族の誇りをテーマとし、山岳戦の場面が丹念に描かれている。また映画のなかでは原住民族の歌が何度となく流れた。祖先を想う歌、子を愛する歌、戦いの歌……。あまりに悲劇的な霧社事件だが、彼らの歌声の美しさに涙がとまらなかった。

中正記念堂広場の雨が激しくなってくる。けれど響く歌声に圧倒された観客は身じろぎもしない。高く、低く、強く、やわらかな声。豊かな自然を目の前に感じさせる優美でダイナミックな旋律だ。

人はなぜ歌うのだろう。台湾で出会ったさまざまな人たち、彼らが歌う姿を思い返しながら、その根源的な意味を考えていた。人が人と出会い、思いを伝えること。見知らぬ誰かにつながること。声を合わせること。悲しみやよろこびをひとり見つめること。失われた過去を思い返すこと。未来を想うこと――。

たくさんの思いがあふれた。ホテルに帰るタクシーに乗ると、ラジオから七〇年代日本のポップス「あなただけを」（あおい輝彦）が台湾語歌詞で流れてきた。

♪　ああ　今年も南の風に誘われてきたよ　静かな夏の　雨に濡れた浜辺に……

私が日本語で歌っていたら、朗らかな三十代の運転手さんが台湾語で歌いはじめ、思いがけないハーモニーになった。

♪　ああ　あなたが歌を口ずさみ　僕の心を揺さぶる
　ほかの誰にも聞かせたくないんだ
　あなたの声は僕だけに……
（作詞・大野真澄）

雨の台北の街を走りながら、運転手さんと歌いつづけた。

帰国後、「ＮＨＫのど自慢イン台湾」が放映された。台湾をともに旅した友人たちとテレビの前に座り、ミドリさんをはじめ出場者一人ひとりに声援を送った。みんな、元気かな。つぎに台湾へ旅する日までに台湾語の歌を一曲おぼえておきたい。

ペク・ヨンスに会いにいく

東京よりずっと寒いのだろうと覚悟していたソウルの朝は、思いのほか暖かかった。晴天に恵まれ、ダウンコートを脱いでしまいたいほどの陽気は、二月初旬のソウルにしては珍しいという。前日の深夜、金浦空港に着いた私たちは、やわらかな光につつまれて、明洞《ミョンドン》へと向かって歩き出した。

やがて九十五歳を迎える画家のペク・ヨンス（白榮洙）に私が初めて会ったのは四ヵ月前である。友人でドキュメンタリー映画監督の酒井充子から、ソウルのギャラリーで開かれるペクの個展に誘われたのがきっかけだ。そもそも酒井がペクと知り合ったのは、韓国の画家イ・ジユンソプ（李仲燮）と、日本人妻の愛の物語を描いた「ふたつの祖国、ひとつの愛―イ・ジュンソプの妻―」（二〇一四年）で、ジュンソプの親しい画家仲間であったペク・ヨンスに登場してもらったことだ。彼はスクリーンの中でジュンソプとの思い出を日本語で語っている。

ペクは二十三歳まで日本で暮らした。一九二二年、日本統治下の朝鮮・水原《スウォン》で生まれた彼は、二歳で母親とともに渡日。大阪で暮らし、西洋画を学んでいる。戦争末期の四五年三月、空襲により自宅を焼失したため帰国。戦後韓国美術界で活躍したが、七九年に家族とともにフランス・パリへと渡った。以来、約三十年を過ごし、二〇一一年に韓国に帰国したのだという。

映画完成後も酒井はペクとの交流を重ねていて、二〇一六年十月の個展の機会に、私や編集者の田中紀子、デザイナーの五十嵐真帆に声をかけてくれ、私たちはすぐにソウル行きを決めた。映画に登場したペクがとても魅力的な人で、本人に会いたかったし、彼の作品をこの目で見たかったのだ。

そうして私たちは、ソウルの鍾路《チョンノ》区にあるギャラリーを訪れた。ペク作品の前で私たちはひとことも話すことができないまま、それぞれが絵の前に立ちつくし、ゆっくりと次の作品へ移っていった。

淡いブルーを基調とした作品は、どれも繊細なタッチ、シンプルで浮遊感のある構成だ。全体に静かな印象だけれど、モチーフのひとつひとつが透明な空気の中で揺れ動いているようだった。「窓辺の母と子」「家へ帰る道」「丘の村の母と子」「室内」「家族」などのタイトルがつけられた作品は、物語的で、どこか天国の風景のようにも思えた。

これらの作品はパリや帰国後の韓国で描かれている。独特のブルーや淡いピンクは、長いフランス暮らしの中で生まれた色彩なのかと感じたけれど、シンプルな構成と筆遣いは東洋的であり、ヨーロッパとアジアがキャンバスの上で溶け合っていた。ペクの六十代から八十代にかけての作品だが、どれも瑞々しく、彼の無垢な精神を感じさせる。

画面は、単純化された樹々や花、田舎家、窓、家具、椅子などが配され、人物たちの手や足も省略されている。特徴的なのは、どの作品にも登場する横を向いた卵型の顔だ。その目や口もすっと線を引いていて、シンプルな表現だけに、見る者にさまざまな思いを抱かせる。おだやかな幸福につつまれた微笑みのようでもあり、消えることのない哀しみの記憶をたどっているようでもある。画面全体の色彩の調和がすばらしく、見るうちに、しだいに心が浄化されていく。よい花の香りを嗅いだような、美しい音楽を聴いたような、そんな満ち足りた気持ちになる絵だった。

ペクは、二十六歳下の美しい妻、キム・ミョンエ（金明愛）とともに車椅子でギャラリーにやって来た。ミョンエの父は戦前、天理外国語学校（現天理大学）で朝鮮語の教師をしていたといい、日本語も少しはわかる。夫妻は、まず酒井との再会をよろこび、私たちを歓迎してくれた。「日本から来てくれてありがとう」。私たちは、作品の感想をうまく伝えることができず、もどかしいような気持ちになってしまった。胸の底に静かに降りてくる思いは、すぐに言葉にならない。

そこにやって来たのが、酒井と親しい映画監督のコウ・ミョンソン（高命成）で、彼は脚本家としても活躍している。日本で約十年暮らしていたことがあり、日本語がすばらしく堪能だ。今回の私たちの韓国滞在中、コウがペク夫妻との通訳をしてくれ、のちには彼の抜群の調査力に大いに助けられることになる。

その翌日、私たちはペクのアトリエに伺った。ペクがランチを食べながらゆっくり話しましょうと誘ってくれたのだ。ソウルの中心地から電車で約四十分、議政府《ウィジョンブ》市のマンウォルサ（望月寺）の住宅地の一角にアトリエはある。ペクは渡仏前にこのアトリエを購入して家族で暮らし、滞仏中も維持していた。坂の上に建つアトリエはかわいらしい建物で、庭も広々としていて気持ちがいい。

料理上手のミョンエがフランスでよく作ったというキャロット・ラペ（人参サラダ）、ソーセージとレンズ豆の煮込み、チーズとワインを味わいながら、ペクの日本での記憶などを少しずつ聞かせてもらった。それが、彼の波瀾に満ちた人生のほんの一端であったと知るのは、のちのことである。太平洋戦争と朝鮮戦争、ふたつの戦争を体験した彼は、韓国の戦後史そのものを物語る人だった。それは戦後韓国の芸術運動を担った人々の熱気と悲劇を伝えるドラマでもあった。

二泊の短い旅が終わるころ、私たちの気持ちは昂っていた。ペクから贈られた図録を何度も開き、彼の語った言葉を思い返しているうちに、ペクの作品と人生を日本に紹介しなければ、という思いが募っていった。私たちにできることは何だろうと話し合って、それぞれの仕事を活かせる一冊の本を作ることだという結論に至ったのは、帰国便に乗る空港へと向かうタクシーの中だった。

日本に戻った私たちは、役割分担を決め、動き出した。ペク夫妻に本の計画を進める了承を得て、まずしなければならないのは、彼の人生の足跡を知ることだった。

ペクはフランスで還暦を迎えたのを機に『回想録』を執筆していた。一九八三年に韓国で刊行され、二〇一三年まで版を重ねている。日本語版は未刊行だが、ペクの日本人の友人が日本語訳している、とミョンエが教えてくれたので、すぐに連絡をとって名古屋に向かい、遠藤恵子と五十川潔に会った。

『回想録』の日本語訳が生まれるきっかけは、一九八五年夏にさかのぼる。当時高校の社会科教師だった遠藤が、パリに短期留学した夫とともに滞在中のある日、中華料理店で食事をしていると、居合わせたペクに声をかけられた。ペクは遠藤夫妻の日本語を懐かしく思ったようだった。こうして遠藤夫妻とペク夫妻の交流が始まり、パリの自宅やニースの別荘に招かれるようになる。八八年にパリで再会した際にペクから『回想録』を贈られた遠藤は、帰国後、以前から個人的にハングルを習っていた五十川潔に翻訳を託すことにした。彼は遠藤の教師仲間の夫である。

ハングルが堪能な五十川は幼少期を朝鮮で過ごしている。彼の父が京城（ソウル）の景福中学の数学教師だったからで、一家は京城、のちに現在の北朝鮮で暮らしたという。終戦により、窮状に陥った五十川一家を温かく迎えてくれたのが父の教え子だった。日本に引き揚げるまで一年半を費やしたが、その間に当時十代半ばの五十川は、朝鮮の子どもや大人たちと交流し、ハングルを学んだ。

のちに愛知県民生部の児童相談所勤務の傍ら、朝鮮語の勉強を続けていた彼は、『回想録』の翻訳を約八ヵ月で完成させ、日本の読者に向けた詳細な注釈も作った。日本語版刊行をめざして出版社にも働きかけたが、残念ながら刊行には至らなかったという。翻訳完成後も、遠藤、五十川両夫妻は、来日したペク夫妻と会ったり、また韓国を旅したりして交友を続けてきたのだった。

彼らは、私たちの本の計画をよろこんでくれ、協力を惜しまないと言ってくれた。遠藤が「私たちがペクさんと出会い、五十川さんが『回想録』を日本語に訳してから三十年が過ぎたのに、いまになって、あなたたちがあらわれるなんて驚いたけれど、これもペクさんが結んでくれた縁だと思うのよ」と話し、私たちはそのとおりだとうなずいた。

見事な訳の『回想録』は全七十七篇。繊細な文章で幼少時の記憶、大阪の美術学校で絵を学んだこと、終戦直前に朝鮮へ帰国した日々から語り始めている。

二歳で母とともに渡日したペクは、大阪市浪速区稲荷町で暮らした。母の兄がすでにこの地で陶器の電気装置を製造する家内工業を営んでいて、この人を頼った渡日だったようだ。ペクが絵を描いた最初の記憶は、小学校入学前のことだ。母が部屋の壁紙を張り替えたばかりで、そのまっさらな紙がとてもきれいに思え、寝転んだまま、我を忘れて壁紙に人物の絵を描いていった。母にはこっぴどく叱られたけれど、そのときの記憶は鮮明だ。内気な少年だったという彼が小学校で唯一楽しいのは図画の時間になった。

中学校時代に夢中になったのは絵と映画で、天王寺公園周辺の映画館に通い詰めたという。ペクはそのころの日本映画をいまもよく覚えていて、私たちが会ったときにも、朝霧鏡子や阪東妻三郎の名が出たし、映画化もされた流行歌「籠の鳥」の一節を口ずさみながら、もう一度聴きたいとも話していた。

当初、美術学校進学を母に反対されたペクは、家出を強行して上京してしまう。太平洋美術学校に在籍したが、しばらくして母が折れてくれたので帰阪し、一九四二年、枚方の御殿山にある大阪美術学校洋画部に入学したのだった。

大阪美術学校は一九二四年に創立された。創設者の矢野橋村は、南画（文人画）の大家で、吉川英治「宮本武蔵」や、中里介山「大菩薩峠」の挿絵でも名高い。大阪の美術界は東京や京都へと人材が流出するケースが多く、大阪での美術家育成を目的とした学校創設だった。矢野自身、若き日に左手を切断する事故に遭いながらも絵の道を究めた人で、経済的苦境にある学生も広く受け入れる方針をとった。朝鮮出身の学生も確認できるかぎりで十六人いて、彼らの中には戦後韓国美術界で活躍する人物がいる。

洋画部教授はフランス遊学経験のある画家の斎藤与里で、ペクは彼から絵画技法とフランス語も習ったという。また日本人の親しい友人もでき、一緒に京都を旅したことも忘れられない記憶だ。一日に二百枚のクロッキーを描いたというペクは、入学の翌年に京都市美術展覧会に入選を果たす。赤い漆皿を描いた「静物」で、この作品を見た矢野校長が、ペクを自らの門生に抜擢するのだ。生徒にとってこの上ない名誉だった。それは僕の一生のなかでも最高にうれしかった日、というペクは、矢野宅で起居しながら、矢野の創作を間近で見て学んでいった。

だが一九四四年、大阪美術学校校舎は陸軍に接収され、創立から二十年で幕を閉じると同時に、ペクは繰り上げ卒業となった。その翌年三月、浪速区一帯が空襲を受け、ペクの家も焼失してしまう。寝る場所さえない彼は帰国を決意する。下関から船に乗り、真夜中の荒波を越え、やっとのことで麗水《ヨス》に辿り着いた。彼には故国の記憶もなく、不安が募っただろう。〈最初の一歩を踏み出し、新鮮な空気を吸おうとすると涙がこぼれた。帰国の感慨や新しい出発への希望や好奇心よりも前に、手足がしびれるような重さを感じた。言葉を聞き分けることはできたが、なかなか口を開くことができなかった。ものを言うのが難しく、どこからどう言い始めてよいのかわからなかったのである〉(『回想録』より一部要約、以下同)

麗水で仕事を見つけるのは難しいと判断した彼は、都会の木蒲《モッポ》へ出る。木浦高等女学校(一九二〇年創立)を訪ねると、教師が不足して困っているので、ぜひ美術教師になってくれと懇願された。ペクはここで「解放」(終戦)の日を迎える。〈そのうれしさたるや天に昇るようで、だれかれ見境なく抱き合い、じゃれ合って喜びをさらけだした〉。ほどなく学校から日本人の姿が消え、ペクは学校再建に動くとともに、創作活動を再開。美術団体を結成して個展やグループ展を開催する。

終戦以降、朝鮮半島の北をソ連軍が、南をアメリカ軍が占領。朝鮮半島信託統治は米ソ対立から決裂し、アメリカは朝鮮問題を国際連合に持ち込む。そのころペクは、光州の朝鮮大学総長から美術科を設立するので協力してほしいと頼まれ、光州に移っている。美術科設立に力を尽くすが、複雑な人間関係に巻き込まれてしまい、光州を去ることになってしまった。彼がそれまで一度も行ったことのないソウルに向かうのは、一九四七年春。そこで目にしたのは、日本の戦後にもよく似た光景である。〈この当時、急激に押し寄せたアメリカンスタイルは、ファッションや米国物資としても知ることができた。南大門市場の露店には、アメリカ製のお菓子や酒や布地や最新の雑誌といったものが、びっくりするほどたくさんあった〉。

私たちは『回想録』を読み進めながら資料を集めていった。大阪美術学校跡地に建つ枚方市立御殿山生涯学習美術センターにも取材した。戦争末期、ペクは荷物も持たずに帰国したようだから、学校時代の彼の写真や、彼が懐かしそうに語った矢野校長や教授陣の写真があれば、つぎにペクに会うときにぜひ渡したかった。ていねいに応対してくれた美術センターの職員は、たくさんの資料と写真を探し出してくれ、大阪美術学校の歴史をくわしく教えてくださった。

大阪美術学校の校舎を背景に、制服姿のペク、そして最も親しくした友人の小溪《こたに》住久と戸部脩が写っている。二十二歳のペクは、光の中でまぶしそうな目をして、こちらを向いている。このときの彼は、どんな将来を描いていたのだろう。苦難も味わうことにもなるが、それから七十年以上、ずっと絵筆を握りつづけると思っていただろうか。ペクとともに写っていた小渓は、戦後の大阪美術界で活躍した。ペクは一九九〇年代半ばに来日した際、小渓と戸部に再会し、大阪美術学校跡を一緒に訪ねたという。小渓は二〇〇三年に世を去っている。

こうして、すこしずつペクの若き日を知っていくのはとても楽しかった。ちょうどそのとき、韓国の文化芸術功労者に与えられる文化勲章受章者十八人のなかにペク・ヨンスが選ばれたという知らせが届いた。同時に受章した画家のビョン・シジ（邊時志）も大阪美術学校出身だった。

日本での調査をほぼ終えた私たちは、再び韓国に行くことにした。四ヵ月ぶりにペク・ヨンスに再会して受章のお祝いもしよう、そう言い合う私たちの足取りは軽かった。ペクの本を作るという目標を決め、いろいろと調べたり、取材をしたり、人に会ったりするうちに、韓国と日本のつながりをとても身近に感じるようになっていたのだ。青空が広がるソウルの朝、私たちは明洞大聖堂（カトリック明洞大教会）に向かった。

明洞大聖堂は一八九八年に完成したゴシック様式の美しい建物だ。一九八〇年代の韓国社会の激動期には「民主化の聖地」としての役割を果たしたことで知られる。そして今日の韓国も大きな転換期を迎えていた。二〇一六年秋から週末ごとに、朴槿恵大統領退陣を求める大規模なロウソク集会が光化門前広場で開かれている。個人や若い家族連れの参加が多く、静かで力強い熱気を放っているのがニュースを通じて伝わった。この一月後に歴史的な朴槿恵罷免が決まることになる。

この教会でコウ・ミョンソンと待ち合わせをしている。前回お世話になって以来、彼にはペク夫妻との連絡や、韓国での資料調査をお願いしていたのだが、ペク宅に何度も足を運ぶうちに、夫妻の息子のようにかわいがられているようだった。

ペクに再会する前日、私たちはコウの案内で明洞を歩く計画をたてていた。そこは戦後韓国の芸術運動の舞台であり、ペクが『回想録』で愛情をこめて描いている地区だ。画家、詩人、作家、映画人、音楽家たちが、この街の茶房（タバン）や居酒屋で語り合い、創作へのエネルギーを蓄えていったのだ。

〈明洞に行けば、いつもお決まりのコースだった。友だちに会いたくなったら、フラワー、ハルビン茶房、コロンバン、ドルチェ、エデン茶房などで必ず見つかったし、夕方になると居酒屋に集まってくる。当時の明洞は道が狭く、建物は日本家屋が主で、新しく建ったロシア風の三階建ての家がとても高く見えたほどだった。道は舗装されておらず、雨や雪の降ったあとはぬかるみになった。歩くごとにジャブジャブと音がしたものだ。

僕はその当時の明洞がたまらなく好きで、恋しい。たそがれ時ともなれば、狭い明洞は人でいっぱいになり、ゆっくりと流れてゆく水のように通り過ぎていった。すれ違う人ごとに石鹸や髪油の匂いなど、異なる匂いがした。居酒屋の匂いも一軒ずつ違った。イシモチの干物を焼く匂い、パジョン（ネギ入りお好み焼き）、タコの炒め物、唐辛子やニンニクの匂い。居酒屋はどれも小さな店だった。

夕闇迫るころ、僕は明洞の雑踏の中を歩き、友人たちを見つけては二、三軒ハシゴした。酔いがまわると、あたりを散策して、カラム茶房に立ち寄る。この店でもみんなが大声でしゃべり、閉店間際の市場のようなにぎわいだった。そうして僕の一日が終わった〉

いまでは洗練された店舗が並ぶ明洞だが、戦後間もないころは、こんな風景だったのだ。

一九四七年春、ソウルにやってきたペクは、その年の夏にソウル一のモダンなデパート「和信百貨店」（鍾路区）で初の個展を開く。これがきっかけとなって、ペクは多くの芸術家たちと知り合うようになる。彼らに会うには、〈解放後、雨後の筍のようにできた茶房〉に行けばよかった。「フラワー」には作家たちが集っていて、この店で「文芸家協会」が設立される。女主人が営む「ハルビン茶房」には編集者や詩人がやってきた。「コロンバン」と「ドルチェ」の常連客は洋画家が主だ。クラシック音楽が流れる店は、パイやケーキが人気だった。

ペクが毎晩立ち寄った「カラム茶房」の店主は、映画監督のパク・キチェ（朴基采）だ。日本に留学し、同志社大学で学んだ。「東亜キネマ」に入社して第一回作品を監督。一九三五年に帰国し、作品を発表。四八年に「夜の太陽」を監督する。

解放感を味わう芸術家たちだが、朝鮮半島は激動の渦中にあった。

一九四七年十一月、国連監視下で南北朝鮮総選挙と統一政府樹立を行うことを決定。翌四八年一月、国連は「国連朝鮮臨時委員団」（ＵＮＴＣＯＫ）を派遣。しかしソ連はＵＮＴＣＯＫの入北を拒否する。五月に南部単独総選挙が実施された。七月、憲法が制定され、李承晩が大韓民国大統領に選出される。八月、大韓民国政府樹立を宣言、北緯三十八度以南が独立国家となる。北部は同年九月、金日成下で朝鮮民主主義人民共和国として独立する。

緊迫する社会状況ではあったが、ペクは画家として着実に歩み始めていた。一九四八年初頭、彼はＵＮＴＣＯＫのフランス人広報官、アルベール・グランに呼ばれる。彼はペクの作品をとても気に入ったといい、それから何度も食事をともにする仲になった。三月にはグランが発案して、王宮の「徳寿宮《トクスグン》」で大規模な個展が開催される。グランは〈夢のような幸運と機会〉をもたらしてくれた。この一年後、グランは本国から帰国命令を受け、ペクに一緒にフランスに行こうと熱心に誘ったが、ペクは渡仏の決心がつかず、これを断ってしまう。それから三十年後、パリに渡ったペクは、グランの所在を懸命に調べたが、ついにわからなかったという。

二十八歳のペクは『美術概論』を刊行し、個展開催も相次いでいた。明るい未来が開けているはずだった。しかし思いもよらぬ事態になる。

〈一九五〇年六月、突然世の中が暗転していった。北韓が南侵を開始したとのことで、世間は騒然となり、人々はてんでんばらばらに自分の生き延びる算段に忙しく、避難の荷物を背負って、あてもなく南方の土地へ逃げて行こうとした〉

六月二十五日、朝鮮戦争が勃発する。北朝鮮軍が大挙して南下。同二十七日、米軍が全面的に介入。同二十八日、北朝鮮軍がソウルを制圧する。たった四日間でソウルの風景は一変した。

〈昨日までごった返していたソウル駅へ行く道は、通る人影一つ見えず、声を張り上げていた商人たちの呼び声も消えていた。あまりにも静かで、耳が詰まったのではないかと錯覚するほどだった。走っていた自動車も、避難民の行列も、みんなどこへ消えてしまったのだろう。一夜明けたソウルは死んだような都市に変わってしまっていた〉

ペクは知人の家を転々としながら過ごす。明洞の街もすっかり様変わりしたが、営業をつづけているなじみの茶房はあった。しかし店の常連客の画家たちは、みんな押し黙り、暗い表情だった。「カラム茶房」には、北の「監視人」が紛れていて、ペクは常連客の情報を話すように迫られた。約二ヵ月が過ぎた九月八日、米軍が仁川《インチョン》に上陸。ペクは知人の家で身を潜めながら、激しい爆撃の音におびえていた。しばらくして、北朝鮮軍兵士の隊列が〈真っ黒の入道雲〉のようになって、山を越えて行くのが見えた。そうして九月二十八日、ソウルは国連軍により奪還される。

〈翌朝、眠りから覚めると、何かこれまでとは異なった匂いとざわめきを感じ、国軍だ！　国軍だ！　という声を聞いた〉。道路に出ると、太極旗を掲げるジープがあった。そうして彼は明洞に向かう。

〈そこで累々とつながるように放置されている死体を見た。蓋のない下水溝には、引きちぎられた手や足が転がり、ゴミの吹き溜まりから二本の足が天に向かっていた。首がもがれ、下半身が千切れた死体がごろごろと転がっていた。その光景の中に、ジープに乗ってうまそうにたばこを吸うアメリカ兵と、彼らの前で両手を頭にのせた北朝鮮軍の捕虜の姿があった〉

明洞は一瞬の活気を取り戻し、芸術家たちは国の再建のために何をすべきか、熱い議論を始める。けれど、混乱の中でさまざまな悲劇も起きていた。「カラム茶房」の店主である映画監督のパク・キチェとその妻は、忽然と姿を消してしまった。彼らは北朝鮮に拉致されたといまでは伝えられている。

しかし戦局は激しくなっていく。同年十月一日、米韓軍は三十八度線を突破。十月二十日、平壌を制圧。一方、中国の毛沢東は参戦を決定し、中国人民解放軍を「義勇兵」として派遣。最前線の部隊は約二十万人、後方待機を含めると百万人の部隊だったといわれる。十二月五日、中朝軍は平壌を奪還。翌年一月四日、ソウルは中朝軍により再び制圧される。米韓軍は反撃作戦を展開していった。

ペクは、ついに釜山《プサン》への避難を決意する。釜山は各地から避難してきた人たちでごった返していた。友人が手を差し伸べてくれ、ペクは、市街から離れた洛東江下流の漁村「新平洞」の小さな家の一部屋で暮らし始めることができた。草葺の家が寄り添うようにある集落で、ペクは六歳ぐらいの男の子を見かける。その子は疲れ切っているようで、塀に頭をもたせかけて座り込んでいた。その男の子を丸い卵型の顔で描き、その後の彼の作品の重要なモチーフとなるのだ。

釜山にはペクの友人たちもおおぜいいて、市街に行けばソウルにいたときよりも、たやすく会うことができた。友人たちに会うのは釜山にもたくさんある茶房だった。足しげく通った「金剛茶房」の店主はかつて日本で演劇活動をしていたといい、ここを舞台に、文学者たちは文芸誌を発行し、画家たちはグループ展の企画を話し合い、実現させていった。

みな貧しかったけれど、画家のイ・ジュンソプは困窮を極めていた。一九三六年、二十歳で日本に渡り、帝国美術学校（現武蔵野美術大学）を経て、文化学院で学び、四三年に帰国。四五年三月、ジュンソプを追ってやって来た文化学院同窓生の山本方子《まさこ》と元山《ウォンサン》（現北朝鮮）で結婚。ふたりの息子を得たのだが、五〇年十二月、家族で釜山に避難していた。ある日ジュンソプは、使いかけの白絵具をペクに買ってほしいと頼む。画家が最もよく使う白絵具を手放さなければならないほど切迫していたのだ。ペクは絵具を買い、そのお金を渡すと、戸外で方子が立ったまま待っていて、ゴム靴を履く彼女が素足だったことが忘れられないと語っている。

その後、ジュンソプ一家は済州島に移り住んだ。そこでも苦しい生活がつづき、健康を害した方子と息子たちは、一九五二年夏、日本行きの船に乗るという苦渋の決断をする。その翌年、ジュンソプは特別滞在許可を得て、一週間足らずの日本滞在をするのだが、これが妻子と会った最後の機会になる。五五年、アジアの画家として初めてニューヨーク近代美術館に作品が所蔵されたのだが、その翌年、誰にも看取られずに三十九歳で世を去った。ジュンソプの韓国での評価が高まるのは七〇年代以降だ。一方、日本に帰国してからの方子は、洋裁の仕事をしながら息子ふたりを育てあげ、現在九十五歳になり東京で健在である。

釜山には多くの映画人も避難していた。ペクが親しくしたのが、日本留学経験があり、このころ初監督作品を構想していたシン・サンオク（申相玉）だ。やはり釜山に避難していた女優のチェ・ウニ（崔銀姫）とのちに結婚（その後離婚）。ともに韓国映画界で活躍したふたりに信じられない悲劇が訪れるのは、一九七八年のことである。まず香港滞在中のチェが姿を消し、彼女を案じて香港へ探しに行ったシンの行方もわからなくなった。ふたりは北朝鮮に拉致されたのである。金正日の指示だったといわれるが、当時は自発的亡命とされていた。

一九八三年、北朝鮮で劇的な再会をしたふたりは再婚。シンは北朝鮮の映画撮影所の所長として十七本の作品を監督する。八六年、映画祭出席のため、オーストリア・ウィーンに滞在していた夫妻はアメリカ大使館に亡命を求めた。アメリカに移住し、韓国に帰国するのは二〇〇〇年である。ペクが『回想録』を執筆した時点では、シンとチェが姿を消した真相は明らかになっていなかった。

若い芸術家たちが集う釜山の茶房では、さまざまな恋愛物語が生まれ、恋の悲劇もあった。ペクはそんな熱気の渦に巻き込まれながらも、絵を描きつづける。下宿近くに流れる洛東江の川岸に広がる葦原の静寂な世界が創作意欲をかきたててくれた。

戦争の影はしだいに消えつつあった。一九五三年七月二十七日、休戦協定が成立。やがて釜山の芸術家たちはソウルに帰還し始め、ペクもソウルへ向かう汽車に乗る。しかし、ソウル駅前は爆撃で破壊された建物の残骸が積み上げられていて、かつて通った茶房のあった明洞一帯も瓦礫だらけだった。〈明洞は腐った死体のように投げ捨てられていた〉。

明洞で最初に営業を始めた茶房が「モナリザ」だった。ペクが店の扉を開けると、そこには釜山から戻ってきたばかりの友人たちの顔がそろっていた。それからは毎日のようにモナリザに集い、ペクはこの店で朝鮮戦争後、初の個展を開く。しだいに瓦礫の山は片付けられ、新しい建物が建てられていった。明洞の一角に三階建ての「東邦文化会館」ができ、その一階の茶房「東邦サロン」が芸術家たちのたまり場になる。

〈僕たちみんなの胸の中にはフツフツとたぎる熱気と希望と芸術はあったけれども、誰も思う

存分発揮することができず、活火山のようにほとばしる想いを口々に吐き出し合っていたのだった〉

また、芸術家たちがよく顔をそろえたのは、居酒屋「明日館」だった。爆撃で吹き飛ばされた建物の焼け跡にテントを張っただけの店で、そのテントさえ破れていた。月の明るい夜には煌々と月の光が射しこみ、雨の降る夜には客たちが紙の傘を広げて呑んだ。肴といえば、フグの子を少し、チゲ鍋。そして丼鉢に注いだマッコリを呑んだ。すると、〈詩人の口からは詩が流れ出て、小説家からは長編小説の構想が湧き出してくる。画家の言葉は世界唯一の傑作を描きだし、演劇人の口からはハムレットの名ゼリフがほとばしり、声楽家はカルメンの一節を朗々と歌った……〉。

ソウルの復興とともに、芸術家たちそれぞれの状況も変化していく。ペクの『回想録』は一九五六年までをつづって終わる。その後〈僕の個人的な生活が原因で、約十年間もの沈黙の時期を送らねばならなかった〉と書くのみだ。六四年、グループ展に参加して復活を遂げたペクは、精力的に活動を展開していった。六七年にキム・ミョンエと出会って結婚し、娘を得て、七九年に家族でパリへと渡る。すでに韓国画壇での地位を確立していたペクだが、いつかフランスに行くという思いを抱きつづけ、実現させたときは五十七歳だった。

明洞大聖堂にやって来たコウ・ミョンソンは、「明洞物語」展（二〇一二年、ソウル歴史博物館）の図録を用意してくれていた。ペクが多数の資料を提供した展覧会で、図録には一九六〇年の明洞の詳細な地図が掲載されている。それを頼りに『回想録』に描かれている展覧会をした場所や、茶房や居酒屋の跡を探してみたかった。

韓国の経済発展にともなって明洞の再開発は著しく進行している。ペクがソウルで初の個展を開いた「和信百貨店」は一九八七年に閉業し、その跡地にサムスングループが三十三階、全面ガラス張りの「鍾路タワー」を建てた。それでもあたりには日本統治時代の劇場「明治座」や「朝鮮銀行本店」「三越」などの建築物が、リノベーションされ現存している。また細い路地には五〇年代の建物もわずかにあるのだが、『回想録』に登場する店は、一つも残っていなかった。私たちは、ここが「フラワー」、ここが「モナリザ」、ここが「東邦サロン」のあった場所、と確かめながら夕方まで歩いた。この街のざわめきの中に、六十年前のペクや芸術家たちの姿があるように思える。

ペクは『回想録』の終わりに、こう書いている。

〈ソウルに東邦サロンのような文化人たちの集まるところがまたできることを心から願い、明日館のような居酒屋が一、二か所残っていて、会いたい人たちと気安く会って、白く濁ったマッコリの丼鉢を置いて、長い長い話でもすることができたらと思います〉

明日館のような雰囲気のある居酒屋に行ってマッコリを呑みたい、という私たちのリクエストに、コウが案内してくれたのが、仁寺洞《インサドン》の路地裏の店だった。増築を重ねた古びた一軒家で、店内の壁の落書きや淡い照明がとてもいい雰囲気だ。注文しなくても、おばさんがアルミの洗面器にたっぷり入ったマッコリと、焼いたホッケの干物を出してくれる。アルミのカップに注いでマッコリを何杯も呑みながら、コウといろいろなことを話し合った。

週末のロウソク集会のことや、従軍慰安婦像の問題など話題は深まって、夜はふけていった。二〇一五年末、慰安婦問題をめぐる日韓両政府の合意がなされたものの、これで決着がついたわけではない。むしろこの合意により日韓の議論のテーブルが失われてしまったことが問題だろう。女性の人権を蹂躙したという歴史は、これからも日韓ともに語り合っていかなければならない。過去も未来も、語り合う現在がなければ結ぶことはできない。ペクの人生を知り、またコウとの友情を大切にしていきたい私たちは、ふたつの国の対立を空しく思う。一人ひとりは、出会い、知り合い、語り合い、親しくなっていけるのに。

コウが、ミョンエから伝言があったという。明日はみなさんでアトリエではなく自宅においでください、旧正月の時期なので正月料理のトックッ（牛ダシのお雑煮）を用意しています、とのことだった。自宅は、アトリエのあるマンウォルサの駅をはさんで反対側にあるそうだ。マンウォルサ、漢字では望月寺と書く地の響きが、夜空に浮かぶまん丸の月のように優しく感じられる。

翌日、私たちとコウは、月の色にも似た黄色のチューリップの花束と、大阪美術学校時代のペクの写真をおみやげにしてペク・ヨンスに会いにいく。長い長い話をするために。

福島の天の川

会津柳津《やないづ》の駅に到着したのは、夕方五時すぎだった。同じ列車でにぎやかにしゃべっていた男子高校生たちは、迎えにきた家族の車にそれぞれ乗り込んでいった。あたりはすでに闇につつまれていて、小雪がちらちら舞っている。駅舎にひとりの老人がいたので、これから向かう旅館への道を尋ねると、人のよさそうな彼はこう言った。

「歩けば二十分ぐらいだけどね、もう暗いからタクシーがいいね。いますぐ呼んであげますよ。祭りを見に来たのかね、ほー、東京からですか。それはまた遠くから、よく来てくれましたね」

福島を観光旅行してみませんか、と友人で写真家の菅野純(写真家名・菅野ぱんだ)に誘われて、ここまでやって来た。東日本大震災が起きて、それからたてつづけに東北の人たちが直面した悲劇と困難を思うと、取材というかたちで東北に入るのをずっとためらっていた私だが、彼女といっしょならば旅をしたいと思った。福島の霊山町《りょうぜん》（現伊達市）に生まれた菅野は、いまは東京に暮らしているけれど、発災直後から福島での撮影をつづけていて、今回も各地を撮影するという。八歳年下の彼女をたよりにして、福島を旅する日を私は待っていたのかもしれない。二〇一六年一月七日の夜、柳津町の古刹・福満虚空菩薩圓藏寺で千数百年の伝統という奇祭「七日堂裸詣り」が行われるので、菅野は撮影するという。

彼女と待ち合わせた旅館には、祭りに参加する人たちが各地から集まっていて、にぎわっていた。菅野はすでに撮影機材の準備をととのえ、すぐにでも飛び出したいようだった。近所の食堂に立ち寄って味噌ラーメンをすすり、寺に向かう。百十数段の階段をのぼって本堂に着いたころ、雪は本降りになっていた。

八時半、大鐘が打ち鳴らされる。本堂はすでに見物客でいっぱいだ。ワッショイ、ワッショイ、掛け声とともにふんどしひとつの男たちがなだれ込んできた。本堂の中央高く鰐口《わにぐち》（金属製の梵音具）があり、そこから床まで約五メートルの綱が一本下がっている。その綱を、男たちが威勢よくのぼっていく。腕と足を巧みに使って力強く、鰐口をめざす。みながっしりとした体つき、白い肌に赤味がさしてゆく。男たちはどんどんやってきて、綱に鈴なりになる。鍛えた体であざやかにのぼる壮年の男、高校生たち。小学生は歯をくいしばりよじのぼっていく。あやうく滑り落ちそうになっても、踏ん張って上にたどり着くと、堂内から一斉に拍手が起こった。たとえ一度でのぼりきれなくても、何度でも挑戦してよいルールだ。

勇壮な裸詣りは、民衆の力で只見川に棲む龍神を追い払ったという伝説にちなむもので、一年の無病息災、祈願成就、福を招くといわれる。約一時間で百五十人の男たちがのぼっていった。全員が鰐口までたどり着けるように、互いに綱を支え、助け合う。その光景に圧倒された。会津の人たちがこうして生きてきたことがよくわかる、尊いような光景だった。すごかったねえ、どこかでシャッターを切っていた菅野と合流し、なんだか涙が出た、と言ったら、彼女はいい正月になったべさ、と笑った。

旅の計画はまかせるけれど、猪苗代駅周辺を旅程に入れてほしいと頼んでいたのは、そこが私にとって初めての福島だったからだった。

一九六五年、私は小学校一年で、夏休みも終わりに近づくころだ。東京の椎名町に暮らしていた私たち一家は、両親と五人きょうだいで、私はその末っ子だ。いつものように夕食を終えたころ、私より十七歳上の長女がさわがしく帰宅してきて、「これから、きょうだい全員で裏磐梯にキャンプに行く」と宣言したのだ。その年の春に教職に就いたばかりの彼女は、初めてのボーナスで大きな黄色のテントや飯盒も買ってきたという。

びっくりする間もなく、長女の号令の下、浪人中の長男、高校生の次女、小学校六年の次男、そして三女の私が、米を袋に詰めたり、食料品店に走って缶詰を買いそろえたり、自分の荷物をつくったり、あわただしく準備をしたのだった。

こうして二十三歳から六歳までの五人は上野駅から夜行列車に飛び乗った。車内は山男などでぎっしりで、ボックスシートでは見知らぬ同士もすぐに打ち解けてしまい、お菓子や果物を分け合ったのもこの時代ならではかもしれない。やがて列車が北へと向かううちに、大変な事態が発覚した。全員の持ち金を合わせても、あまりに少ないのだ。腕時計をどこかの町の質屋に入れてはどうか、などと五人で解決策をひねっていたら、隣り合わせた着物姿の四十代とおぼしき女性が声をかけてきた。

さきほどからお話を聞いていたのですけれど、どうしたのですか、と。事情を話すと、その人は、お金をお貸ししますよ、と言って当時としては大金の一万円を差し出したのだ。いくらなんでもお借りすることはできませんと長女が断っても、いいのよ、使ってちょうだいと言う。東京に帰ってお金ができたら返してもらえばいいから、と言うばかりだ。

その人は神田のお寿司屋さんの女将で、数日間の帰省をするところだった。郡山で降りて、そこから車に乗るといい、私たちも猪苗代に行くのに乗り換えるこの駅のプラットホームでお別れした。漢字が読めない私は、こおりやまを「氷」「山」だと思い込み、絵本で読んだばかりのアンデルセン「雪の女王」と重ねていた。あのお話はおそろしいけれど、この人はなんて優しいのだろう。帰京してすぐにお金を返しに行ったときにも大歓迎してくれた。いまでも郡山、という地名を聞くたびにこの女将さんを思い出す。

東京から福島。初めての私の遠出の旅はいまでは考えられないような親切を受けて始まったのだった。

会津柳津から郡山経由で猪苗代に到着したのは翌日の昼すぎだった。この正月はどうしていたの、と菅野に訊くと「毎年同じだべな。妹や弟が連れ合いと来だな。でも、おらが父ちゃんと喧嘩すっから母ちゃんが困ってた」と、すっかり郷里の言葉に戻っている。父親は長女の菅野といろいろ話したいのだが、つい邪見にしてしまうらしい。親は大事にしたほうがいいんでねえかい、彼女のイントネーションをまねて言ってみた。

猪苗代駅の駅舎のかたちは昔のままだったけれど、駅前の印象はずいぶんちがう。もっと建物があったような記憶がある。「そうですよ。四十何年前に区画整理して広くしたから」と教えてくれたのは、駅前の喫茶店兼土産物店「万平」を営む女の人で、代々この土地に暮らしてきたという。かつて駅前には大きな柳の木があって、商店や旅館が立ち並び、ある旅館では檻に熊を飼っていた、という。熊の話に驚きつつ、五十年まえに来たんですよ、と話すと「あのころは磐梯山がすごいブームでしたからねえ。東京から夜行列車に乗って、たくさんの人が来ましたね。そうねえ二十年前くらいまえでは登山客でにぎわっていましたよ」。

レジャーという言葉が日本に広がったのは一九六〇年代初頭という。六一年には「国民休暇村協会」が発足して、国立公園、国定公園に宿泊施設を核とした国民休暇村（現休暇村）が全国各地にでき、私たちがキャンプした裏磐梯はその前年に開設されたばかりだった。また、同時期に国鉄東北支社（当時）は「東北は遠い」というイメージを払拭するため、東京から直通・急行列車を走らせ、観光客は倍増していった。わが家の長女が突然「裏磐梯に行く」と言ったのは、こうした東北旅行ブームを背景にしていたのだろう。

キャンプ場には各地の大学のワンゲル部のカーキ色のテントがびっしり張られていて若者たちでにぎわっていた。どのテントも食事は粗末なものだったが、ギターの音色が響き、夜はたき火のまわりで歌っていた。そして真夜中、テントで眠っていた私は起こされ、夜空を見たのだ。

空いっぱいにびっしりと、ほんとうにびっしりと星がまたたいていた。天の川のかたちもはっきりわかる。満天の星空のなかに天の川は無数の星のかたまりとなって、大きくうねる帯状になって横たわっていた。そのまま落ちてきそうなほどの迫力だった。

じっと見ているうちに、星には強い光を放つものもあれば、弱く輝くものもあり、色も赤、黄、白とさまざま、大きい星も小さな星もあって、ひとつひとつに表情があるようなのだ。次姉が、星は命を失うと輝かなくなるのよ、と言った。

　私が生きているこの地球も、宇宙のどこかから見ればまたたく星のひとつで、どこかの星にも私のような子が住んでいて――、だけど星に命の終わりがあるのなら、そのとき私はどうなるのだろう。考えるうちに、いますぐ身体ごと夜空に放り投げられてしまうような気がしてこわくなった。私はこのときから天の川を二度と見ていない。

　五泊ほどのキャンプを終えて帰宅したのは早朝だった。両親がそろって道に出て迎えてくれた。母はその後「裏磐梯から日に焼けた五人が帰ってきたとき、私がこの子たちを産んで育てたんだわ、と誇らしく思ったのよ」とくりかえし言って、キャンプの写真をあきずに眺めていた。両親ともそれから十一年の間に他界した。

　私たちがテントを張った休暇村キャンプ場は冬季休業中とのことだった。五十年まえの夏のざわめきが、冬のキャンプ場にいまも漂っているような気がする。あれから五人きょうだいは、進学や就職をしてそれぞれの人生を歩み、私をのぞいて家庭を持った。五人でのキャンプはあの一度きりだ。いまでは会うこともない。

　あのときにも行った猪苗代湖へ足を伸ばすことにした。菅野も白鳥がいたら撮影したいと言う。バスに乗って約二十分。日本で四番目に大きいという湖はおだやかな表情だった。そこにいた人に尋ねたら、今年も白鳥は飛来しているのだが、暖冬のために積雪のない畑でエサを得られるので湖にはめったに姿を見せないという。

すでに正月休みも終わり、人影もまばらだ。湖に遊覧船が二艘浮かんでいる。何時に出航ですか、と窓口で尋ねると、いつでもいいですよと言い、乗員定数百五十人というのに、私たちふたりだけでも運航してくれるという。感激して「かめ丸」に乗船させてもらった。磐梯山を遠くにして、靄《もや》がかかった湖面を静かにすべっていく。

船内のアナウンスが猪苗代湖の歴史を解説していて、この湖が日本の水力発電発祥の地だと知る。明治半ばから紡績工場などへ送電したのだという。「日本の電力の歴史、それは猪苗代の発電の歴史なのです」という言葉に、胸をつかれた。福島が担わされた電力供給の歴史は、のちに福島第一原発事故へとつながっていった。そのことを私は深く考えることもせず、人工的な光の世界と電気の便利さを享受しながら、ただ一度きり眺めただけの天の川を懐かしがっていたのだ。

「だけど、いまでも夏になれば山の上なら天の川がぼんやり見えるらしいよ」と言う菅野も、久しく見ていないのだろう。

高校卒業後に上京して進学した菅野は、その後、写真家になって一九九八年から二年間、ニューヨークに暮らしていた。けれどそれは精神的に苦しい日々だったという。そんなときに思い出したのが、かつての小学校の同級生だった。彼女が通った大石小学校は一学年四十一人、一クラスで六年間をともにすごした仲だが、アメリカに行くまで一度として思い出すこともなかったのに、無性に懐かしくなったという。同級生を再訪すれば、苦しい精神状態から抜け出す手がかりを得られるかもしれない、と思った。

帰国して、ひとりずつを訪ね歩き、まとめられたルポルタージュが『1／41 同級生を巡る旅』（二〇〇三年、菅野ぱんだ名義）だ。当時三十代半ばをすぎていた同級生たちの大半は結婚し子どもも得て、福島に暮らしていたが、彼らの人生はさまざまだった。それでも家族を大切にして生きている同級生も、写真のことで苦悩する菅野も、「目に見えない何か」でつながっているのはたしかだった。

菅野の同級生との記憶は土地の自然と分かちがたく結びついていた。秋空に舞うトンボの群れ、黄金色に輝く田んぼの稲、金木犀の花の匂い、夜空の北斗七星の輝き、凍った川の風景の中に友がいた。それが私にはうらやましくてならなかった。いつでも帰る場所があることも。口喧嘩をしつつも、娘の帰省を心待ちにする親がいるということも。

翌日、菅野が中学生のころ家族で行ったという二本松市の「東北サファリパーク」に行く。一九七〇年にオープンした観光牧場が前身だ。小雪が舞う中であくびをするホワイトライオンや、エサをねだるリャマの群れ、アフリカゾウやキリン、けなげにショーをするピンクフラミンゴもいる。菅野は「ここ、オープンしたとき、すんごい人気だったんだから」と懐かしそうに言う。この日は数組の家族連れがいて、子どもの歓声が冬空に響く。遠くに安達太良山《あだたら》が見える。

そうして思い出したのが、高村光太郎のよく知られる詩「あどけない話」の一節だ。彼の妻智恵子は二本松市の生まれだった。

「智恵子は東京に空が無いといふ、／ほんとの空が見たいといふ。／（略）智恵子は遠くを見ながらいふ。／安多多羅山の山の上に／毎日出てゐる青い空が／智恵子のほんとの空だといふ。／あどけない空の話である。」

光太郎と東京で暮らしてからも、年に数ヵ月は帰省して「田舎の空気を吸って来なければ身体が保たな」かったという智恵子。彼女の「新鮮な透明な自然への要求は遂に身を終るまで変わらなかった」と光太郎がエッセイに書いている。

バスで福島駅に行き、阿武隈急行に乗って保原《ほばら》駅で降りる。菅野の生まれ故郷だ。夕暮れの駅前広場に放射線測量数値が表示されていて、赤いデジタル数字が胸につきささる。

菅野が生まれた旧霊前町の二十戸ほどの小さな集落は、駅から車で二十分ほどのところだという。東日本大震災では家屋倒壊などはほとんどなかったが、その後に、米や柿、野菜を生産する農家が放射線被害により打撃を受け、補償交渉の最中だという。町会議員を長く務め、いまは野菜を作っている菅野の父親は、東電への抗議行動にも熱心に取り組んでいるといい、ぜひ会いたかったけれど「うちの父ちゃんの話、長くなるからやめたほうがいいべさ」とやんわり断られた。娘の照れだと察して、実家におじゃまするのは遠慮したが、あとで聞いたらご両親は私のために布団を用意して待っていてくれたという。

翌朝、私が泊まったホテルに菅野と、高校の一年後輩だというS子さんが迎えに来てくれた。高校教師のS子さんに車を運転してもらい、津波と原発事故の被災地へ向かうことになった。

その途中に立ち寄った伊達東グラウンドには百二十戸の仮設住宅が並ぶ。福島第一原発事故により、避難指示区域に指定された飯館村からの避難者が暮らしているという。長期の避難生活はストレスを強いられ、福島県では「被災関連死」が、津波や震災直後の「直接死」を上回っている。

山間の道をしばらく走って飯館村に入る。そこには大きなかまえの家がいくつもあったが、無人だ。家の住人はずっとこの家に暮らしていくことを疑わずに、建て替えたり、増築したりしてきたのだろう。家ごとにさまざまな夢や将来があったはずだ。けれどいま集落には「除染作業中」のノボリがはためき、汚染土を詰めた黒い袋の山が広がっている。その風景に言葉を失うばかりだ。空き家を巡回するパトカーが走っていく。

　県立相馬農業高校飯館校の校舎は静まり返っている。生徒たちは別の場所に建てられた仮校舎に移転し、この場所に高校生の声が響くことは二度とないのだ。菅野はカメラをかまえシャッターを何度も切る。あたりには汚染土の仮置き場がいくつもあって、全部を処理できる日はくるのだろうかと思わざるを得ない。


　私たちは無言のまま、南相馬市に入った。この日は成人式の式典が行われていて、晴れ着姿の若者たちが市民文化会館に集まっていた。その中に同級生と思われる友人の遺影を抱いた青年がいた。十代半ばで津波の犠牲になったのだろうか。成人した友に囲まれた遺影の彼だけが、あどけなさを残したままで切なくなる。

　さらに相馬市へ。東日本大震災当日、S子さんはこの市内の高校に勤務していた。翌日の合格発表のための業務をしている最中に大きな揺れに見舞われた。校庭で部活動をしている生徒を集合させ、最上階に避難した。三キロ先の海に大きな津波が見えた。

「津波は校舎まで届かなかったけれど、その後に私が教えた生徒数人が亡くなったことがわかりました。卒業したばかりの生徒が自動車教習所に通っていて、その送迎車ごと津波に巻き込まれて亡くなった子もいるんです。その子の将来の夢を聞いていたのに、私は何もできなかった」

　家族を失った生徒もいる。原発被害もあって避難した生徒も少なくない。「ここに戻ってきたいっていう子は多いけど、いろいろな事情があって、いつになるのかわからないみたいですね。同級生たちも変化の激しい年齢だから、だんだん連絡もとれなくなっているようです。いつか落ち着いたら、また会うでしょうけれど」。

　夕食をとろうと三人でお好み焼き屋に入った。復興工事に従事しているらしい若い男性がふたり、仕事のやり方について熱心に話しこんでいた。東北の言葉の彼らは、労働力も十分に配置されないのに急かされるばかりの工事にいら立っているのが会話からわかる。

　その翌朝も相馬の海岸を車で行く。青い海を背景に大規模な工事が進んでいる。うなる大型の重機、クレーン。どこもかしこも土が掘り返されているのは除染作業の跡なのだろう。菅野によれば、一帯の風景は大きく変貌し、一年前に撮影した場所さえよくわからないほどいくつもの建物が消え、あらたな建物ができているという。道路をトラックが走り抜けてゆく。白い防護服の作業員も目立ってくる。

　国道六号を走り、浪江町に入る。帰還困難地域は、基本的に歩行・バイク・自転車の通行禁止だ。どの建物も三・一一で時間が止まったままだ。家はすべてフェンスで閉ざされ、雑草が生い茂る。テーブルに食器が残されたままの食堂。町全体に人の声も匂いもなく、ガードマンの姿が目立つばかりだ。双葉町。大熊町。道路から福島第一原発の排気筒が見え、正門に近づこうとすると、すぐに駆け寄ってきた警官にUターンするよう指示された。

この風景をどう考えればよいのかわからない。だが私にも責任があることだけはよくわかる。もっと早くに来るべきだったと後悔するけれど、五年を迎えるいまから、これからの福島を見つめていきたい。忘れないこと、風化させないこと、大事なのはそのことなのだ。楢葉町に入る。昨年九月に、四年六ヵ月におよぶ避難指示が解除されたが、避難した全町民が戻るまでにはまだ時間がかかるようだ。この町内にある常磐線・竜田駅のベンチに老夫婦がいたので話しかけると、荷物を取りに一時帰宅して、また避難先に戻るところで家に帰る目途は立っていない、と言った。

原発事故のその後を目の当たりにして、行くのをやめようと思ったけれど、計画どおりに竜田駅から列車に乗って湯本駅で降り、「スパリゾートハワイアンズ」（いわき市）に菅野とふたりで向かった。常磐炭鉱閉山によって職を失う従業員の雇用確保のために一九六六年に誕生した「常磐ハワイアンセンター」がその前身だ。

ハワイアンズの東日本大震災当日からの対応は見事だったという。宿泊客の安全を確保しつつ、温かい食事を提供したうえ、地震発生から五十七時間で六百数十人の宿泊客全員を東京まで送り届けたのだ。その後、双葉町の被災者もふくむフラガールたちは、避難所での慰問公演、全国キャラバンを展開。風評被害にも直面したが「福島県へ人の流れを作る」を合言葉にし、宿泊客数は回復した。従業員の丁寧できめ細かな対応はすばらしかったし、フラガールのステージもとても楽しく、来てよかったと思う。

福島各地の多彩な表情はひと言では言い尽くせないけれど、土地の歴史、文化の豊かさ、人の優しさ、厳しい現実を知った。これから私は何をするべきなのかきちんと考えたい。それが今回の私の「観光土産」だ。

この旅の数日間、何度もあの天の川の夜空を思い返していた。たった一度のきょうだいのキャンプがこれほど記憶に残っていたのは、やはり天の川のおかげだ。高村智恵子の「ほんとの空」を私も知っている。天の川を初めて見たときから半世紀後、私はふたたび福島に出会えたと思う。近いうちにまた福島を旅するつもりだ。

図書館は誰のものか

〈時代が移るにつれて、図書館は成長したり変化したり、繁栄したり消滅したり、花盛りを迎えたり萎縮したり――それでもわれわれはみな、書物を通してアレクサンドリアの顛末を追い、集められた数百万の書物が知識と普遍性を生み出すという神話の象徴であるパルナソッス神殿で小休止したいと願っているのである〉（マシュー・バトルズ『図書館の興亡』）

古代アレクサンドリア図書館の焼失から戦時中の悲劇まで、時代に翻弄された図書館の歴史をたどった米国人のバトルズは、自身も司書である。書架のあいだをさ迷いながら、生身の人間の息吹を聞いたという。彼は、図書館とは人間の営みの痕跡であり、図書館そのものが「生き物」だと感じた。

本には著者がいて、編集し出版した人がいて、図書館に届く。それから分類し、書誌を作る図書館員がいて、書架におさめられる。図書館には、一冊の本を切実に求めた人がやってくるだろうし、あるいはひょんなきっかけで一冊を手にとり、思いもかけない連想を呼んだ人も少なくないはずだ。図書館ではさまざまな人間ドラマも生まれる。

私は物書きになる以前、六年ほど都内の図書館で働いていたことがある。コンピュータが導入される以前のことで、選書会議での討論や、本の分類、目録カード作りなどを楽しんだし、カウンター業務ではさまざまな人たちに出会った。今でも図書館をよく利用する。国会や都立、地域の図書館などを求める資料（本）によって使い分け、地方取材のおりにも必ず図書館に行く。その土地を知るための資料が豊富にあるからだ。そして図書館の風景や利用者の姿にも土地のありようを感じることができる。どこも検索機能が飛躍的に充実し、その恩恵を受けてはいるのだが、それでも書架の端から端を歩くことでしか出会えない一冊がある。

かつて働いていた図書館の先輩が、本にどんな分類番号を与えるのか悩んでいたのを思い出す。一冊の本には、たとえば歴史・美術・社会・文学などさまざまに解釈ができるものがあり、ざっと読んで「どの書架に置くと、いちばんピッタリくるのか」を考え抜いていた。目録にも神経を注ぎ、いくつもの件名をとって本にたどり着く入口を広くしていたし、ある江戸の戯作者の多数の筆名を調べあげたりもしていた。「生きた資料を、生きる人に提供するのが楽しい」

と語ったのが印象に残っている。毎日の書架整理、レファレンスなど「日々、本に触り利用者に接する」ことで図書館員は成長するとも教えてくれた。

彼女が働く図書館で久しぶりに再会したら、美しくリニューアルされていてずいぶん明るい雰囲気になっていた。けれど「図書館員の職人仕事の時代は終わったわね」と嘆くのだ。子どものころから図書館が大好きで、司書の資格をとり働きだして約四十年になる。だが昨今は効率化が叫ばれるようになり、職員の大半が派遣社員に代わった。司書資格を持つスキルの高い派遣社員もいるのに、低賃金と不安定な立場にあるのを憂慮する。本の貸出は自動貸出機が処理している。彼女自身は事務仕事に追われてカウンターに座ることもなくなった。

「図書館は住民に最も人気のある公共施設だから、行政はどんどん増やしていて、改築も進んでいる。だけど都合よく、人も予算も削れる施設でもあるのよ」

今、日本の公共図書館は大きな変化の渦中にある。

一面では「花盛り」を迎えているのだろう。全国の市区町村立の図書館の数は年々増加し続けてきた。一九六七年に六九七館であったのが、十年後には一〇二六館になり、二〇一三年には三一六八館に達した。この四十六年間で、四・五五倍である。それに伴って、利用登録者数、貸出冊数も増加してきた。市区の図書館設置率は九八・八%にのぼるが、いわゆる「平成の大合併」（三二三二市町村のうち一九六八市町村が合併）もこの高率に反映している。ちなみに町村における図書館設置率は五四・二％にとどまる。

何より公共図書館の姿そのものが変化した。新しいタイプの図書館がつぎつぎ登場し、話題を集めている。おしゃれで、まるでカフェのような図書館、施設や商店を複合する図書館。ビジネスパーソンに向けた図書館、医療情報や法律情報サービスの提供など「生活に役立つ」図書館をめざす動きも活発だ。地方においては図書館を地域コミュニティの核として位置づけ、町おこしや地場産業との連携を図ったり、農業支援をしたりするなど多面的になっている。時代に即して情報環境の整備も進んだ。概していえば、図書館は本の貸出にとどまらない、多様な機能が備わりつつある。

二〇一二年、文部科学省は「公立図書館の設置及び運営上の望ましい基準」を改正し、図書館へのニーズや地域課題の複雑化・多様化に対応する施策を打ち出した。全国各地のユニークな取り組みや個性的な図書館を紹介するなどしており、図書館の活用に積極的な姿勢だ。

一方、公共図書館は「萎縮」しつつある側面もある。図書館数がこれほど増加しているというのに、書籍などの資料費決算額は二〇〇四年から前年比マイナス傾向（二〇〇七—〇八年はプラス）にある。この二十年でいえば総額二五％減である。また一館あたりの専任職員数の平均も減少したうえ、委託・派遣職員の比率が増している。

図書館運営の民間委託は、行革が叫ばれた一九九〇年代から始まり、二〇〇三年に施行された、民間企業やＮＰＯ、公社財団などに運営を委託する「指定管理者制度」が決定的な影響をおよぼした。現在、市区町村立図書館でこの制度を導入しているのは三九二館（二〇一三年度）、一四年度に予定しているのは四三館（二〇一四年八月現在）にのぼる。

時代を反映する「生き物」としての図書館を見つめるためにも今一度、近代からの足跡を振り返ってみる。

幕末から明治初頭にかけて欧米視察した人たちが公共図書館を日本に紹介し、文部省も関心を寄せた。各地の師範学校に「公立書籍館」が設立されるなどし、京都に日本初の公共図書館が誕生した。本格的な動きは一八九九（明治三十二）年の「図書館令」の制定公布による。都市部を中心に図書館が誕生し、地方でも社会教育の中心的機関と位置付けられた図書館が多数設立された。

大正期になると図書館利用者層は一般庶民にも広がった。出版文化も開花した大正デモクラシーとあいまって各地に図書館設置運動が起きる。大小さまざまな図書館の新設が相次ぎ、大正期に発展した公共図書館は、昭和の戦時期に向かうなかで変貌していく。

一九三三年「図書館令」が改正され、政府は図書館の統制支配に乗り出した。図書館界の一部から抵抗はあったものの結果として無力だったといえる。しだいに選書の規制、特高などによる思想関係図書などの閲覧禁止、蔵書の調査、閲覧者の調査が横行した。当時、図書館利用者は「閲覧票」に氏名、住所、職業、図書などを記入し、図書館が保管していたため、この「個人情報」が利用されたのだ。出版統制が強化された時代でもある。

第二次世界大戦が終結した一九四六年、民主主義の普及、教育改革を推進するGHQ民間情報教育局（CIE）の図書館担当官が着任し、各種図書館の改革などの政策が推進されていく。また全国二十二都市にCIE図書館が開設され、アメリカ式の図書館運営や利用者サービスは戦後日本の公共図書館のモデルともなった。五〇年には「図書館法」が制定され、公共図書館は新しく出発をすることになる。

一九五四年、日本図書館協会（一八九二年、日本文庫協会として発足した全国組織。現在は公益社団法人）が「図書館の自由に関する宣言」を採択（七九年改訂）。戦前の図書館活動の反省の上に立つ綱領だった。その骨子は、資料収集と提供の自由を有する、利用者の秘密を守る、検閲に反対する、などだ。とくに「利用者の秘密を守る」ことは、私も図書館の先輩から厳しくいわれた点だ。

民主主義社会に図書館は不可欠な存在という理念は明確になっていたが、本は書庫（閉架式）にあり、館内で読まなければならないなど使いづらく、誰にとっても身近な施設とはいいがたいものだった。

公共図書館がそれまでの館内閲覧から「貸出中心」へと大きく転回したのは、日本図書館協会が一九六三年にまとめた報告『中小都市における公共図書館の運営』（中小レポート）の提言による。公共図書館の本質的な機能は、資料を求めるあらゆる人々に効率的かつ無料で提供することであり、その使命は「住民の資料要求を増大させること」と規定した。図書館利用を拡大する運営の計画化が図られ、そのための指標も提示された。このころから利用者が書架の本を自由に手に取ることができる開架式が一般的になっていく。私の父が都内の図書館で館長をしていた時期で、父が「カイカシキ」に変更できたとうれしそうに語ったのを記憶している。

中小レポートをさらに具体的に示したのは、このレポートの実務を担当し、のちに日野市立中央図書館長になった前川恒雄らが実践をまとめた『市民の図書館』（一九七〇年）である。図書館の重点目標を、貸出、児童サービス、全域サービスと定義づけた。全国的な影響を及ぼし、リクエストなど多様なサービスも広がった。広々と明るい日野市立中央図書館の建物（鬼頭梓設計）は、公共図書館建築の先駆的モデルとして知られる。このころ全国各地で図書館づくりの住民運動も活発になり、一九七〇年代以降、図書館数は飛躍的に増加する。

のちには「図書館は無料貸本屋か」の批判も出てくることになるのだが、今日の図書館がこのときに形作られた。不況にあえぐ出版産業界は危機感を持つが、日本の読書人口の厚みを公共図書館が支えてきたのも事実であろう。図書館の片隅で本を読んでいた子どもが成長して、作家や出版人にもなったはずだ。

そして近年は先述したように、本の貸出にとどまらず、多機能性や個性的な新しいタイプの図書館が誕生しつつある。指定管理者制度による民間委託の館も少なくない。それを歓迎する声もあるのは事実だが、公共図書館として保つべきものを見失ってはいないだろうか。

こうしたなか、毀誉褒貶をふくめてもっとも注目されたのが、既存の施設をリニューアルしてオープンした佐賀県・武雄市図書館（正式名称は武雄市図書館・歴史資料館）である。メディアにひんぱんに取り上げられ、全国からの視察が押し寄せた。レンタルビデオチェーンＴＳＵＴＡＹＡや蔦屋書店を経営する「カルチュア・コンビニエンス・クラブ」（ＣＣＣ）を指定管理者にして委託された、全国初の図書館だ。ＴＳＵＴＡＹＡ、蔦屋書店、スターバックスコーヒーを併設し、話題になった。

ＣＣＣにとっては図書館運営に乗り出す突破口を切り開くことになったが、どんな戦略があるのだろうか。武雄市図書館は、公共図書館とは何か、さらには地方における図書館のあり方を深く考えさせてくれる。

佐賀県西部に位置する武雄市は市域の二三％が田畑だ。古くからの温泉地としても知られ、観光にも力を入れてきた。面積は東京都世田谷区（人口約九〇万）の約三・三倍。しかし武雄市の人口は年々減少する一方で、現在五万三〇九人（二〇一五年一月）。その四分の一が六十五歳以上だ。有効求人倍率は〇・六三（ハローワーク武雄、二〇一三年度）と厳しい状況にあり、地方の典型例ともいえる。

ＪＲ佐世保線・武雄温泉駅より徒歩十五分。かつてのにぎわいが失せた「たけお競輪」（一九五〇年開設、武雄市主催）からも近い。御船山を背景にする武雄神社の参道脇に武雄市図書館はある。「市民文化の森構想」（一九八九年）のもと、市民の意見も採り入れ、二〇〇〇年に図書館・歴史資料館がオープン。以来、図書館利用が低調だったわけではなく、年間貸出冊数の推移を見ると、同規模人口市町平均を上回ってきた（『日本の図書館　統計と名簿』より算出）。先述したように広大な市面積であるため、利用者の大半は車を利用しなければ図書館に来ることができないという条件を考えれば、市民によく利用されてきた図書館だといえる。

だが二〇一三年四月、改修により「これまでにない図書館」が誕生した。二日間にわたってじっくり見学させてもらった。

エントランスから館内に入る。茶系の色に統一された館内、ほのかな照明。写真映えするインテリアだ。そこはまさに「蔦屋書店による蔦屋書店のための空間」だった。入ってすぐに約三十メートルにわたって延びる雑誌・書籍販売スペース。窓際の明るい面にあるのはスタバのコーナーだ。

この「主役」の周辺に図書館蔵書の書架があるが、一部は販売本の棚と混在している。館内の書架があえてアトランダムに配置されているのは、ここが商業施設だととらえているからだろう。当初の目的とは違うアイテムに誘い込む仕掛けだ。大雑把な書架配置図しかなく、何より、本の分類法が公共図書館の標準である「ＮＤＣ」（日本十進分類法）ではなく、蔦屋書店独自の「二十二の分類法」だ。本の正確な配置場所は館内のｉＰａｄで検索できるという。しかし、幅広い年齢層の市民が利用する図書館は、どこに、どの本があるのか、わかりやすくしておくことが利用者にとって第一の「サービス」である。この図書館の独特な配置と分類は、商売の論理に一方的に支配されているような気にもさせられる。

二階のキャットウォークと呼ばれる部分は、ゆるやかな曲線を描く壁面全体に書架がある。以前は学習用の机と椅子が置かれていたスペースだが、現在は高さ四メートルの位置にも本がずらりと並ぶ。オープン当初、ＣＣＣは開架蔵書を「二十万部」に増やしたとしきりに宣伝した。だが、本の多くがあまりに高いところにあり、背表紙のタイトルさえ判読できない。老年人口が多い地域なので介護関係の本を探すと、このキャットウォークの書架、床から二・五メートル上の棚にあった。つま先立ちして手を伸ばしても届かない。書架の本が必要なときは職員に声をかければ、脚立にのぼって取ってくれるのだという。しかし、職員は忙しなく動いていて、とても声をかけられる雰囲気ではない。

ＣＣＣが委託管理者になる以前の図書館内部の写真を見ると、天窓（現在は塞がれた）から自然光が入り、配置された書架は手が届く高さだ。改装後、蔦屋書店の占有スペースを確保するため、職員事務スペースを大幅に縮小し、保管用閉架書庫を廃した。図書館の資料を開架にしたのはこうした事情からだろう。子ども用スペースも奥まった位置に移動した。読み聞かせの部屋はスタバのサプライセンターになった。

かつては全体にゆったりとした空間に幅広い年齢層が集い、飲食スペースのカフェラウンジ（現在はない）ではお年寄りたちがお弁当を広げ、おしゃべりを楽しんでいたという。その光景こそが多機能な場としての図書館のあり方だったのではないだろうか。今、スタバのコーヒーを館内どこでも飲んでもよいというのだが、私が持参したお弁当を食べる場所を尋ねると、館外に出るよういわれた。建物の端っこ、覆いもない場所に前日からの雨に濡れたスチール製の椅子とテーブルがあった。

一階エントランスのすぐ左に、淡い色のレンガに囲まれた卵型の広い一室がある。以前は歴史資料館の常設展示施設「蘭学館」だった。現在は有償レンタルＤＶＤやＣＤなどがぎっしりと並ぶＴＳＵＴＡＹＡだ。

佐賀藩の自治領・武雄の地を治めてきた佐賀藩鍋島家の第二十八代領主・茂義（一八〇〇〜

六二）は進取の気風に富む人物で、オランダを経由して日本にもたらされた「蘭学」を積極的に受容し、西洋式砲術と軍隊の訓練などにも取り組んだ。藩主にも影響を与え、幕末の佐賀藩の活躍に貢献したといわれる。武雄鍋島家に伝えられてきた西洋砲術関係資料、蘭書、植物見本帳、天球儀・地球儀、舶来絵具などが武雄市に寄贈され、蘭学館が保存、研究を進めていた。武雄市民が誇る財産であるとともに、内外の研究者に注目されてきた資料である。

ＴＳＵＴＹＡは全国各地にあるが（武雄市内にも二〇〇五年に一店オープン）、明治以前の西洋技術導入の歴史をひもとく蘭学資料はここにしかない。二〇一四年八月、これらの資料二二二四点が国の重要文化財として一括指定された。だが今後の保管、展示、研究者への対応など、危ぶむ声も多い。

またリニューアル後、図書館の書籍や雑誌、ビデオ、ＣＤ、ＤＶＤなど八七六〇点が廃棄処分されていたことが明らかになった。なかには「郷土資料」として貴重な地域文化雑誌のバックナンバーなどがあり、問題視されている。廃棄ＤＶＤには人気の高い「ハリーポッター」シリーズや宮崎駿作品などもあった。ＴＳＵＴＡＹＡのレンタル商品と競合するためではないか、との指摘もある。

その一方、武雄市図書館は「蔵書二十万部」を確保するためか、約一万部を購入している。のちに市民らが情報公開請求をすると、驚くべき実態が判明した。十年以上も前に出版された実用書や、武雄市から遠く離れた埼玉県の『ラーメンマップ埼玉2』（一九九七年）などが多数ふくまれていたのである。これらの書籍は、CCCが出資（当時）するネット古書大手「ネットオフ」より購入されており、総額七六〇万円に達していた。CCCはこの件について「反省」のコメントを発表することになるが、図書館の根幹をなす「選書」がいかに杜撰だったのか、よくわかる。

さまざまな論議を呼ぶ武雄市図書館。CCC図書館カンパニー・カンパニー長の高橋聡執行役員（四十二歳）に聞いた。以前は映像ソフトの部署にいたという。

「書架の配置は従来の図書館のやり方ではなく、代官山蔦屋書店をモデルにしました。ご質問いただいた蘭学館は見学者も少なく、あまり利用されていませんでした。しかし貴重な資料ですからこれからも企画展などを続けていきたいです。図書館資料の廃棄については、年数を経て古くなったものを処分したと聞いています」

リニューアルのコンセプトについてこのように説明する。

「市民生活をより豊かにする図書館を目指しました。開館時間の延長、年中無休もその一つです。これまでの図書館は貸出という単一の機能が主軸でした、例えて言うならば、固定電話のようなものでした。武雄市図書館は多機能のスマートフォンです。月に一度のマルシェ（産直市場）など、様々なイベントや講演会もしています。参加者の自主教育活動がかっこよく見えるように、あえて人目につくスペースでやります。それを見て刺激される人もいると思います。利用者の成長ストーリーを一緒に作りたい。

私たちは単に図書館の改革にとどまらず、武雄市全体のリノベーションを考えています。それが誇りでもあります」

運営委託後の成果は数字にもあらわれているという。リニューアル後の一年間で、来館者は九二万三〇三六人、貸出利用者数は十六万七八九九人にのぼった。前々年の一一年度（一二年度は改築工事のため五カ月間休館したので参考にせず）と比較すると、それぞれ三・六倍、二倍である。貸出冊数も一・六倍に伸びた。メディアでひんぱんに紹介された効果もあってか、来館者が激増したのが目を引く。

この来館者はどこからやってきたのだろう。利用登録者数とその割合を比較してみる。


〈二〇一三年度〉

利用登録者数	三万四三四九人
市内居住者	三五・一％
市外	三六・七％
県外	二八・二％

武雄市は長崎県境にある。そうはいっても県外登録者数が三割近くにも達するのは、観光がてら国内各地から見学にやってきた人が多かったと思われる。CCCはリニューアルと同時に、貸出対象者を国内居住者に拡大したのだ。実際に本を借りた利用者の割合で見ると、県外居住者は一一・六％にとどまり、利用登録はしたものの、一度の見学だけで終わったということなのかもしれない。

以前の利用登録者の数字はこうだ。

〈二〇一一年度〉

利用登録者数	三万七一一〇人
市内居住者	六七・三％
市外	三二・七％
県外	〇％

リニューアル後、利用登録者総数は約二七〇〇人減り、なかでも市民の登録者実数は半減してしまったことが気になる。

高橋は「以前の登録は有効期限がなく、一度登録するとずっとそのままだったので、登録者数は累積します。CCCが受託したあとはシステムなど変更しましたのでゼロから始め、二〇一三年度の登録はすべて新規です」と説明する。

ところでCCCへの委託は、樋渡《ひわたし》啓祐市長（当時。二〇一五年一月、県知事選に立候補して落選。のちにCCC関連企業の社長に就任）の強い意向で進められたのはよく知られる。

市長二期目の二〇一一年十一月、テレビ番組でCCCの増田宗明代表取締役社長・CEOと、代官山蔦屋書店を知り、翌年一月に上京して直談判。増田は〈「私はこれからの地方サービスというのは、病院と図書館だと思っているんです。だから図書館は前々からぜひやりたいと思っていて、そこにあなたが来た。行政と仕事をするのは初めてで、正直、不安もありますが、ぜひやらせてください」〉（樋渡啓祐『沸騰！図書館』）と即答したという。それからわずか四カ月後、二〇一二年五月にはCCCを指定管理者とすることが記者発表された。

リニューアルにどのくらいの費用がかかったのだろう。

二〇一一年度の図書館費は一億四四〇九万円だったが、一二年度は五億九四八八万円に跳ね上がった（「武雄市歳入歳出決算報告書」）。

リニューアル関連の主なものをあげてみる。改修工事（一億三四一四万六五〇円）、設備改修工事（五四六四万七二五〇円）。新図書館空間創出業務委託料（一億三九六五万円）。

ほかに、新図書館サービス環境整備業務委託料（四一〇八万二七五二円）、図書館システム更新業務委託料ほか（六〇八二万五九九円）、ICタグ貼付業務支援委託料（九六九万三五六九円）などがある。検索とネットサービスなどのシステムを更新し、自動貸出機も新設された。

まさに至れり尽くせりで迎えられたCCC。当然のことだが、店舗部分の工事費などはCCCが負担した。店舗の収益（公表せず）は同社の収入となり、年間家賃六〇〇万円を市に支払う。

さて、CCCへの委託料（図書館・歴史資料館指定管理料）は、年間一億一〇〇〇万円。このなかに資料費（一三年度予算一四〇〇万円）、システム維持費、人件費などがふくまれる。

CCC社員のほか、それまでの図書館職員は館長（中学校校長を定年退職し〇九年より現職）もふくめすべてCCC契約社員の身分になった。現在の陣容は社員・契約社員計十八人、アルバイトだ。ちなみに最新の同館求人情報（契約社員）では、司書・司書補有資格者で「月給十七万七四〇〇円以上」（リクナビNEXT）。佐賀県の賃金最低限度額は全国最下位から二番目だ。それでも委託料の大半は人件費が占めると思われる。CCCにとってビジネスの採算はとれるのだろうか。

そろいの黒のユニフォームを着て、耳に装着したワイヤレスイヤホンでひっきりなしに指示を受ける多忙な図書館員（コンシェルジェと呼ぶ）。書架案内やレファレンスなど通常の図書館業務のほか、蔦屋書店の販売業務、TSUTAYAの業務を並行してこなす。私が本の代金を支払うためにカウンターに行くと「ポイントが貯まるTカードはお持ちですか?」と尋ねられた。

武雄市図書館の最大の特徴は「Tカード」を導入したことだったのだ。

リニューアルした武雄市図書館には三種類のカードがある。○歳の赤ちゃんから大人まで、利用者が選択（十二歳以下は保護者の同意書が必要）できる。

①図書館利用のみのカード（リニューアル以前の図書館カードも使用可）
②図書館利用カードとTカード機能を備えたカード
③すでにあるTカードに図書館利用コードを付与

②と③は、Tカード＋図書館利用カードという機能で同じだ。武雄市図書館をテーマにした『図書館が街を創る。』（CCC傘下の出版社が刊行）がつぎのように説明する。
②は図書館利用カードとしてのみならず〈日本中のTSUTAYAでDVDやCDをレンタルすることもできるし、全国の5万以上もの店舗でポイントを貯めたり、使ったりすることもできるという画期的なカード〉。そして、②③ともに図書館の〈セルフカウンター（自動貸出機）を利用すると、1日1回、3ポイントが貯まることになる〉。

Tカードのポイント付与は提携先によって異なるが、武雄市図書館の蔦屋書店の物販、TSUTAYAのレンタルは二〇〇円に付き一ポイントだ。それなのに自動貸出機を利用しただけで三ポイントとは驚く。図書館側は、図書館員の仕事の省力化に協力したためのポイント付与だと説明するが、Tカードへの誘導は歴然であろう。

また図書館利用情報の扱いについて、日本図書館協会など図書館関係団体や日本文藝家協会などから質問や提言が寄せられた。これに対してCCCは、図書館利用情報とTカード会員情報とはシステム上切り離しており、貸出記録も本の返却後に消しているので「利用者の秘密」は守られていると回答している。

リニューアルオープンの際、多数の来館者が利用登録カードを作ったが、一年間の新規利用登録者数三万四三四九人の選択はつぎのとおりだ。

図書館利用カード（①）　六・八％
Tカード（②③）　九三・二％

このTカードのなかには、すでに会員（③）であった人数もふくまれているから、新規T会員がどれほどなのかはわからないが、三万人前後にのぼるだろう。はっきりしているのはCC

Cが武雄市図書館を舞台に多数のT会員を得たことだ。

利用者登録カウンターでTカードの内容を聞いたが、「お金みたいにポイントが貯まるんです」といわれ、それ以上尋ねたら、二種の印刷物を渡された。「武雄市図書館利用に関する規約」（一枚に両面印刷）と「T会員規約」（一枚の紙を折りたたんで十ページ）だ。どちらもA12サイズ（13×18センチ）、その文字は新聞の株式欄ほど。一面に原稿用紙十三枚ぶんの文字、ただ規約を書きつらねたものだ。T会員規約を読むと「利用目的」として「ライフスタイル提案のための会員情報分析」とあった。

現在Tカードの提携先はリアルとネットで二十三万店舗を超え、会員五〇〇〇万人を有する。その膨大な購買履歴（ビッグデータ）を集計して分析し、提携先に販売するのがTポイント事業の目的である。DVDやCDの販売が下降の一途にあるなか、Tポイント事業はすでにCCCの屋台骨となっている。

『ビッグデータの罠』の著者、岡嶋裕史関東学院大学准教授に聞いた。

「ネット上で決算できる、いわゆる仮想通貨をめぐって熾烈な競争が展開されています。Tカードもそのひとつですが、ライバルが多く主導権を取るまでには至っていません。多くの企業と提携し、多くの会員を集め、データを収集することで生き残りを図っているところでしょう。店舗が多い都市での会員数はすでに飽和状態にあり、今注目されているのは、いかに地方で会員を集めるか、なのです。ＣＣＣが武雄市図書館に着目したのは、そうした理由からではないでしょうか。図書館には幅広い年齢層が集まり、とくに子どもの情報は貴重です。これから長年にわたって追いかけることができますから。ただ、人口密度が低い地域で会員を集めるには、かなりの資金を投じなければなりませんが」

ＣＣＣはがどれほどのコストをかけたのかは不明だが、武雄市が数億円を使ってＣＣＣを迎えたのは前述したとおりだ。

また武雄市図書館を第一号として、その成功を派手に宣伝し、今後の図書館事業を展開する足がかりもつかんだ。現在、六館の計画が進行中だという。ビジネスとしての採算は十分取れただろう。

Ｔカードの問題点はあるのだろうか。

「集めたデータをどのように利用しているのか、Ｔカードには不透明な点があります。図書館でＴカードの利用目的など誰にでもわかるようなパンフレットを用意していないならば、フェアではないと感じますね」（前出・岡嶋氏）

ＴカードはもともとＴＳＵＴＡＹＡのレンタル会員証としてスタートし、拡大してきた。ＣＣＣが公共図書館を「本のレンタル」の場ととらえたならば、武雄市図書館に着目したのは当然の流れだったとも思える。しかし図書館は税金によって運営されていることを考えれば、見過ごすわけにはいかない。

ＣＣＣの武雄市図書館委託契約は五年である。契約をその後も続行するのかどうか、先行きはわからない。民間企業なのだから撤退する可能性はある。しかしＣＣＣが撤退したあと、図書館システムはすべて一からやりなおすことになり、再び改修もしなければならないだろう。まるでエンタテイメント施設のように注目され、広範に人を集めた武雄市図書館。一時の活気が、じつは土地をむしばむ劇薬だったとのちに気づくことになるかもしれないのである。ちなみに同図書館の来館者はリニューアル翌年の二〇一四年度より二年連続して減少しており、一五年度は前年度比九・一％減である。だが、この先例からほかの地方自治体が得る教訓もあるだろう。

ＣＣＣが図書館運営に参入したのは、樋渡前武雄市長が代官山蔦屋書店に感激したことが始まりだった。書店と公共図書館の関係としては長い歴史を持つのが紀伊國屋書店である。

同社の高井昌史代表取締役社長は、一九七一年に入社、七五年から栃木県宇都宮市の営業所長として赴任し、公共図書館の立ち上げに携わった。思い出深いのは栃木県立足利図書館の設立だという。館長とともに特色ある蔵書を模索し、フランス文学や英文学の全集など、洋書を充実させた。学者や研究者が足を運ぶような県の文化力を支えうる図書館になったと自負している。高井は、海外の公共図書館も多数視察し、公共図書館への思いは深い。

「公共図書館の原点を見つめなおすべき時期なのかもしれませんね。公共のニーズに応えるのは図書館の使命かもしれませんが、それだけではなく、よい本を収集し、次世代へつなげる役割を自覚するべきなのかもしれません。公共図書館には資料の蓄積という責務があるのです。どんな蔵書構成にするのか、鑑識眼が問われますが、じつはそれ以上に難しいのは廃棄図書の判断です。一度廃棄したら取り返せない。その地域にしかない資料もありますから職員は勉強しておかないとね」

かつては小さな町の図書館でも住民たちの読書会や、作家を招いての講演会なども開かれていたが、昨今はそんな光景も少なくなったと残念がる。

「今の公共図書館はコンピュータシステムにお金をかけすぎると思いますよ。大事なのはやはり本です。ベストセラーだからといって何冊もそろえる必要なんてありません。そこはやはり節度を持つべきです。それから貸出を増やせばいいというのも、いただけませんね。一冊の本を時間をかけてじっくり読む人もいる、それは数字にはあらわれないでしょう」

では、よい図書館とはどういうものだろうか。

「じつにシンプルなものですよ。本を大事にして、人（利用者と図書館員）を大事にして、施設を大事にしている」

まさに、そんな図書館があると聞いて尋ねたのは、武雄市に隣接する伊万里市の伊万里市民図書館である。こちらも各地からの視察が絶えないという。

伊万里市の人口は五万六八七九人（二〇一五年二月）、やはり減少傾向にある。面積は武雄市より広いが、人口密度も老年人口割合もふたつの市はほぼ同じだ。だが、図書館がめざすものは対照的といえるだろう。伊万里市民図書館の歴史をたどってみる。

もともと伊万里市には市立図書館があったのだが、水害により公民館の一室に間借りすることになったまま年月が過ぎた。小学校単位にあった「母と子の読書会」のメンバーが中心となって、一九八六年「図書館づくりをすすめる会」が発足。勉強会や講演会を開いたり、各地の図書館見学をしたりするなどをしていた。

一九九一年に図書館設置計画が立ち上がり、市民代表二十人をふくむ図書館建設懇話会が開かれ、用地決定や建設にも市民の声を反映させていくように要望書を提出。九三年には市民と行政がともに学び、対話する場として「図書館づくり伊万里塾」が八回開かれている。

一九九四年二月二六日、図書館起工式には市民二百人が参加。この日を「めばえの日」として、ぜんざいがふるまわれた。その年の秋、「ふるさと創生資金」の一部を使い司書と市民五人がアメリカ図書館見学のため旅立っていったのだ。

その旅の成果も生かされ、一九九六年、市民図書館がオープン。図書館の目標を「伊万里をつくり　市民とともにそだつ　市民の図書館」と掲げた。「図書館づくりをすすめる会」は、図書館への協力と提言を続けていく「図書館フレンズいまり」に発展。今も熱心に活動中だ。二〇一四年十月、日本図書館協会から図書館に貢献した団体として感謝状が贈られている。その図書館を見学した。

すでに二十年近くをへた建物だが、その時間の経過が温もりを感じさせる。建物全体は複雑なつくりになっていて、それぞれの部屋をゆるやかに分けている。窓から淡い陽の光が届く。エントランスを入ってすぐに子どもの本の書架があり、「こどもデスク」の職員に話しかける子がいた。ひとりでじっくり本を読む子や、お母さんと一緒に椅子に座って何か描いている子もいる。館のカウンターはこどもデスクをふくめて三か所ある。

一般開架室。もちろんすべて手が届く高さの書架だ。書架には、分野に合った話題の人物やテーマの本を集めた企画コーナーが設けられている。ここの図書館員がとても本が好きだということがよくわかる。驚いたのは、平凡社の「東洋文庫」がずらりとそろっていることだ。私がずっと探していたものもあって、市立図書館でこのレベルはすごい。岩波文庫もまとまってあり、棚を見ていると読み損ねていた古典を読まなければと思うのだった。

子ども開架室、ヤングコーナー、グループ学習室（予約制）、雑誌や新聞のコーナー、そして伊万里学研究室は、伊万里関係の図書や地場産業の焼物の文献がそろう。二階の開架式書庫には年数のたった本や雑誌のバックナンバー、過去の佐賀新聞などがある。やや高い書架だが、それでも二段の踏み台に乗れば手が届く。

館内のあちらこちらにベンチやソファ、ひとり用の椅子があって、畳敷きの一室まであった。くつろぎコーナーでは老年の男性ふたりが囲碁を楽しんでいた。そこからは小さな庭がのぞめ、よく手入れされている植物に目が癒される。

一階の奥に福祉団体が運営している喫茶室があった。メニューは、うどん（三三〇円）おにぎり二個（一五〇円）は手作りのほかほかだった。コーヒー（二〇〇円）もある。ここでは持参したお弁当を食べることもできる。数時間にわたって調べものなどをする利用者には、こうした場所が必要だ。

ずっと居続けたくなる図書館だった。それは、誰かに押し付けられたものではなく、自然に生まれ、育てられ、見守られている図書館だからなのかもしれない。起工式が行われた「めばえの日」は図書館の記念日となって毎年ぜんざいがふるまわれ、数百人の市民がお祝いに駆けつけるほど親しまれている。利用登録者は三万八七九九人（二〇一四年四月）。市民の六八％に達する。

その伊万里市民図書館でも、二〇〇九年に「指定管理者制度」の導入が検討されたことがあったが、塚部芳和市長は導入しないと決断した。その理由を市長は「仮に指定管理者制度が導入されたら、市民の知る権利を保障する図書館の基本理念を遂行できるかという不安」とともに、「民間業者へ丸投げしたくないという一念」だという。なぜならば「伊万里市民図書館は、市民とともに蓄積された図書館能力を有して」いるからだ、と述べている。市民とともに築いてきた図書館なのだ、という自信のあらわれでもあろう。

図書館とは誰のものか、何のためにあるのか、根本的なことを訴えているようにも思う。何より、塚部市長の言葉に心が揺さぶられるのは、市民の力を信頼しているからなのだ。

今「地方消滅」が叫ばれている。図らずも隣り合わせの武雄市図書館と伊万里市民図書館は、それぞれにこの現状を象徴しているのかもしれない。人口が減り、産業も先細る地方で、劇薬を投じるのか、市民たち自身で未来を考えていくのか――。

ところで、ついちかごろ私は、スウェーデンの第二の都市、ヨーテボリに行く機会があり、市立図書館をのぞいた。人口五〇万の都市である。

古い図書館をリニューアルしたばかりだった。歴史ある建物を活かしつつ、内部は見事に美しい。家具やインテリアデザインで定評のある国だが、カラフルで多彩なデザインの書架や机、椅子が置かれていた。ひとりでパソコンに向かって調べものをしたり、若い父親が赤ちゃんと遊んだり、学生たちのグループが議論していたり、ゆったりした椅子で読書に没頭するおじいさんがいたり――。それぞれ自分の家のように使い、自分の家のように大事にしている感じがした。

スウェーデンは法律によって、すべてのコミューン（日本の市町村にあたる自治体・約二九〇）に設置が義務付けられているとともに、全土の図書館網が支えて資料提供などをしている。ヨーテボリ市立図書館で人気の高いサービスは、自分のルーツを知りたいという人への資料提供だ。教会に保存されている文献なども探し出しているという。

スウェーデンの消費税は二五％にもなる。高い税金を払っている以上、国民すべてが公平な住民サービスを受けるべきだという意識が高い。公共図書館は社会保障制度の一環として位置づけられているが、それは地域によって住民が得る情報や図書の質に差があるのは不平等だという考え方からだ。

スウェーデンの国土は日本の一・二倍、しかし人口は九六八万人にすぎない。それでも高い技術力を誇り、芸術分野でも世界的に名高い。それには多くの要因があるのだろうが、そのひとつに公共図書館が基盤となって人材を育ててきたこともあるのではないだろうか。実際、スウェーデン図書館協会の調査によれば、八五％の人が図書館は国民にとって重要な施設だと回答しており、七〇％が図書館に信頼を寄せている。そのことはヨーテボリ市立図書館の温かい雰囲気からも感じることができた。

公共図書館は、その国、地域、住民たちの姿を映し出す鏡のようなものかもしれない。その土地でどんなふうに生きてきたのか、どんな未来を思い描いているのか。公共図書館は、今を生きる私たちとともにいる「生き物」でもある。自分たちの手で変えていくことだって、できるはずだ。

二〇一五年十月、愛知県小牧市での住民投票の結果が出た。ＣＣＣと連携した市立図書館建設計画（予算四十二億円、二〇一八年オープン予定）が、反対多数により、見直しを迫られることになった。翌年三月、有識者と公募市民（六名）による審議会が設置された。

第四章

家出の自由

井田真木子さん

ノンフィクションを書いて三十年ちかくになる。自分でびっくりする。いろいろな土地に行って人に話を聞いたり、資料を調べたりするのが楽しく、知らなかったことを少しずつ知っていくのはほんとうにおもしろい。

最初のころはずっと雑誌の仕事をしていて、その原稿をまとめた単行本を出せたのはライターになって八年目だった。まったく自信がなく、よろこびもなかった。そのさなかに編集者から、ノンフィクション作家の井田真木子さんがあなたに会いたいと言っています、と連絡を受け、とても驚いた。大宅賞などを受賞された井田さんの作品はすべて読んでいて、なかでも中国残留孤児二世を描いた『小蓮の恋人』、バブル期の人物に肉迫した『旬の自画像』には打ちのめされた。私にとって、遠くはるかな目標というのもおこがましいほどの存在だった。

編集者ふたりと井田さんに会った。私はひどく緊張したけれど、井田さんには初めての出版おめでとう、これからもずっと書きつづけてくださいね、と励ましてもらった。なかなかのノミスケで、同じくノミスケの私とワイン、ビール、ウイスキーと盃を重ねた。そのあとカラオケをしに行き、かなり酔っぱらっていた井田さんと私は、パフィーの「アジアの純真」をがなりたてて歌った。編集者がぼそりと「地獄から来たパフィー」とつぶやき、みんなで笑った。

　そのあとも井田さんと何度か呑んだけれど、電話で話すことも多かった。井田さんは有名な長電話の人で、私とも六時間におよんだことがある。ある日、ぼんやり仕事をしている私を心配したのか、きちんと長編を書くように諭された。何百枚も書くなんて無理ですと答えると、長編を書くためのコツがあるのよ、と具体的に教えてくれるのだった。

　井田さん本人はおそらく反発しただろうけれど、中高で受けた厳格なカトリック教育の影響が濃かったと思う。人の面倒を見たり、助けたりといったことをごく自然にしていたが、ストイックなほどの厳しさもあわせ持っていた。

　しばらく時間がたって、長いものを書こうと決めた。私の祖父と母は沖縄生まれなのだが、大正期から終戦直後まで台湾台北で暮らしている。祖父たちの足跡を糸口にして、沖縄と台湾の近代の時間を描けないかと考えたのだ。まず沖縄で取材をして、それから祖父と同じように那覇から台湾へ向かう船に乗ることにした。

　乗船の前夜、東京からの電話で井田さんが亡くなったと知らされる。会うたびに痩せていくようで気がかりだった。雑誌連載中の「かくしてバンドは鳴りやまず」は、ノンフィクションとは何か、その問いを突き詰めようとした迫真の意欲作だが、これを書いていたら井田さんの命が縮まってしまう、そう案じていた矢先の突然の訃報だった。まだ四十四歳なのに。

那覇の夜は春の大雨に見舞われていた。取材を中断して、告別式に参列するつもりだった。けれど一晩中考えて朝を迎えるころ、井田さんなら「予定どおり取材をつづけなさい、それがあなたの仕事」と言うだろう、と思うに至った。

台湾行きの船は夜八時に出港した。暗い海をながめながら、井田さんの名を何度も呼んだ。これから私は書いていけるのかな、こわいなと思うばかりだった。甲板に立ちつくしたあの夜から、もう十六年が過ぎている。

おいしいロンドン

ロンドンへ行った。写真家と画廊オーナーとの女三人の旅、ヴィクトリア駅から歩いて十分ほどの滞在用アパートを借りて十二日間を過ごした。取材ではあるけれど、ゆるやかなスケジュールだったので、地下鉄に乗って美術館めぐりもできた。

旅の楽しみはなんといっても食事だ。とはいえ、外食ばかりではお財布がすっからかんになってしまう。アパートには設備が整ったキッチンがあり、スーパーマーケットで買い物をして交代で料理を作った。食品には付加価値税がかからないから、あれこれ買ってぱくぱく食べた。胡麻をまぶしたパン、いろいろな種類があるハムやソーセージ、フルーツや野菜類もおいしい。特に風味のあるじゃがいもが気に入り、スープにして毎日飲んだ。

私が愛読している本に、ファニー・クラドック『シャーロック・ホームズ家の料理読本』がある。ホームズの下宿先の女主人ハドスン夫人の料理レシピという体裁だが、実際の著者は高名な料理研究家で、ヴィクトリア朝時代の料理を古風な語り口で紹介している。「すいば入り兎のスープ」だの「木いちごの葉でくるんだ焼きガモン」だの「ラムの脳味噌のすましバター漬け」だの、さっぱりわからない料理ばかりだが、読んでいるだけで食欲がわいてくる。臓物料理やパイ料理もたくさんあって、その代表的料理「キドニー（腎臓）パイ」をイギリスで食べる日をずっと夢見ていた。

ロンドン子によれば、キドニーパイは素朴な家庭料理で、おもに冬に食べるものだという。おばあちゃんのを食べさせてあげたいわ、といいつつ、一七九八年創業のレストラン「ルールズ」を教えてくれた。ちょっと高級な店で、キドニーとごろんとした肉が詰まった「ステーキ・アンド・キドニーパイ」を食べた。ボールのようなまんまるのパイ、皮はさくさくしていて、ナイフで切ると濃厚なグレイビーソースが流れ出てくる。よき香りが漂い、肉はとろりとやわらかい。う、うまい。

ロンドンの料理はここ数年で劇的においしくなった、という話をよく聞いた。味付けが以前より軽やかになったらしい。そのとおり、訪れた店はどこもすばらしかった。

ベーカーストリートにある魚料理店のドーヴァー・ソウル（舌平目）のムニエルは絶品だったし、デザートの「トライフル」（スポンジケーキの上にフルーツやカスタードクリームを重ねたもの）も、幸せをかたちにしたようで、うっとりした。

かつてのワイン蔵をそのままワインバーにした、サマセット・ハウス近くの「ゴードンズ」のポークパイとハムステーキ。それからスパイスのハーモニーが見事な老舗インド料理店の豆のカレー、ビリヤニ（炊き込みごはん）、タンドリーチキン。ある夜、招かれたお宅でごちそうになった海老のグリルとローストビーフ……どれも忘れられない。

もちろんパブにも繰り出してビールをぐびぐび呑み、フィッシュ・アンド・チップスをつまんだ。いまの時期は夜九時近くになっても空は明るく、いつまでも、いくらでも呑んでいていいんだよ、と神様にいわれているみたいだった。

けれど夢のような日々は終わる。たっぷり贅肉がついたお腹をさすりながら、帰国するための荷造りにとりかかるのだった。どっこいしょ。

すてきな浪曲

浪曲を聴きに行く。

私が子どものころはテレビでも浪曲番組があって、小学生が「旅ゆけばあ〜」などとうなったものだが、聴く機会も少なくなっていた。

けれど近年、浪曲界は大変に盛り上がっている。若手が続々登場し、とくに女流浪曲師の活躍がめざましい。新作もどんどん生まれている。浪曲師によるプロデュース公演、落語や講談、漫才や義太夫や朝鮮半島の伝統芸能パンソリとコラボレーションもするなど、いま浪曲界は「攻め」の姿勢にあるのだ。客層もぐんと幅広くなった。にぎわう場所にはちゃっかり近づくのを旨としている私は、このところ浪曲にはまっている。

ヤボを承知で説明すれば、浪曲は演者と三味線奏者（曲師という）のふたりによる芸能だ。ストーリーを手際よく歌う「節」と、複数の登場人物をセリフで演じる「啖呵《たんか》」で構成される。浪曲は「声の綜合芸術」といわれている。物語を三味線の音がぐぐっと盛り上げたり、あるいはしんみりさせたりして、テンポよく展開していく。浪曲は最少人数による「ミュージカル」といってもよいかもしれない。

今夜、友人たちとめざすのは浪曲界の殿堂、浅草・木馬亭だ。パリにオペラ座があるならば、東京には木馬亭がある、と私は声を大にしていいたい。浪曲の常打ち小屋として、浪曲界を支えてきた。えらい。

本日の演目は、女流浪曲師・玉川奈々福のセルフプロデュース連続公演「浪曲破天荒列伝」、二回目である。

奈々福は芸歴二十年、古典もすばらしいが、新作も多数創作していて、「浪曲シンデレラ」、大作「金魚夢幻」など斬新な演目がある。浪曲を、今生きている人たちに届けたいという気迫に満ちているのだが、芸風は明るく軽やかで、とても楽しい。

じつは奈々福、以前は筑摩書房の編集者だった。私の『美麗島まで』(文庫版)と、『首里城への坂道』を担当してくれた恩義ある人だ。書き手をのせるのがうまい敏腕編集者は、長いこと浪曲師との二足のわらじをはいてきたのだか、数年前に筑摩書房を退職して浪曲一本でやっている。「唸るおねえさん」はいま、客をのせまくっているのである。

さて格子柄の着物をきりりと着付けた奈々福登場。一気に華やぐ舞台。ひとしきり会場を沸かせて、いよいよ「清水次郎長伝」より、「お民の度胸」の始まり始まり。物語は「森の石松」が、金のことでもめていたばくち打ちの「都鳥三兄弟」に切られてしまう場面から。石松は兄貴分の七五郎の家に逃げ込む。七五郎は石松をかくまうが、そこへ追ってきた都鳥三兄弟。すると七五郎の女房、お民が威勢のよい啖呵を切って、荒くれ者たちを追い返してしまう。お民の度胸の裏には、亭主への深い信頼と愛情がある。

愛嬌あふれる石松、都鳥三兄弟のすっとこどっこいぶり、男気ある七五郎、凛々しくて色っぽいお民。奈々福はそれぞれ見事に演じ分けた。

景色が見える。七五郎とお民の夫婦の歳月が見える。からりとして、さっぱりした清潔感がある奈々福の魅力が存分に発揮された。

三味線の沢村豊子がまたすばらしい。ぐわんぐわんとグルーブする音色。切れ味するどいバチさばき。はずむかけ声。私は長年ロックを愛聴してきて、数々のギタリストに酔いしれてきたけれど、豊子師匠の音には全面的にひれ伏す。これぞロックじゃん、パンクじゃんと思うしだいである。

ああ、すてきな夜でした。ホッピー通りの居酒屋に入り、ハムカツ、ごぼう天ぷら、鯨肉の煮こごり、イカゲソをつまみながら焼酎をがばがば飲み、友人たちとげらげら笑い合う。十時半、店じまいを告げられる。ちょうど、時間となりました～。

作家滞在制度

図書館によく行く。原稿を書くために調べなければならないことがたくさんあって、図書館なくしては私の仕事が成り立たない。目的によって国会図書館、大学図書館などを使い分けているが、なかでも都立中央図書館はとても使い勝手がよく、ここへ歩いて通うためにいま暮らすアパートに引っ越してしまったくらいだ。

地域の公共図書館もよく利用する。さきごろ大正期の演劇人を書くために資料を探していて、もしやと思い近所の図書館で資料検索をしてみたら、何十年も前の本が保存書庫にあった。利用頻度が高いわけではないが、保存すべき資料だと判断した目利きの図書館員がいるのだ。こうした仕事にかかわる利用のほかに、ぶらぶらと書架をながめながら、読んだことのなかった作家やテーマの本に出会う瞬間がとても楽しい。

地方での取材も多いのだが、まず向かうのは公共図書館だ。地域の歴史や文化の背景がわかる資料がまとまってあるし、その地域出身の著名人を調べる際にも図書館が強い味方になってくれる。独自のテーマで熱心に資料を収集している館も数多く、古文書や近代資料などの充実ぶりに驚くこともたびたびだ。どの地方にも長く研究を続けている郷土史家がいて、その貴重な成果にいつも助けられている。

日本の公共図書館は住民のニーズに応えて増加し続け、貸出冊数はこの二十年でほぼ倍増した。近年では図書館を地域コミュニティの核とし、ユニークな試みをする館も注目されているが、資料費の減少、職員の削減など、苦悩も多い。

一方、出版界にとっては、図書館の貸出冊数が書籍販売冊数を上回る現在、無料貸し出しをする図書館が出版産業に及ぼす影響は大きいと訴える。出版社はベストセラーを確保することで、採算はとれなくとも意義ある本を刊行する余裕も生まれる。図書館は、一冊の本に、どれほど多くの人がかかわり、年月やお金が費やされるのか、きちんと知るべきだと思う。また衰退する一方の書店の現状にも公共図書館がまったく関与していないとはいえないだろう。けれど、図書館の恩恵も受けて一冊の本を書き上げてきた私は、出版界と図書館の対立には胸が痛む。ともに出版文化を担う一員として相互理解が深まることを願っている。

昨年秋、スウェーデンを訪れる機会があり、市立図書館を見学して話を聞いた。図書館と出版界がよい関係を築いている一例として、全国の図書館を作家が訪問して講演などをする制度があると知った。「スウェーデン作家協会」が仲介し、料金のガイドラインも定めている。地方の小さな町へも作家がひんぱんに訪れ、交流しているそうだ。

またアメリカやオーストラリアの図書館には、図書館が作家に奨学金や執筆のための助成金を出す代わりに、作家は図書館に一定期間滞在して、講演やワークショップなどを行う「作家滞在」制度がある。

これをそのまま日本でやるのは無理だとしても、似たようなことならできるかもしれない。たとえば、地方の図書館が作家に宿泊場所を用意し、地域資料や独自のコレクションの閲覧、図書館員や郷土史家によるレクチャーもする。一方作家は、図書館での講演、ワークショップ、読書会などを行ってはどうだろうか。

文学にかぎらず、あらゆる分野の研究者、アーティストなどを対象にし、中堅、新人もふくめて幅を広げてほしい。図書館側は、招くのなら著名作家がいいと考えるかもしれないけれど、こうした制度を切実に求めているのは、これから世に出ていこうとする書き手たちなのである。彼らを応援するためにも、未来の出版文化のためにも、各地の図書館に力を貸してもらいたい。

作家のテーマと、図書館の所蔵資料とが合致すれば幸福な出会いとなり、いずれ作品に結実することにもなるだろう。そんな制度が実現したら、私は図書館のお役に立てるよう、相務める所存です。

イ・ジュンソプの妻

韓国・済州島。美しい海に囲まれた火山島は独特の景観が広がっている。島の南部に位置する西帰浦《ソギポ》の海辺、ごろごろとした石の隙間に小さなイソガニが動く様が見える。六十数年前、この風景をおだやかな気持ちでながめた画家一家がいたのだ。

現在では韓国の国民的画家として高く評価されるイ・ジュンソプと日本人の妻山本方子《まさこ》、ふたりの息子たちである。ジュンソプのペン画「なつかしい済州島風景」は、海辺でカニと戯れる息子たち、微笑みながら見守る夫妻を軽やかなタッチで描いた作品だ。けれど夫妻が幸福を味わった時間はあまりに短い。ふたりの歳月は戦争の時代とも重なり、苦難をしいられた。

国の違いを乗り越え、一途な愛を貫こうとしたふたり。その日々を、夫妻が交わした約二百通の愛情あふれる手紙を軸に、方子の回想と西帰浦への再訪を通して描いたドキュメンタリー映画が「ふたつの祖国、ひとつの愛―イ・ジュンソプの妻―」（二〇一四年）である。監督した酒井充子は私の友人で、切望していた西帰浦での上映会の機会に同行させてもらった。酒井は、撮影に際して西帰浦市民の協力を得たことへの感謝の気持ちを直接伝えたいという。

ジュンソプと方子の軌跡をたどってみる。

ふたりは一九三九年に東京の文化学院美術部で知り合い、恋に落ちた。四三年にソウルでの展覧会のために帰国したジュンソプは、戦況悪化により日本に戻れなくなった。四五年三月、二十三歳の方子は危険をおして単身、朝鮮に渡っていくという大胆な行動に出る。彼の実家がある現在の北朝鮮・元山《ウォンサン》で結婚して二子を育てるが、五〇年に朝鮮戦争が勃発。一家は釜山へ避難し、一年後に西帰浦に移り住んだ。そこでは幸せな瞬間もあったけれど、貧困に苛まれた。

方子と息子たちは栄養不良に陥ったこともあり、一九五二年、日本行きの船に乗る苦渋の決断をする。こうして一家は日韓で離れ離れになってしまう。このころジュンソプから届いた手紙には胸打たれる。「君にあいたい心はいっぱい　長い長いポポ（キス）をおうけとりください」。

一九五三年七月、特別滞在許可を得たジュンソプは、一週間足らずの日本滞在をする。この時が、夫妻が会う最後となるのだ。帰国後の彼は創作に没頭するが、しだいに衰弱していき、五六年、三十九歳で死去。誰にも看取られなかったという。それからの方子は、女手一つで息子たちを育てていく。日韓の国交が正常化するのはジュンソプの死から九年後だった。

方子は現在九十三歳。その表情はやわらかく、語り口も淡々としている。苦労したのは自分だけではないと振り返るだけだ。彼女はつらい記憶を洗いながして、ジュンソプとの愛の日々を胸に深く刻み、その後を生きる糧にしたのかもしれない。

二日間の上映会は立ち見客も出る盛況だった。酒井は韓国語で挨拶し、温かい拍手に包まれた。なぜジュンソプ夫妻をテーマにしたのか、会場からの質問に酒井が答える。

「私が描きたかったのは、愛でした。さまざまな愛の形があり、ジュンソプの妻はたまたま日本人でしたが時代や国に関係なく愛し合った。信頼関係を持つこと、相手を思いやること。時代や環境が変わっても大事にしなければならないことです」

酒井さん、いい映画をありがとう。客席の少女が日本語で声をかけた。

済州島から琉球へ

韓国・済州島の西帰浦に滞在していたある夜、市街から車で三十分ほどの漁港にある魚料理の店に行った。そこで待っていてくれたのが、美術評論家の金唯正さんだ。彼の母親は海女をして子どもたちを育てたといい、弟は現役の漁師だ。五十代の金さんはおだやかな笑顔の人で、お薦めの料理をいろいろ食べた。エゴマの葉で包み辛味噌を添えたイカの刺身、冷たいスープにスズメダイのぶつ切りを浮かべた「水刺身」は、九州の冷や汁に似ていて、とてもおいしい。

島のマッコリを呑みながら私のルーツは沖縄だと話すと、金さんが琉球民謡の「安里屋ユンタ」を歌い出したのでびっくりした。彼は研究のために沖縄に行ったことがあって、この民謡をおぼえたそうだ。そうして私たちは、済州島の島民が琉球に漂着した史実を語り合った。

それは一四七七年二月のこと。七人の済州島民が名産のみかんを国王に献上するために出航した。ところが暴風に遭い船は沈没してしまう。十四日間も漂流するうちに四人が溺死し、残った三人が板切れにつかまったまま流された。彼らが漂着したのは、はるか離れた与那国島だった。

与那国の島民は三人を救助し、住まいや食事の世話をする。少しずつ元気を取り戻した済州島民は、島の様子を興味深くながめた。島人の衣服や機織りの様子、食べ物、鍛冶屋がいること、稲作の光景……。

彼らの滞在は六ヵ月に及び、郷愁にかられて涙することもあった。与那国の島人は言葉が通じないながらも彼らをなぐさめる。前年に収穫した黄金色の稲束を見せながら、田んぼからまだ青い稲を引き抜く。そして青い稲を、東に向かって吹いたのだ。今年の稲が実る季節にはきっと国に帰れますよ、その意味はたしかに伝わった。この逸話は金さんも大好きなようで、私たちは稲を吹くしぐさをして笑い合った。

それから与那国島民は彼らを西表島に送り届け、さらに波照間島、新城島、黒島などへ順に託していった。つづいて多良間島、伊良部島などにも滞在して宮古島にたどり着く。そうして宮古島から済州島民を乗せた船は二昼夜半かけて沖縄本島那覇に到着した。

彼らは琉球王府に歓待され、滞在中に琉球王国の栄華を目撃する。王母の華やかな行列、にぎやかな夏の祭礼、磁器や南蛮更紗が売られている市場の様子……。那覇に滞在して三ヵ月後、済州島民が博多商人の船に乗って帰国の途に着くのは一四七九年五月。琉球王からの土産物を携えて帰国後、朝鮮王国の官吏が彼らの話を聞き取り、文書（『成宗実録』）に残される。とりわけ与那国島の詳細な様子は、文献として初めて記録されたものとなった。

朝鮮から琉球に漂着した事例はほかにもあり、一方、琉球の島民が朝鮮に漂着した事例もある。両国は送還体制を整えており、琉球の島民も手厚くもてなされて帰国している。こうした漂着民送還の歴史は、琉球と朝鮮の交流をたどることができ、『朝鮮王朝実録　琉球史料集成【訳注篇】』、『朝鮮と琉球』（ともに榕樹書林）など、さまざまに研究が進んでいる。

独自の文化を持つ済州島は複雑な歴史を歩んだ。戦後の「四・三事件」はいまも深い傷跡を残している。済州島と朝鮮半島本土との関係は、沖縄と日本との関係にも重なると感じたし、島の風景、家屋なども沖縄の離島にどこか似ていて、親近感をおぼえた。金さんの「安里屋ユンタ」が海を越えた話に広がっていき、忘れられない夜になった。

アーニー・パイル

一年ほど前、アメリカを旅行中に、友人が教鞭をとるインディアナ大学ブルーミントン校を訪れる機会があり、ここが第二次世界大戦の従軍ジャーナリスト、アーニー・パイルの出身校だと知った。

パイルは一九〇〇年、インディアナ州のトウモロコシ農家に生まれ、幼少時から広い世界を見たいと願っていたという。インディアナ大学のジャーナリズム科を学位取得直前に中退して新聞記者となり、やがて米国内各地を旅して土地の様子を描く移動コラムニストとなった。四〇年、ロンドン大空襲の取材を皮切りに、戦場ジャーナリストとして、北アフリカ、シチリア、イタリア、フランスの各地を取材する。そして四五年四月十八日、沖縄・伊江島で日本兵に狙撃されて命を落とした。四十四歳だった。

彼の名は、一九四五年から五五年までGHQが接収した「東京宝塚劇場」が「アーニー・パイル劇場」と改称されたことで、日本人にもよく知られる。沖縄にも四七年に民間人が設立し、米軍政府が認可した「アーニー・パイル国際劇場」（那覇）があった。

GHQ占領下の日本で、パイルの名が劇場名に冠されたのは、彼が米国で国民的人気を得た記者だったからだ。戦場から送った記事はヒューマニズムにあふれ、徴兵された無名の兵士たちを好んでとりあげている。激しい戦闘での兵士の行動をつぶさに描き、束の間の休息時間には、兵士の名前、戦地に赴くまで生活していた土地の情景や職業、家族など、こと細かく聞き出し、個々の肖像を描きだしていった。戦争が終わったらやってみたいことを語った若い兵士は、その数日後に銃弾に倒れ、死んだ。

米国民は、パイルの記事の一言一句に目を凝らしたという。自分の息子や夫、恋人らの姿を記事の中に探し求め、戦場で見かけたら教えてほしいという手紙をパイルに送ったのは数百人にのぼる。パイルは記事に書いている。「戦いたがる兵士は一万人に一人もいない」と。彼の文章は厭戦と戦意高揚とが混在しており、それは一般市民の心情でもあっただろう。

パイルは死ぬ二日前、海兵隊連隊とともに伊江島に上陸する。彼はこの取材を最後にして、戦場ジャーナリストを引退するつもりだった。精神を病む妻との関係を修復したいとも思っていた。

伊江島は艦砲射撃によって焼き尽くされていた。残された民間人は身なりの貧しい老人と子どもだけで、気の毒だとパイルは記している。洞窟に隠れていた老女のそばには身体が麻痺した女の子がいた。孫なのかもしれない。老女は米兵に見つかると、泣きながらお金を入れた袋を渡そうとする。なけなしのお金で、女の子の命だけでも助けてもらおうとしたのではないだろうか。

パイルの遺体から、ヨーロッパの戦争終結後に掲載予定の原稿が見つかり、こう締めくくられていた。

〈大量生産される死者─この国で、あの国で、毎日、毎年、冬にも夏にも。

どこを向いても見慣れた死者だらけで、退屈になる。

どこまで行っても、退屈な死者だらけで、いやになる。

こんなことを故国の皆さんは理解しようと試みる必要すらない。彼らは故国の皆さんにとっては数字の羅列、ないしは近所のだれかが、遠くへ行ったまま帰って来ないだけ、に過ぎない。彼がフランスの砂利道のわきにグロテスクないけにえとなって転がっているのを皆さんは見なかっただけだ（後略）〉（D・ニコルズ編著、関元訳、JICC出版局『アーニーの戦争』より）

伊江島で死んだパイルの遺体を撮った写真がある。眠っているようなおだやかな顔だが、あたりは銃撃の音が響いていたはずだ。彼が死去した直後から沖縄戦はより激しくなり、個々の人生と生活を持つ約十万人が死んだ。なけなしのお金を渡そうとした伊江島の老女の姿が私の脳裏に焼き付いて離れない。

馬橋盆踊り

涼風も吹きはじめた日暮れ、東京・高円寺駅からぶらぶら歩いて杉並区立馬橋《まばし》小学校に行く。今年で三回目になる「馬橋盆踊り」の会場だ。私も浴衣を着てきた。校庭中央にやぐらが設けられ、老若男女が楽しそうに踊っている。流れるのは地元オリジナルの「馬橋ホーホツ音頭」だ。

雨がふらなきゃ田植えはできぬ
日本橋より三里半
昔々の馬橋村には　きれいな田んぼがありました
（略）
馬橋音頭でホー、ホーノーホイ
馬橋音頭でホーホツ、ノー、ノーエ

作詞・作曲はミュージシャンのオグラさん。十九歳で静岡から高円寺に移り住んで三十年になる。この音頭や盆踊り誕生のいきさつは、新旧住民が温かい関係を築いてきた高円寺ならではのものだった。

それは二年前の春、北中通り商栄会のある店主がオグラさんに相談したことに始まる。旧町名の「馬橋」を今に伝えたい、そして途絶えていた盆踊りを復活させたいので曲を作ってほしいというのだ。

馬橋村は、江戸時代に高円寺村と阿佐ヶ谷村の間にあった村だ。江戸時代後期に編さんされた『新編武蔵風土記稿』にも水田があった様子が記録されている。近代以降は杉並村・杉並町の一部となり、一九三二年に杉並区となったあとも馬橋の町名は残っていたのだが、六五年に廃止された。今では馬橋稲荷神社、馬橋小学校などに名残をとどめるのみだ。

さて依頼を受けたオグラさんは、文献を探し、森泰樹『杉並風土記中巻』（一九八七）に「馬橋村の雨乞い」の記述を見つける。日照りがつづくと、村人たちが「ホーホツ、ノー、ノーエ」と念仏を唱え雨乞いをした、とあった。オグラさんは語る。

「昔の人たちが開墾や日照りで苦労しながらこの土地を残してくれ、今僕たちが暮らしている、そう思いました。曲調は昔ながらの素直な盆踊りにして、幅広い年齢層がこれからずっと踊れるシンプルなものにしたかった。地名から馬のギャロップのリズムも採り入れてみました」

こうして生まれた「馬橋ホーホツ音頭」は、女性ふたりのちんどん打楽器ユニット「ジュンマキ堂」、地元の子供たちもコーラスで参加して完成した。この曲をすぐに聴いてもらったのが、やはり高円寺在住のミュージシャンで、バー「ペリカン時代」の店主、増岡謙一郎さんだ。彼はその場で踊りだし、それがすばらしかったので、振り付けをお願いした。そうして商店会主催の盆踊り開催に向けて動き出す。

地域の自治会も全面的に協力し、馬橋小学校の校長が会場とすることを快く了解してくれた。オグラさんは、商店会や自治会の底力を再認識したという。高円寺一帯が地方出身の若者にも住みやすいのは、地元の人たちの支えがあるからなのだ。

そういえば、作家の小林多喜二が一九三一年から母と弟とともに暮らし、創作活動も充実した時期を過ごしたのが馬橋だった。その二年後、彼は三十年の短い生涯を閉じることになるのだが、母セキは近所の人たちにとても親切にしてもらったと回想している。

会場には屋台も出店してにぎわった。盆踊りの輪にお年寄りや子供たち、浴衣姿のお姉さん、ロックミュージシャンとおぼしき男性、外国人もいる。人の縁がつながって、やぐらの周りで円になる。私もその輪に入り、月夜の下で踊った。

横浜寿町フリーコンサート

そろそろ腰をすえて、遅れている仕事に取り組もうとした矢先、友だちが「今年の横浜寿町フリーコンサートに、渋さ知らズが十三年ぶりに出演するよ」と教えてくれた。

そりゃあ、行かねばなるまい。

このコンサートは一九七九年から毎年開催されていて、名だたるミュージシャンが出演することで知られる。野外ステージがしつらえられるのは寿町総合労働福祉会館（横浜市中区）の広場だ。いつも立錐の余地がないほど地元住民や各地からの観客が集まり、午後から夜にかけてのライブはとにかく楽しい。

渋さ知らズ（渋さ）は、不破大輔を中心とするビッグバンドである。ジャズやロックなど多彩な分野のミュージシャンが参加し、歴代メンバーは百人以上におよぶという。その音楽性もカラフルでスケールが大きい。ダンサー、舞踏家も登場する華やかなステージは圧倒的な魅力を放つ。海外での評価も高く、私もライブハウスやホール公演で熱狂の渦に巻きこまれてきたのだった。

昼下がり、友だちと寿町に行く。会場周辺には屋台も出て、夏祭りのにぎわいにうきうきする。でも、まずは軽く「下地」をつくっておこうと、居酒屋に入る。明るく元気なママに迎えられ、レモンサワーを呑みながらおしゃべりをすると、彼女は韓国の済州島出身だという。私はつい最近行ったばかりだったので話がはずむ。帰り際、居合わせたお客さんからりんご味のアイスキャンディをプレゼントされ、楽しんでこいよと送りだしてもらった。

広場はすでに人でぎっしり。私たちは福祉会館のバルコニーに陣取った。今年は六組が出演し、会場はしだいに熱気を帯びてくる。歌謡歌手の渚ようこにつづいて、五時半、渋さが登場。ステージいっぱいのメンバーが音を奏でた瞬間、独特の渋さワールドが展開した。うーん、しびれる。何と、パーカッションのひとりは、先日の東京・高円寺「馬橋盆踊り」で大太鼓を叩いて盛り上げてくれた女性奏者だ。

ギター、キーボード、管楽器など、すべてが一体となったゴージャスな音色、ダンスチームのパフォーマンスが祝祭的空間を醸し出す。インストゥルメンタル（器楽曲）のほか、ヴォーカル曲もあり、代表曲「ナーダム」、そして「本多工務店のテーマ」で大団円となる。観客たちが「ラー、ラー、ラー」と大合唱。私も声を張りあげ、手すりにつかまりながら（トシなので）、曲に合わせてぴょんぴょん跳ね、最後は何ともいえない幸福感につつまれた。

ふと空を見上げたら、いわし雲が広がっていた。もう夏も終わりなのだ。この夏にやり残したこともたくさんあるけれど、渋さで締めくくることができてよかった。

このコンサートは無料だ。出演者はノーギャラ、実行委員会のボランティアスタッフが運営している。せめてものカンパをして帰ろうとしたら、福祉会館内に銭湯があるのを発見。おお、すばらしい。ピカピカに磨き上げられた「翁湯」の湯船にざぶんと浸かる。入浴料金四百七十円で至福の時を味わわせてもらった。

築四十年の福祉会館は来年から建て替え工事が始まるが、工事期間中もコンサートを継続していきたいと実行委員会はいう。来年も来ようね、友だちと話しながら、涼しい夜風が吹く街を歩いた。

哲学堂へエスケープ

母がクリスチャンだったので、子どものころプロテスタント教会の日曜学校に通わされた。東京の豊島区にあった家を朝十時に出て徒歩三十分の教会に行き、午前中を過ごす。牧師の話を聞き、みんなでゲームをしながら話し合い、最後にオルガンの伴奏で賛美歌を歌うのだった。

私は人見知りをする子どもで、同年齢の子たちともあまりなじめなかった。教会の人たちは私のことを心配していろいろ気遣ってくれたのだが、それもなんだかいやだった。みんなと一緒に同じことをするのがとにかく苦手だったのだ。

教会の主任牧師は四十代の女の人で、いつも黒いスーツを着ていた。熱のこもった説教だったけれど、私の頭にはほとんど入らなかった。彼女の言葉には地方のなまりがかすかにあることが気になってしまい、この人はどこで生まれて、なぜ牧師になったのかを考えていると、イエス様のことなどどうでもよくなってしまうのだ。そんな私に牧師が、神様はいつもあなたの行いを見ておられます、善いことも悪いことも、神様のノートにすべて書かれているのです、と話した時は、ちょっぴりこわかった。

小学校五年のころ、もう日曜学校には行きたくない、と思った。でも母には言いだせず、いつものように家を出たあと、どうしたものかと考えてたどり着いたのが「哲学堂公園」（中野区）だ。家族で来たことはあったけれど、ひとりでは初めてだった。

哲学堂は明治三十七（一九〇四）年、哲学者で東洋大学創設者の井上円了が創設した「哲学をテーマにした精神修養」の場で、広い敷地には哲学に由来する建物や碑などが点在する。なかでも「四聖堂」は孔子、釈迦、ソクラテス、カントを祀るという、すごいことになっていて、ほかにも「髑髏《どくろ》庵」、「宇宙館」、「絶対城」など、独特なネーミングの奇妙な形の建物がある。

日曜学校からエスケープした私は、四聖堂の正門「哲理門」（妖怪門）のたたずまいにふるえあがった。円了は「妖怪博士」と呼ばれる妖怪研究者としても知られ、この門も物質界・精神界ともに根底には不可思議が存在するという彼の妖怪観が示されている。門の左に幽霊、右に天狗の彫刻像がおさめられているのだが、うす暗くてよく見えない。像が見えないのがかえって恐ろしく、私は目をつぶって門をくぐり抜け、ようやく公園に入ったのだった。

たくさんの木々が繁っていて、気持ちがよい。ベンチに腰掛けてしばらくぼんやりして、あたりを歩きまわって草花をながめた。ポケットには教会に献金するよう母からもたされた五十円がある。売店で前から食べたかった風船ガムを買い、ぷうーっとふくらませた。「神様はあなたの行いを……」、牧師のあの言葉がよぎったけれど、神様はきっと忙しいから私など見ていない、と勝手に考えた。それからは日曜ごとに哲学室に行き、好きな本を読み、献金のお金で駄菓子を買って半日を過ごした。母は気づいていたようだが、何も言われなかった。

久しぶりに哲学堂に行ってみたら、ずいぶん整備されたものの、哲理門や記憶にある建物は四十数年前とほぼ同じだった。十一歳の私がそこにいるような気がする。あの時、ベンチに座って見上げた空は、青く広々としていた。ふと、「賛美歌三一二番」を口ずさんでみる。「いつくしみ深き～」と始まる歌詞を全部おぼえていて、我ながらびっくりした。妖怪博士が造った公園に、早い秋の風がさわさわと吹く。

祖母たちの声

祖母が舞台女優をしていたらしい、という話を母に聞かされたのは子どものころだ。ほんとうなの？　問われた母も、まわりからそう聞かされていただけで、自信がないようだった。祖母は、母が二歳のときに他界しているので、記憶もないという。アルバムに残されている二十代の祖母は、美しい人だけれど、どこかはかない印象がある。

母は、祖母のくわしいことを知らないまま五十三歳で世を去った。ずっと気になっていた祖母について調べてみようと思いたったのは、いまから十数年前だ。手がかりは、「南風原夏子」という祖母の名しかない。

いろいろな資料をあたってみた。夏子は明治半ばに沖縄那覇で生まれ、大正四（一九一五）年に結婚した相手が南風原朝保、私の祖父だ。朝保も那覇生まれ、医生教習所で学んだあと、夏子とともに上京して医師資格を得ている。

夏子は松井須磨子と舞台に立ったという話が親戚の間に伝わっていた。けれど私はまったく期待せずに、須磨子が島村抱月と創設した「芸術座」公演のパンフレットを早稲田大学演劇博物館で探した。

すると驚くことに、大正六年三月公演「ポーラ」と「エヂポス王」の出演者の中に夏子の名があったのだ。ともに「召使」、「侍女」役で、脇役である。夏子は、芸術座がこの二年前に創設した演劇学校の第一回の生徒だともわかった。

芸術座に出演した時期、夏子は妊娠六ヵ月だったのだが、彼女のそばに夫はいなかった。この公演ひと月前に朝保がロシアへ旅立ったのは、沿海地方のニコリスク（当時）という町で医院を営む叔父に呼ばれたからだ。ロシア革命の年である。

夏子は芸術座公演の直後、那覇に帰り出産の日を迎えた。ロシアの朝保から、娘の名を「里々」と名付けるよう書き送ったポストカードが残っている。このころ夏子は沖縄の新聞取材に応じていて、東京で経験した近代的演劇を沖縄でやってみたいと語っているけれど、実現することはなかった。

朝保は約二年のロシア滞在を終えて帰国するのだが、その一年後、夏子は二十六歳で他界してしまう。結核だったという。悲嘆にくれた朝保は、娘の里々をともなって台湾へ渡り、台北で医師として働きはじめる。

実母を知らずに育った里々だが、やがて演劇に近づいてゆく。学生演劇の舞台に立ったのがきっかけで台北放送局の放送劇に出演するようになり、さらに昭和十三（一九三八）年には東京にある中央放送局の試験に合格した。上京して、おもに「子どもの時間」という番組で児童文学を朗読していたという。いまでいうフリーアナウンサーだが三年後、結婚と妊娠を機に放送の世界から退いてしまった。

母は、末っ子の私によく物語を読み聞かせてくれたものだ。母の声は、なめらかで澄んでいた。その声は祖母ゆずりだったのだろう。情景描写や人物のせりふまわしも上手な母が語る物語に魅せられて、いつしか私は書く仕事を夢見るようになった。

祖母も母も名を成すこともなく、志半ばであきらめざるを得なかった。それでも、それぞれ自分の場所を見つけようとして新しい世界に飛び込んでいったのだと思う。

祖母と母は、書く仕事についた私を見守りつづけているのかもしれない。しっかりやりなさいね、ふたりの声が聞こえてくる気がする。

旅するサモワール

これが、祖父がロシアから持ち帰ったサモワール（給茶器）――。全体をうっすらと青い錆が覆っているけれど、間違いなく、わが家の古いアルバムにあるサモワールだ。

沖縄那覇で生まれ、東京で医師資格を得た祖父の南風原朝保が、ロシア沿岸地方のニコリスクで医院を営む叔父に呼ばれたのは、ロシア革命が起きた一九一七年である。約二年滞在して帰国する際に、サモワールを土産にしたのだった。

祖父のサモワールと対面したのは、沖縄県立博物館・美術館コレクションギャラリーで開催された「ニシムイ　太陽のキャンバス」展の会場である。戦後間もなく、首里につくられた美術村「ニシムイ」をテーマにした展覧会で、この美術村誕生にも影響を与えた画家として紹介されているのが南風原朝光、祖父の弟だ。彼の油彩画「サモアールのある静物」(一九四八年)とともにサモワールが展示されていた。作品は、朝光独特の朱色を背景に、サモワール、ガラス器、果物、魚、沖縄の酒器カラカラを配している。

このサモワールは、朝保・朝光とともに、ロシアから沖縄、台湾、東京へと旅をしている。ロシアから帰国して沖縄に帰った朝保は、一年後に妻を失い、それから台湾台北へ渡り、サモワールも運んだ。台北医院(現台湾大学医学院附属医院)の勤務医の職を得て、可愛がっていた十一歳下の弟朝光を沖縄から呼び寄せる。だが一九二〇年、十六歳の朝光は単身上京し、六年後に日本美術学校に入学、画家としての道を歩み始めた。卒業後、グループ展に参加するなど創作活動を展開したが、絵はあまり売れなかったという。それでも兄の援助があり、気ままに暮らすことができたのだった。

台北の朝保は一九二四年に南風原医院を開業していた。朝光は、ふらりと台北にやって来るうちに、サモワールを兄から借り受けたようだ。東京での朝光は、沖縄出身の画家や演劇人、詩人の山之口貘とはとくに親しく交遊している。朝光は結婚して子を得たあとも風来坊のような暮らしぶりは変わらず、アトリエ村「池袋モンパルナス」を根城にし、ここで多くの画家たち知り合っていった。

一九三八年のこと。池袋の飲み屋で朝光が画家仲間と沖縄行きの相談をしていると、僕も沖縄に行く、と声をかけてきたのが、フランスから南米を旅して帰国した画家の藤田嗣治だった。藤田は那覇に三週間滞在して、沖縄の女性たちなど、じつにすばらしい作品を描いたのだった。

やがて戦争の時代となり、台北の朝保は終戦一年後に沖縄へ引き揚げた。朝光は、疎開していた熊本から東京に戻った。一九四〇年代後半に腰を落ち着けたのが、石神井公園三宝寺池畔の通称「石神井ホテル」(練馬区)だ。もとは大正期に建てられた木造の料亭で、戦後に作家や画家たちが住んだことで知られる。「サモアールのある静物」はここで描かれたのだろう。

一九五三年、サモワールとともに帰郷した朝光は、沖縄の画家、工芸家を東京に紹介し、紅型復興にも尽力している。また琉球舞踊を自ら舞った朝光は、沖縄を舞台にしたマーロン・ブランド主演映画「八月十五夜の茶屋」(一九五六年)の撮影に参加して、舞踊指導などをした。さらには芝居好きが高じて自費で劇場を建設するのだが、一九六一年、交通事故で死去。兄朝保はその四年前に他界していた。

サモワールは、朝保・朝光兄弟の起伏に富んだ人生を見届け、沖縄県立美術館に寄贈された。約百年前にロシアを旅立ったサモワール、南の島にも慣れただろうか。

てぃびち礼賛

つるん、と喉の奥にすべっていく皮、煮汁をたっぷり吸収したゼラチン質の舌ざわり、口の中に広がるよき風味。沖縄の「てぃびち」(豚足)はほんとうにおいしいなあ。お箸で軽くちぎれるほどやわらかく、淡い味付けがエレガントだ。添えられているのは結び昆布、大根、揚げ豆腐。それらの食感はてぃびちに合わせてあって、すばらしいハーモニーを奏でている。

沖縄の焼き物に盛られた一品。ぬくい汁は澄んでいて、薄い桃色になったてぃびち、緑色にも見えるつやつやした昆布、透き通った大根、山吹色の揚げ豆腐、まるで水彩画のように美しい。

てぃびちを作ってくれたのは、那覇の「琉球料理　美栄」の女将、古波蔵徳子さんだ。彼女とは縁戚で、私が那覇に行くたびにおいしい料理をごちそうしてくれる心優しい人である。

今回も、何がいいかしらと事前に尋ねられたので、大好きなてぃびちをリクエストしたのだった。

てぃびちは、むかしから祝い行事のお膳の最後に出されてきた特別な料理だ。コラーゲンをたっぷりふくんでいるので、とくにお年寄りに勧める。歯がなくなっていても、てぃびちのひと皿なら味わいつくすことができ、とてもよろこばれる。骨のまわりがことにおいしく、かぶりつきたい衝動をぐっと抑え、ゆっくりゆっくり箸を運ぶ。

沖縄は古くから獣肉を食してきたことで知られるけれど、養豚が盛んになるのは十七世紀以降だ。中国からの使節団（冊封使）をもてなす料理に豚肉が欠かせなかったからである。数百人の食いしん坊が数ヵ月間滞在し、一日あたり二十頭の豚が必要だったといわれる。琉球人は、中国から伝来したサツマイモをエサにして、おいしい豚をせっせと育てた。十八世紀半ばには、庶民の間にも多彩な豚肉料理が普及していたという。

沖縄では豚一頭を「鳴き声以外は食べる」といわれ、肉、臓物、骨、血、尻尾（ここも美味）まで、すべて使い切る。豚の部位をあらわすウチナーグチは三十以上あり、てぃびちも、脚（てぃびち）と足先（ちまぐー）に区別されている。少しお肉がついているのがよいのか、ゼラチン質中心がよいのか、それぞれ好みによる。

徳子さんは、てぃびちを塩と泡盛に漬けて一日置き、臭みをとってから二回茹でこぼす。たっぷりの鰹節ダシに醤油・砂糖・泡盛を加え、弱火で五、六時間煮込む。昆布、大根は別々に味付けして煮ておき、素材独自の風味を生かす。揚げ豆腐は、硬めの島豆腐を薄く切り高温の油でサッと揚げて、煮る。最後にこれらの具をてぃびちの煮汁に入れ、まとめる。二日がかりの調理だ。

豚足料理は、韓国で甘辛く煮たものや、茹でて辛みそを添えたのを食べたし、中米パナマを旅したときには、ぶつ切りにして茹でた豚足を玉ねぎのスライスやライムに漬けこんだマリネを味わった。東京のドイツ料理店で「シュバイネハクセ」というローストした豚足を食べたこともある。皮がパリッとしていて、いかにもドイツ人が好きそうな食感だった。フランスやイタリアにもワインで煮込んだ豚足料理があるということだが、これはまだ食べていない。

豚足をどう料理するのか、世界各地で考えてきた人がいたのはおもしろい。だけど、やっぱり徳子さんのてぃびちが一番おいしいな。

オキーフのキッチン

ついこのあいだまで那覇にいて、秋になっても沖縄の日差しは明るいのをよろこんでいたけれど、いま私は、米国ニューメキシコ州を旅行中で、沖縄よりもぎらぎらした太陽の光を浴びている。

この旅は、展覧会準備のため米国滞在中の写真家石内都が、画家ジョージア・オキーフ（一八八七―一九八六）が晩年に暮らした地を見に行くのに同行させてもらった。

二十世紀アメリカ美術を代表するオキーフは、画面いっぱいの花、牛の頭蓋骨、ニューメキシコの風景を描いた作品群などがよく知られる。美しくダイナミックでありながら静謐《せいひつ》な印象を与える作品は、オキーフの生涯を連想させる。

ウィスコンシン州で生まれ、二十歳からニューヨークで美術を学んでいた彼女は、高名な写真家アルフレッド・スティーグリッツと出会う。彼の支援もあって創作活動を展開し、独創的な作品を発表して名声を得ていった。一九二四年にスティーグリッツと結婚する。

彼女が都市の喧騒から逃れるようにニューメキシコ北部への旅をしたのが一九二九年。それからはゴーストランチ（幽霊農場）と名付けられた地で夏を過ごすようになった。

そこは太古、内海に沈んでいた一帯だ。連なる巨岩は黄、赤、ピンク、紫とさまざまな地層が重なる。オキーフが特に気に入ったのが高くそびえるペデナル山だ。陽の光によって山の表情が変化する様を優しいタッチで描いた連作がある。

一九四六年に夫が他界したあと、オキーフはゴーストランチに近いアビキューの村にひとりで移り住んだ。伝統的な日干しれんが造りの家を修復し、居心地のよい家を造りあげていった。そうして九十八歳で他界するまで暮らし、作品を描きつづけたのだった。亡骸《なきがら》は火葬され、遺灰は大地に撒かれたという。

私が長年オキーフに抱いていたイメージは、荒々しい自然の中でひとり暮らした孤高の画家である。ところが彼女の家の内部を見学することができ、生きることを楽しんだチャーミングな彼女の姿が浮かんできたのだった。

そう思わせたのがかわいらしいキッチンだ。案内人によると「アメリカのおばあちゃんの典型的な台所」だそうで、白い琺瑯《ほうろう》製のガスレンジやオーヴン、大型の冷蔵庫、アイスクリーム製造機など、五、六〇年代のアメリカのホームドラマで見かけたようなものばかり。調理器具や大小多種類の鍋がそろっていたし、棚にはスパイスの小瓶がずらりとあり、乾燥ハーブも大きな瓶に詰めたものがたくさんあった。

働きやすいようによく計算されているキッチンだった。ここでオキーフがあれこれおいしい料理をこしらえたのは自分のためでもあっただろうし、人にご馳走するためでもあっただろう。クリスマスイブには村人を家に招いてメキシコ伝統料理「ポソレ」（骨付き豚肉や豚足とジャイアントコーンの煮込み料理）をふるまうのが恒例だったといい、村人たちとよき関係を育んでいたのだ。

ほかの部屋はシンプルで、窓が大きくとられている。たっぷりと入る陽の光が彼女に生きる力を与えてくれたのではないだろうか。リビングとベッドルームにオーディオ機器があり、何とオキーフはロックも聴いていたと知って、うれしくなった。

一九七三年秋、オキーフの前にあらわれたファン・ハミルトンは二十代半ばだった。彼はオキーフを励まし、創作活動を再開させ、彼女の晩年となる十数年を彩った。オキーフがロックを聴くようになったのも彼の影響なのかもしれない。ニューメキシコの風景とオキーフ、そしてロックはよく似合っている。

戦後の影

米国ロサンゼルスの小高い丘の上に立つJ・ポール・ゲティ美術館は、広大な敷地に五棟の展示館のほか研究所などが点在する。二十一世紀以前の絵画、装飾写本、彫刻、工芸品などのコレクションを収蔵する博物館というべきもので、大規模な研究プロジェクトの成果もよく知られる。米国内でも有数の入場者数を誇るが、入場料は無料。国内外から幅広い年齢層が訪れ、先生に引率された小学生グループも連日やってくる美術教育の場ともなっている。

ゲティに二〇〇六年にオープンしたのが「写真センター」で、十九世紀の写真コレクションで知られる。ここで二〇一五年十月六日より開催された展覧会が、写真家石内都の個展「POSTWAR　SHADOWS」（戦後の影）である。石内の足跡をたどりつつ、戦後七〇年を見つめなおすという、意欲的な企画だ。同時に重厚な英文カタログも刊行された。

石内は一九四七年群馬県桐生市生まれ、六歳から米海軍基地の街、横須賀で育った。この街への憎しみを吐き出すように撮ったという「絶唱、横須賀ストーリー」を七七年に発表。以来、人の息遣いが濃厚に宿る遊郭やアパート、人が生きた年月を刻む身体へとテーマを広げていった。さらには母の遺品を撮った「Mother's」でヴェネツィアビエンナーレに参加し、国際的評価を決定的なものとした。二〇〇七年からの「ひろしま」は、広島の原爆資料館が収蔵する被爆者の遺品を撮影しつづけ、石内のライフワークとなっている。

今回の展覧会は、石内作品三十七点を収蔵する写真センターの若きキュレーター、アマンダ・マドックスが二年前に来日し、石内と出会ったことから企画が立ち上がった。アマンダはこう語る。「石内さんの作品には、彼女自身の感情がよくあらわれているのが特徴です。多数の作品は写真家としての人生と、戦後日本の時間が並行して表現されてきました。とくにひろしまシリーズはフェミニンでありながら挑戦的。彼女の作品を通して、日米の戦後という歴史をあらためて見直すことがとても重要だと思いました」。タイトルのPOSTWAR　SHA

DOWSは、石内が語った言葉だった。

高い天井、広々とした会場は、テーマごとに七つに区切られ、展示の壁に淡い色がペイントされ作品をよりきわだたせる。最初に展示されている横須賀ストーリーは、石内自身がプリントした粒子の粗いモノクロだ。彼女は多摩美術大学で学んだ染め物と同じような感覚でプリントしたと語っており、それは印画紙に「時間」を染める行為であったのかもしれない。

英文の看板の商店が軒を連ねるドブ板通りを歩く米兵と日本人女性、冷たい風に吹かれる星条旗……、ひりひりとした痛みを感じる。

石内は展示もふくめて写真表現だといい、今回も十日間にわたって立ち合い、細かい指示をした。ただ順を追うだけではなく、立ち止まり、また前の作品に戻って見なおすと、作品の意味をより理解できる構成だが、ゲティとしてはきわめてユニークな展示になった。

最後のブースに展示されたひろしまのシリーズは、圧倒的な迫力で胸に迫ってくる。広島の原爆の犠牲になった女性が身に着けていたワンピースなどのカラー作品だ。原爆投下の朝まで生きたこの人たちとともに、私たちの「戦後」は今も続いている。

この展覧会オープニングの直前、横須賀に米軍の原子力空母「ロナルド・レーガン」が入港した。米国で「POSTWAR　SHADOWS」はどう受け止められたのだろうか。

ワインと赤星家の物語

米国カリフォルニア州・ソノマ郡、「ワインカントリー」と呼ばれる緑濃い谷間の一帯。極上ワインの生産地と知られ、葡萄畑が延々と広がっていた。ちょうど葡萄の収穫を終え、数百ともいわれるワイナリーはワインの仕込みの最中だ。

私が二〇一五年十月、この地を訪れたのは、ワイナリー「メドロックエイムズ」で働く赤星映司さんに会うためだ。映司さんは、水産学者の父・静雄氏が赴任したブラジルで一九七八年に生まれ、その後チリ、エクアドルで育った。父がおいしそうに飲むワインを身近に感じて成長し、やがてワイン造りを志すようになったという。米国の大学院で醸造学を学び、複数のワイナリーで十年の経験を積んできた。現在のワイナリーではワイン造り全般を担う立場にいる。知的な語り口でワインへのひたむきな情熱を話す彼の誠実な人柄がしのばれた。

ドラマチックな映司さんの経歴だが、私がこの数年来、取材している赤星家一族の足跡を考えると、彼のような人物があらわれるのは当然とも思える。映司さんの四代前の祖先は「カリフォルニアのワイン王」と称され、今も当地で敬愛されつづけている長澤鼎《かなえ》（一八五二―一九三四）である。

長澤は、薩摩藩士の磯永家の四男・彦輔として誕生。一八六五（慶応元年）年、藩命により十三歳にして英国留学することになる。十五人の留学生には森有礼をはじめ、のちに政財界で活躍する人物が名を連ねた。当時海外渡航が禁じられていたため全員変名で出国し、磯永彦輔は長澤鼎を名乗った。その後、長澤はスコットランドの学校に入学、この時に寄宿したのが貿易商トーマス・ブレイク・グラバーの実家だった。

二年後、留学生の多くは帰国してしまうのだが、長澤はキリスト教系の教団を信奉して渡米する。この教団がカリフォルニア州・サンタローザに開いたワイナリーを引き継ぎ、地道な研究を重ねて上質なワインを造り上げ、一帯におけるワイン製造の基礎を築き、独身のまま、この地で生涯を閉じた。長澤の偉業をたたえた記念館が当地にあり、写真や衣服などの遺品が展示されている。

この長澤の実弟が彌之助といい、幼少時に赤星家の養子になっている。映司さんの高祖父である。赤星彌之助は薩摩閥の人脈を背景にした事業で巨万の富を得て、大規模な古美術品蒐集でも名をとどろかせた。

彌之助の長男、鉄馬は十八歳で米国留学し、長澤のワイナリーにもたびたび訪れている。彌之助が五十二歳で他界後、鉄馬は古美術品を売却、売上金の一部を基に一九一八年設立したのが、日本初の本格的学術財団「啓明会」である。会が助成した二百八十二件の研究事業は、人文系・社会系・自然科学系と多岐にわたり、近代日本の学術研究の礎となった。沖縄とのかかわりでは、大正末から昭和初期にかけて、鎌倉芳太郎の「琉球芸術調査」の研究資金を提供している。この調査は今日の首里城復元にもつながっていく。

鉄馬は啓明会の運営に一切口を出さず、パトロンとしての立場に徹する。銀行経営や朝鮮での牧場経営も手掛けたが、後半生はバスフィッシングに没頭した。

いま私は赤星鉄馬の生涯を追っているのだが、彼の家族も面白い。鉄馬の弟四郎、六郎らも米国留学を経て、日本ゴルフ界の草創期を築いたことで名高い。このほかにも茶道や薔薇づくりなど多彩な趣味人を輩出したが、その一方で薬学、畜産学、建築など多分野の研究者も多く生まれている。一族に共通するのは、自分の人生を楽しむ道を見つけ、それぞれに極めていることだろう。

映司さんが丹精込めた赤ワインをごちそうになった。手間を惜しまず、時間をかけてゆっくり熟成されたワインは、深く、優しく、舌にささやくような味わいだった。

だが、このときから二年後の二〇一七年十月、私が訪れた一帯は大規模な原野火災に見舞われ、東京二十三区の約一・四倍にあたる面積が焼け、七千近い建物が焼失してしまった。長澤鼎が開拓したワイナリーは壊滅的な被害を受け、記念館も焼失した。

映司さんはご無事とのことだが、ワイナリーの再建には多くの困難が待ち受けているだろう。それでも、長澤鼎の血脈を継ぐ彼は、きっとやり遂げるにちがいない。落ち着かれたころに再会したいと願っている。

ゆずられる着物

この一、二年、着物を着るようになった。取材中の相手に同行して国内外でのパーティに出席する機会が増え、私もそれなりの装いをしなければならないからだ。

以前から安物の浴衣や、リサイクルショップで買ったウールの着物を着て遊んではいたが、着付けをきちんと習ったこともなく、自己流のめちゃくちゃな着こなしだった。

パーティに着ていけるような着物は一枚も持っていなかったけれど、ある人に「着物というのは不思議なもので、周囲に着物を着ると宣言すると、どんどん集まってくる」と教えられ、実際にそうしてみたら、そのとおりになった。

沖縄の縁戚の古波蔵徳子さんは、着物を着てくれるなんてうれしいわ、と言い、深い藍色の宮古上布、涼やかな芭蕉布、草色の琉球紬、それに合わせた帯などをゆずられた。さっそく紺無地の紬に金糸の袋帯を合わせ、ニューヨークでパーティのときに着たら、なかなか好評だった。

それらの着物のなかには「琉球料理　美栄」の創業者、古波蔵登美さんのものもある。母方の祖父と結婚していた登美さんとは、私が中学一年の時に那覇で会い、とても優しくしてもらった思い出がある。

半世紀ほど前、祖父の他界後に旧姓に戻って女手ひとつで美栄を創業したころ、四十代の登美さんが大島紬を着ている写真がある。赤い紋様が華やかなその着物を古波蔵家に嫁いだ徳子さんが美しいまま保管していた。

登美さんは伝統的な琉球料理の復興に力を尽くした。多忙な日々が続き、一度は海外旅行をしたかったのに実現しないまま六十五歳で他界してしまった。彼女の大島紬を着てパリの街を歩いた時、一緒に旅をしている気分になったものだ。

このほかにも友人から姑の遺品だという紅型を贈られたり、知人に連れられてお目にかかったすてきな女性のお宅で着物談義をしていたら、初対面の私に染め帯をくださったり、びっくりすることがつづいている。この紅型と帯はロンドンで着た。写真を撮って、着物をプレゼントしてくださった人にお送りするようにしている。

どの人も、箪笥《たんす》に眠らせるより着てもらったほうが着物はよろこぶわ、と言う。いただく時に着物や帯にまつわる思い出をいろいろ伺うのも楽しくて、大切にしなければと思う。着物の話題は、女たちを少女に返らせるようで、世代に関係なくいつまでも話が尽きない。

着物は大したものだな、と思うのは、絹ならば数十年は充分もつことだ。柄や仕立ての流行りもあるけれど、むかしのものがかえって新鮮に感じられることもある。何より、たいていの着物は誰でも着られるのがすばらしい。紐の使い方ひとつで、自分の体形に合わせられるのだ。私などは大食がたたってぽっこりお腹だが、工夫すればあら不思議、お腹部分もすっきり見える。このごろ着付けのコツも少しずつわかるようになってきた。

着物を着るにはいくつもの小物が必要だが、色とりどりの帯締めや帯揚げ、さらには伊達締めや帯枕、襦袢《じゅばん》なども新品のものをいただいたし、草履もプレゼントされた。自分で買ったのは足袋だけである。

街ですてきな着物の人を見かけると、とても気になる。そのかっこいい帯はどうやって結ぶのかと、そばににじり寄ってじっと観察したり、斬新な着物と帯の組み合わせの人には、おヌシただ者ではないなと密かに尊敬したりしている。

わが洞窟暮らし

ふと、ノンフィクションを書くのは「狩猟採集生活」に似ている、と思った。

先史時代、野生の動物を追い求め、石器や弓矢などの道具を使って獲物を得て食料とする「狩猟」、木の実などの植物性食料を確保する「採集」、これらが並行した営みだ。

狩猟採集生活において人は、動物の生態や、植物の植生地や時期を熟知し、さまざまな道具も生み出していった。得た動植物を洞窟に持ち帰り、さばき、火であぶったり、太陽に当てて干したり、工夫をして保存食にもしたのだろう。

ノンフィクションを書くための取材と、狩猟生活が似通っていると感じるのは、取材も経験知を活かしつつ、ある一定期間、それこそ野山を駆け回るようにあちらこちらに出かけ、現場に立ち会い、たくさんの人に会ってインタビューを重ね、なんとか成果を得られるからだ。失敗に終わることも多い。録音機やノート、カメラが道具になり、取材後にインタビューを文字に起こし、ノートを整理して原稿にまとめていく。また、図書館で資料を探してはコピーをしてせっせと蓄えているのは、採集生活にも似ている。

なぜ、こんなことを思ったのかといえば、三週間の米国取材旅行が終わってしまい、何と刺激的で濃密な毎日だったのだろうと思い返すばかりだからだ。飛行機や車で移動しながらニューメキシコ、ロサンゼルス、カリフォルニアに行った。各地の風景や、出会った人たちの顔が目に浮かぶ。そうして、どこでもいいからまた取材旅行に出られないかなあ、とよからぬことを考えている。

今は狭苦しい1DKのわが住まいにいて、米国取材を形にするための作業をしながら、それとは別の原稿も書いている。

そういえば、私の部屋は「洞窟」のごときである。壁面、窓もふさいで本棚がある。ごちゃごちゃと本を詰め込んであり、どうして崩れないのか不思議なほどだ。コピーした資料を入れたダンボール箱がいくつあるのか、数えるのも恐ろしい。床にも本の山があり、今や山脈を成している。片付けるべきだが、どこから手をつけてよいのかわからない。

これが住まいか、とあきれるばかりだが、ある時、私は自宅で仕事をしているのではなく、仕事場の片隅に住んでいるのだと考えることにした。仕事場にしてはキッチンが充実しているし、お風呂もあるし、なかなかいい、と思えたのである。

この洞窟部屋で仕事をする。トシのせいなのか朝五時に起きてしまい、簡単な朝食を済ませるとパソコンに向かってひたすら原稿を書く。昼過ぎまで一気にやって、集中力が途切れたら一休み。午後は原稿の見直しや、資料を読み込む。夕方四時ごろから酒の肴を作り始める。床に散らばる本や雑誌を足で退けて折り畳み式のちゃぶ台を広げ、五時にひとり宴会のスタートだ。焼酎を呑みながら本を読んでいると九時には眠くなり、布団にもぐりこむ。

朝から晩まで動き回っていた取材の日々が遠い昔に思えるけれど、洞窟部屋の静かな時間を持たなければ、原稿は出来上がらない。

狩猟採集をしていた人類は、洞窟ではどんな暮らしだったのだろう。すばらしい壁画を残した彼らだが、獲物を追って野に出る時機の到来を心待ちにしていたような気がする。

おしげさん

久しぶりに、おしげさんの店へ呑みに行った。渋谷の、ちょっと路地を入ったところにある小さな店だ。大きなテーブルがひとつ、そのまわりにソファがあって、今もジュークボックスから音楽が流れている。

おしげさんと知り合った時、私は勤め人をしていて、二十代だった。友だちがおしげさんの店に偶然入り、すごく楽しいよと教えられ、それから通うようになって三十数年になる。

おしげさんは七十歳を越えたけれど、小粋にベレー帽をかぶり、チャーミングな雰囲気は変わりがない。

おしげさんは今の言葉でいう「おねぇ」だ。とても面倒見がよく、私も恋の悩みを相談したこともあるし、勤め人をやめて物書きになろうと考えた時、背中を押してくれたのもおしげさんだった。私のお母さんみたいだね、と言ったら「姉とおっしゃい！」と叱られたけれど。

おしげさんの店は以前から女性客が多かった。映画や小説、演劇にもくわしいおしげさんとの会話が楽しくて、私の勤め先の同僚もよく集まってはわいわい呑んでいた。

何度かおしげさんと女たちで温泉旅行に出かけたこともある。そのグループを「働く婦人の会」と名付け、おしげさんが会長になった。温泉につかったあと、こたつにあたりながら長いおしゃべりをした。そんな時、みんなのためにみかんの皮をむいてくれるのもおしげさんだった。

私は参加できなかったけれど、働く婦人の会のメンバーがおしげさんの実家のある神戸を訪ね、お元気だったお母さんに歓待されたそうだ。季節になると、お母さんお手製の「くぎ煮」（イカナゴを甘辛く煮たもの）が送られてきて、私もご相伴にあずかったものだ。

おしげさんは、子どものころからファッションに興味があって「東京オリンピックのずっと前」に上京してデザインや縫製の技術を学び、ドレスを作る仕事をしていた。

「でもねえ、十代のころの私はちょっと暗かったのよ。若かったし、いろいろ不安もあって、うつむいて歩いていた感じ。だけどある人に会って、それが私の初恋の人なんだけど、私は変わったのよ」とおしげさんは言う。その男の人は、広々とした公園におしげさんを連れて行き、「空を見てごらん。雲が流れていく空は、きれいだろう」と話したそうだ。

「ちょっとしたことで世界の見方って変わるんだって教えられたのね。人生はいろいろあるけど、私も空を見上げて生きようと思ったのよ」

彼を通じて女性詩人や画家、作家たちとも知り合い、おしげさんの世界は大きく広がったそうだ。彼との恋はいつしか終わってしまったけれど、今もいい友人だという。

ファッションの仕事もつづけながら、店を始めたのは二十代。渋谷の桜丘にあった店を手伝ううちに任され、やがて自分の店を持った。当初から女性が来やすい店にしたかったのは「男女みんなで仲良くやっているほうが世の中楽しいじゃない」と思っていたからだ。

店はその後二度移転したが、長く通うお客さんに支えられてきた。おしげさんは一時病気をしたり、不景気に悩まされたり、いろいろ大変なこともあったようだけれど、明るいユーモアにくるんでしまっている。わが「姉」の顔を見ると、私もがんばらなくちゃと思うのだ。

家出の自由

ずいぶん前のことだけれど、友だちと連れ立って大阪にライブを聴きに行き、その夜はビジネスホテルに泊まった。

翌朝、市内をあちらこちら歩き、「ジャンジャン横丁」にたどりついたのが昼過ぎだった。串かつ屋で焼酎を呑むという、典型的な観光客コースである。何軒かのぞいて、よさそうな店に入った。カウンターのまわりで男たちが呑んでいて、なかなか活気がある。細かなパン粉、軽く揚げてある大阪の串かつは、とてもおいしい。あれこれ注文して食べ（ソース二度漬けはしない）、呑むうちに隣の六十代とおぼしきおじさんに声をかけられた。

どこから来たん？　東京からです。さよか。という会話があったあと、おじさんは突然こう言ったのだ。

「わし、いま家出してんねん」

なんですと？　おじさんの足元にはリュックがひとつあった。いつから家出しているのですかと尋ねると「今日からや」。どのようなワケがあって家出をしたのですか、と聞いたら「わし、ギャンブルやめたいねん」。次々と意外な展開になる。

よくよく聞くと、若いころからあらゆるギャンブルが好きで、借金もできてしまい、近年、勤め先をクビになってもまだやめられない。そこで一大決心をして、ギャンブルをしたくてもできないような遠い土地に行くことにしたのだそうだ。といっても、このジャンジャン横丁は自宅から四十分ほどらしく、現時点で家出したと言い切れるのか、はなはだ疑問ではある。

ところで、おじさんにはご家族がいるのですか、と聞いてみて、その答えにシビレた。

「あたりまえやん。家族がおるから家出というんや。独り者やったら、ただのお出かけ、やろ」

まったくその通りである。「家出」をするには、家族がいなければならないのだ。多少なりとも心配してくれる人がいてこそ、家出は成立する。私はおじさんがうらやましくなった。私は気ままな一人暮らしだが、家出をする自由はないことに気が付いたのだ。ちぇっ、つまらないなあ。私も家出したい！「私を探さないでください」なぞという書き置きをしたためてみたい！

子どものころから私は家にいるのがあまり好きではなかった。夕方になると、用もないのに商店街をうろついたり、駅で乗降客をながめたりしていた。二十代からインドやアジア、南米を旅するようになり、勤めてはいたものの、ボロアパートの引っ越しを繰り返していた。

一度、ワンルームマンションを買ったことがあるが、何十年もローンを払うのが息苦しくなり、五年もしないうちに売り飛ばしてしまった。三十歳からライターになって、それからは根無し草のように生きている。

隣のギャンブル好きのおじさんは、これまで家庭を維持し、家出ができるまでになったのだから、えらい。

で、あんたら、これからどこ行くの？　とおじさんが聞いてきた。京都に行こうかなと言ったら「京都はええで。競輪、競艇、競馬もあるしな。そや、わし、今から京都に行くわ」と、崇高な家出の目的をすっかり忘れてしまったようで、自分の勘定を払い、そそくさと店を出ていってしまった。取り残された私たちは焼酎をお代わりして、サービスの生キャベツをかじるのだった。

怪人・種村季弘さん

よく晴れた一日が暮れようとするころ、薄墨色の空を見ていると、十一年前に種村季弘さんの訃報を知った夕暮れを思い出す。

私は街を歩いていて、携帯電話で知らせを受けたのだった。種村さんが、もういないのだということが信じられず、その場に立ち尽くしてしまった。一瞬にして街のざわめきが遠のいていったことも、まざまざとよみがえる。

ドイツ文学者、評論家、エッセイスト。種村さんはその肩書にもおさまらない。生涯に取り組んだテーマは幅広く、幻想小説、伝奇文学、美術、映画、演劇、さらには江戸文学にも精通していた。温泉や食についての軽妙なエッセイもあるけれど、そこにも種村さんの博覧強記ぶりがピリリと効いていた。

古今東西の歴史や文化や事象。バラバラにとらえられてきた物事を、種村さんは鮮やかに組み立て直してしまう。著書、翻訳書、編著書など、本にまとめられたものだけでも二百冊に近く、種村さんは「怪人」にもたとえられた。知的好奇心の赴くままに旺盛な執筆活動をつづけ、七十一歳で世を去った。

私が種村さんの『薔薇十字の魔法』を読んだのは高校生の時で、難解な内容をまるで理解できなかったのにもかかわらず、いっぺんで魅了されてしまった。何かものすごいものに接してしまい、この人から目をそらすことはできない、そんな感じだった。

英国艦隊をコケにした悪漢、史上最大の贋金造りなど、詐欺師たちの列伝『詐欺師の楽園』は、貨幣制度や身分制度といった「システム」の裏をかく彼らの離れ業を鮮やかに描いている。

ほかにもシチリア生まれの希代のペテン師を主人公にした『山師カリオストロの大冒険』、『贋作者列伝』など、トリックスターを好んでとりあげた種村さんは、権威や権力、徒党を組む者たちや、大手をふるう正論を嫌った。『ヴォルスヴェーデふたたび』は、ユートピア的共同体を夢見た人々と、その崩壊の物語である。

それらの作品は、種村さんが制度や正論にがんじがらめにされた戦中に少年期を過ごしたことと無縁ではない。種村さんは一九三三年に東京・池袋に生まれた。四五年四月の空襲で家は焼け、目にした池袋の焼け野原が種村さんの創作の原点だったのだろう。けれど社会にうずまく恐怖や不安は、腹の底からこみあげるような笑いで打ちのめしてやる、そんなすごみがあった。

私がライターになって間もないころ、ある画家の紹介で神奈川県湯河原の種村さんのご自宅でお目にかかり、のちには新聞社の書評委員会で同席させていただくという幸運にも恵まれた。種村さんは笑う顔がとてもすてきだった。その顔を見たい一心で、私は書評委員会というマジメな場なのに馬鹿な話をしてしまうのだった。何度かお酒をご一緒して、私も生まれ育った池袋界隈の話などをしながら、いつも笑いころげてしまうほど楽しい時間を過ごさせてもらった。

種村さんの著作には洒脱で諧謔味に富んだ漫遊記も多数あり、『東海道書遊五十三次』は息もつけないほど面白いし、東京を歩いた『江戸東京《奇想》徘徊記』は「アスファルト一枚めくると」幾重もの地層があらわれてくるという仕掛けだ。

種村さんはご自身の死は葬儀を終えてから公表するように言い残していたそうで、私が訃報を知ったのもご家族の葬儀が営まれたあとだった。種村さんらしいと思ったけれど、私は途方にくれてしまい、それがいまもつづいている。

そうして種村さんの本を何度も読み返している。読むたびにやはり「怪人」なのだと思うばかりだ。

海の地名／渡名喜島

全国の気象情報を見ていたら、沖縄の最高気温が「二十八度」と告げていた。南国とはいえ、十一月末にしては異例の高温だという。暖かくていいなあと思っているうちに沖縄の空や海が恋しくなり、今すぐ離島に行きたくなってしまった。

というわけでその日、羽田空港から那覇に飛び、泊港を出航する渡名喜島に向かうフェリーに乗った。那覇の北西五十八キロの洋上に位置する島まで約二時間。途中、慶良間諸島の島々を通過し、甲板に立ったまま海風を浴び、幸せな気分になった。

渡名喜島に行くのは初めてだけれど、ずっと訪れたいと思っていた島だ。というのは、渡名喜島には「海の地名」があると知ったからだ。

三十数年前、この島出身の民俗研究者で教育者でもあった比嘉松吉氏が漁師に丹念な聞き取り調査をしていて、「ピプックヌイノー」や「タレーマグムイ」など、不思議な響きの海の地名が海図とともに『渡名喜村史　下』（一九八三年）に記されている。

島言葉の海の地名は、サンゴ礁があるところ、海底のくぼみ、大きな岩の位置など海中の地形をあらわすとともに、魚の群れがやってくる地点、激しい潮流があるので航行には注意を促すなど、多様な情報を伝えていた。ウチナーグチでは漁師を「ウミアッチャー」（海を歩く人）ともいうけれど、渡名喜の漁師たちは陸地と同じように海中を熟知していたことがよくわかる。そして海の地名は、島人が良い漁場を自分だけのものにせず、ひろく共有するために名付けられたことも知った。

渡名喜島は周囲十二・五キロ、人口四百人弱の小さな島だ。フェリーが島に近づくにつれ、その海の色は濃いブルーから淡い藍色へと変わっていく。海の地名を思い出しながら海面をしばらく眺め、島に上陸した。するとそこに絵のように美しい集落が広がっていたのだ。

白砂の道が縦横に延び、福木の屋敷林、琉球石灰石やテーブルサンゴを使った石垣に囲まれた家屋が整然と並ぶ。特徴的なのは家の敷地が道路面より深く掘り下げられていることだ。強い季節風や台風対策だという。赤瓦屋根の家屋は琉球王国以来の伝統的な様式がよく残っていたし、敷地内には古い井戸、石造の豚小屋跡もそのままあった。

集落内には琉球王国時代独自の土地制度「地割制度」の遺構の一部が保存されていて、歴史学者も注目するという。さらに、何ヵ所もの御嶽（聖域）もあり、「シマノーシ」（島直し）という古い祭祀行事が継承されてきた。浜の近くにこんもりと木が茂った一画は、よその島から来た神様が休憩するところだと伝えられている。神様は風に乗ってやって来るのだろうか。

離島に行くと、伝統的な沖縄の暮らしぶりが姿をとどめていることに驚くことがしばしばある。渡名喜島は二〇〇〇年に国の「重要伝統的建造物群保存地区」に選定されたが、今も大きなホテルはなく、落ち着いた島人の生活が営まれている様子だ。島の産業は農業と沿岸漁業が中心だが、人口は減少傾向にあり、高齢化など問題もあるけれど、島人の結束は強い。

渡名喜島の漁師は、近代以降、南洋など海外に出て大活躍した。懸命に働いて、その稼ぎを持ち帰り、赤瓦の家を建てたのだった。この時代の繁栄を今に伝えるのが、一九一九年以来、戦中を除いて毎年開催されてきた「水上運動会」だ。夏の一日、島民総出で水中綱引きや海中での球技が行われ、盛り上がるそうだ。いつか見てみたい。

民宿の夕食は脂がのったアカマチ（ハマダイ）の刺し身と魚汁だった。港で見かけた漁師たちの顔を思い浮かべ、おいしくいただいた。

沖縄工芸の父娘

沖縄の染織について語り合う会合に招かれたので、「琉装」と呼ばれる琉球王国伝統の衣装をまとった。

ひざ下までの上着「ドゥジン」と、襞のある巻きスカート状の「カカン」の一組、士族階級女性の礼服だった。帯を用いないのが特徴で、高松塚古墳壁画に描かれた女性の装いにも似ている。

紅型のドゥジンの地は紅色の生臙脂で染めてあり、藍や山吹色に彩られた繊細な草花模様が美しい。薄い絹のカカンは草木染の淡い水色、動くとプリーツが軽やかに揺れる。

この衣装を作ってくださったのは、紅型作家の伊差川洋子さんだ。

私が上梓した『首里城への坂道』は、大正末期から昭和初期にかけて大々的な琉球芸術調査をした鎌倉芳太郎（一八九八―一九八三）の評伝である。首里城復元や戦後の紅型復興にも貢献した鎌倉の生涯と沖縄人の物語を追ったもので、紅型に関することは伊差川さんにくわしく教えていただいた。

この本が思いもかけず賞をいただき、伊差川さんから京都での授賞式にはぜひ紅型を着てほしい、衣装はプレゼントするというお申し出があり、ご厚意に甘えさせてもらった。その後もことあるごとに身に着けるようにしていて、米国ロサンゼルスのゲティ美術館のパーティにもこの衣装で出席した。

その席でアメリカ人から、キモノとは色、柄、形もまったく違うのはなぜ？　と聞かれた。沖縄はかつて独立国琉球であり、日本とは異なる歴史と文化があるのだと答えたのだが、初めて知ったような反応だった。広大な米軍基地の存在も知らない様子だ。それでも紅型の琉装は琉球・沖縄の文化を一目でアピールする力があると感じたのだった。

伊差川さんは、紅型作家として創作活動を展開する一方、熱心に取り組んでいるのが紅型の祖型といわれる「浦添型」の研究だ。その情熱は彼女の父から受け継がれた。

伊差川新（一九一七—八九）は沖縄の工芸、デザインの歴史において重要な人物である。那覇で生まれた彼は、東京美術学校（現東京芸術大学）工芸学科漆部を卒業。卒業制作の蒔絵屏風はチーターをモチーフにした大胆なデザインで、美校買い取りになった。その後、台湾や沖縄で漆器制作の指導に従事する。

モダンな感覚の彼は、戦後はデザイナーとしても活躍した。コレクターも多い「琉球切手」

（米軍統治下で発行された郵便切手）のデザインを五十種以上手掛け、「琉球煙草」のパッケージデザイン、また「オリオンビール」の瓶ラベルは、一九五九年の生産開始から約三十年間使われた。ほかにも店舗設計など多面的な活動をしたが、専門の漆器に関する論文も著し、戦後の工芸復興を支えた一人だった。

琉球王国時代、染織や漆器、焼き物など多彩な工芸品は、アジア諸国、日本の技術やデザインも巧みに取り入れ、質の高い交易品となった。経済力や軍事力を持たない小国は工芸文化を国の力としたのだ。

近代以降は王国崩壊、沖縄戦など危機に瀕した時期もあるけれど、みごとに復興を遂げた。手仕事に情熱を込める人々が、伝統を尊重しつつ、時代の風も取り込んで次世代へとつなげている。伊差川父娘の足跡はそれをよく物語っている。

伊差川洋子さんは、二〇一五年十二月、六十九歳の若さで他界されてしまった。お嬢さんの仲本のなさんが「浦添型」の研究を継がれ、『誇らしや浦添型』という一冊にまとめられた。また、のなさんから、伊差川新の約二十年にわたる日記や書き溜めていた原稿をご提供いただき、私は彼の評伝執筆に着手したところだ。天国におられる洋子さんによろこんでいただけるような本にしたい。

旅の相棒

ぼんやり仕事をしていた夕方、玄関のチャイムが鳴った。出てみると、「ういーっす」と顔をのぞかせたのが、三年ぶりにあらわれたカンノ（菅野ぱんだ）だった。彼女はいつもこんなふうに突然やってくる。そういうヤツだとわかっているので、こちらもさして驚かず、じゃ呑みに行くべえ、ということになった。

写真家の彼女とは十数年前に仕事で出会った。雑誌編集者が「たぶん気が合いますよ」と引き合わせてくれたのが、約二年のニューヨーク滞在から帰国して間もないカンノだった。彼女との取材旅行は台湾、石垣島、与那国島などをまわり、とても楽しかった。写真家とライターでは興味を持つ視点が違っていて、ずいぶん刺激もされたし、一日の仕事が終わればバカ話に興じるノミスケ同士なのでウマが合った。

フットワークの軽い彼女とはその後もいろいろな土地へ旅をしたけれど、カンノからの誘いはいつも突然だ。鹿児島のトカラ列島に行きませんか、と言ってきたのも出発の数日前だった。それでも、一度は旅したいと思っていた島々だったのでホイホイ付いて行った。

諏訪之瀬島に泊まり、民宿のおばあちゃんに島の歴史や、奄美大島から嫁いできたという彼女の人生を聞いた。一九六〇年代末に移住した若者たちがつくったコミューンに今も暮らす夫婦に会うこともできた。そのうえ民宿のお嫁さんが、楽しそうにしていた私たちを気に入ってくれたらしく、夫の漁船に乗せてくれ、口之島や中之島などをめぐることができたのは幸運だった。

一週間後にパンダを見に行きましょう、とカンノが誘ってきたこともある。中国四川省・臥龍にあるパンダ保護センターで撮影をするという。そりゃ面白そう、ついでに本場の麻婆豆腐を食べたい、すばやく航空券を手に入れた。成田から成都に飛び、予約していた車で四時間も走れば到着するはずだった。

ところが途中、山の中で十数年ぶりという大雪に見舞われてしまい、車は立ち往生した。やがて、日本語を解さない運転手さんは何かを言い残し、どこかに行ってしまった。私たちは車に取り残されたまま、一時間、二時間と過ぎ、身体は冷えていく。あたりは真っ暗、ホーホーと鳥の声が聞こえるばかりだ。

私はだんだん不安になり、挙句の果てに泣きべそをかく始末だが、カンノはまったく平気の平左で、「私、福島生まれだから、雪山はちっとも怖くありません」と言い、たくましい。ようやく運転手さんが戻ってきて、遠くまで歩いて車のチェーンを借りに行ってくれた誠実な人だとわかり、心の底から感謝したのだった。この旅では、赤ちゃんパンダを抱っこさせてもらったことが忘れられない。

けれど雪山での一件以来、八歳年下のカンノに私が偉そうなことを言うと「あの時、泣きべそかいていたくせに」とせせら笑われるようになったのはくやしいかぎりだ。

久しぶりに会ったカンノは、この間、三・一一以後の故郷を撮影していたといい、パソコンに入れた作品を見せてもらった。福島で生まれ育った彼女にしか撮れないとてもいい写真だ。原発事故の影響をクールに見つめながらも、土地の人々の揺るぎない力を感じさせる。

その夜は彼女と三軒ハシゴして、しゃべりまくった。次にカンノが顔を見せるのはいつだろう。またいつか一緒に旅をしたい。

炭火トースト

この季節になると食べたくなるものがある。子どものころ大好きだった炭火で焼いたトーストだ。

山形をしたイギリスパンを火鉢で焼くのだが、炭火の加減がむずかしい。炭を白い灰がうっすら覆っていて、ふわふわした灰の下から淡いみかん色が見えるくらいの火がちょうどいい。焼き網にパンを乗せ、こんがりきつね色になるまで焼き、バターをたっぷり塗る。口に入れると炭火の香ばしい匂いがぷんと鼻をつき、サクッとした舌触り、とろけたバターが喉にすべりこみ、かすかな塩味が余韻を残す。このトーストと甘いミルクティーがあれば幸せだった。

私は東京の椎名町という町で生まれ育った。安普請の二軒長屋で、台所に七輪があり、料理はこれでやっていた。一九七一年に郊外に転居するまで、わが家の火力は炭だった。隣近所はみんなガスを使っていたから少々気恥ずかしくはあったけれど、さほどの不便は感じなかった。冷蔵庫、洗濯機、掃除機などの家電はあったのにガスにしなかったのは、沖縄生まれの両親が炭火に愛着を持っていたからだ。

朝、母が七輪を庭に出して火を熾す。新聞紙を丸めて燃やし、そのまわりに屑の炭、中くらいの炭、大きい炭を順に置き、うちわでぱたぱたあおぐ。炭はタテにすること、ほどよく空気がまわるように隙間をつくることなど、母に教えられた。

冬の暖は、電気こたつと火鉢だった。火鉢の火だねを保つように、時々火箸で灰を片付け、炭のカケラを足しておく。火鉢にはいつもやかんが載せてあり、しゅんしゅんと音がした。小学校から帰ると母がお餅を焼いてくれ、一緒にお茶をすすっているうちに、いつしか母は思い出話を語りだす。あの豊かな時間は、炭火でなければもたらされなかった。

昭和四十年代でも町内には炭を商う店が数軒あって炭の入手にはまったく困らなかった。山室恭子『大江戸商い白書』というじつに面白い本は、数量分析により江戸の商人の実像をいきいきと描いていて、それによると江戸商人の三割は炭を商っていたという。店の数が多く、共存していくためにも、地域住民の顧客を確保するためにも炭の値段はどこも同じ。薄利多売でやっていくしかなく、自然発生的な公定価格が維持されていたのだ。

この本には町の湯屋（銭湯）の公共性を重んじた行政のきめ細かい施策も紹介されていて楽しい。

私の家に風呂はなく、銭湯に通っていた。徒歩十分圏内に四軒あり、家族で行く銭湯、友だちと遊びがてら行く銭湯を使い分けていた。どの銭湯でも同級生に会ったし、たまに担任の女教師が幼い娘を連れてやってくることもあった。ハダカになればいつもはこわい先生も近所のおばちゃんと変わりはなかった。

そういえば今思い出したけれど、私はお産婆さんにとりあげられて家で生まれたのだった。小学校のクラスでも私ひとりだったはずだ。世は高度成長へとまっしぐらに突き進んでいるというのに、わが家は江戸町民とさほど変わらない暮らしをしていたのか。驚いた。

それにしても炭火トーストはおいしかったなあ。また食べたいけれど、今暮らすアパートに火鉢を置くのは不可能だ。あれはゼイタクな一品だったと知るのである。

白い家

たまに夢に出てくる家がある。白い外壁の二階建てのわが家だ。

玄関のドアを開け中に入ると、正面に私が描いたポピーの花束の油絵が飾ってある。リビングにオレンジ色のシェードの照明、その下に六人掛けの大きなテーブルと椅子。奥の和室で本を読んでいる父がいて、窓から注ぐ陽の光が父の背中を優しく包んでいる。小さな庭があり、父の故郷沖縄から取り寄せたユウナ（オオハマボウ）の黄色い花びらが風に揺れている――。

その白い家は、一九七一年に父が東京郊外に新築した。新興住宅地として開発されたばかりの土地で、まだキャベツ畑が広がっていた。

そこは、その年の春に死んだ母が見つけた土地だった。あと半年生きていれば新しい家に暮らすことができたのに、かなわなかった。残念でならなかったけれど、それでも都内の長屋暮らしから解放された私たち家族は幸せだった。クリスマスを迎え、パーティをした。新しいキッチンでフルーツポンチや鳥のから揚げ、マドレーヌを作った。母が好きだったタンゴのレコードをかけ、父が陽気に踊り、みんなで笑い合った。

けれど家族でクリスマスパーティをしたのはその一度きりになってしまった。都庁を定年退職した父は、その後も働いていたけれど、しだいに沈んだ表情を見せるようになり、体調も崩していった。父と母が沖縄で出会い、大恋愛の末に結婚したいきさつをそのころは知らなかったし、ウチナーグチで語り合える相手を失った父がさみしさを募らせていたことも私は理解していなかった。父はこの家に転居して五年後、急逝した。私は十七歳だった。

それからこの家をめぐって、思い出したくもない出来事がいろいろ起きた。要がはずれた扇子のように、父がいなくなったあとの家族はあっけなくばらばらになった。家族とは、それぞれの人生を歩む人間が一時集まっていたにすぎないのだということがよくわかった。

考えてみれば、父も旧家を継がなければならない立場だったのに、一足先に上京した母との恋愛を選んで家を捨てるように東京にやってきて、私たち家族ができたのだ。家族のありようが時の流れとともに変わっていくのは仕方のないことだ。

父が他界して数年後に家を売りに出し、買い手がほどなく家屋を取り壊したという。あの白い家は、私の夢の中にしか存在しない。

家が完成した夏の終わりの日をよくおぼえている。キャベツ畑の先に私たちの家が見え、私は父に「走って見に行ってもいい?」と尋ねた。父が「行っておいで」と言うので私は駆け出したのだが、父を置いてきぼりにしたようで気がとがめてしまった。立ち止まって振り返ると、父は笑いながら手を振ってくれた。レモンイエローのポロシャツを着た父と、キャベツ畑の黄緑色のコントラストが鮮やかだった。なぜか、この光景を私はずっと忘れないだろうと思った。

あの時の私は、人生には痛みや苦しみが伴うことを、ときおり一条の光が射すようなよろこびもあることを知らなかった。父が死んで四十年以上が過ぎた。私が書く仕事をしていることなど父は想像もしなかっただろう。

父と別れたあとに出会った人たち、旅した土地の風景を父に伝えたい気持ちもあって、私は書きつづけているのかもしれない。

あとがき

私の手元にレースで編んだブラウスがのこっている。私が六歳か七歳のころ、母が私のために編んでくれたものだ。病弱だった母は家事をてきぱきとこなすことはできなかったけれど、手芸はとても得意だった。ダルマのシンボルマークの白いレース糸がしゅるしゅると伸び、母の細い指ににぎられた銀色の編み針をすべっていき、やがて模様が浮き出てきて、それが一枚のブラウスになってゆく様を私はふしぎな思いで見つめていた。

母に編み物を教わったこともあり、一針一針をおろそかにしないこと、いいかげんにしてしまうとあとで全体がおかしくなってしまい、やり直すことになるので、ゆっくりでいいから丁寧に針を動かすように言われた。不器用な私は編み物が上達することはなかったけれど、いまにして思えば、これは文章を書くことにも通じるアドバイスだったのかもしれない。文章を書くのは一文字一文字をつないでいき、ようやく一つのまとまりになる手仕事ともいうべきものだけれど、私は失敗も多く、いまにいたっても慣れることがない。

両親とも早く他界してしまい、二十歳になるころから私は旅をするようになった。とりわけ両親の故郷、沖縄へは数えきれないほど通ってきた。さらにアジアや南米の国々、近年は欧米へも足を延ばすようになったけれど、行く場所を頭に思い描き、そこで何を見て、何を知りたいのか、そのためにはどうすればよいのか、どんな本を読むべきか、あらかじめ考えをめぐらせておく。それを押さえておけば、旅の中で訪れる偶然の広がりや人との出会いを楽しむことができる。そして私はともに旅をする友人たちに恵まれたおかげで、思いもよらなかった土地へも旅することができた。

家族を持たない私に、帰るべき家はない。気ままに転居をくり返してきて、いまも仮住まいをつづけているような気分だ。私に帰る家はないけれど、これから旅する場所はいくらでもある。履きなれたブーツの紐を結び、アパートのドアを開けて一歩を踏みだすときの高揚感は何にも代えがたいものだ。このブーツとともに、私はどんな道を歩き、どんな人に出会うのだろう。いつもそんな興奮につつまれている。

けれど旅というのはときに静かな時間をもたらすもので、忘れ去ったはずの過去の記憶や人の姿があざやかによみがえることがある。遠いむかしの出来事にひとり微笑むこともあれば、後悔が押し寄せてきてため息をつくこともある。そんなとき、この旅を無事に終えることができたら、母が私のために編んだブラウスをぎゅっと抱きしめてみたいとも思うのだ。そうすれば「お帰りなさい」という母の声が聞こえてくるような気がする。母が編み針を動かしたように、私も不器用ながら一針ずつ歩みをすすめ、いまを生きているのだろう。

この本におさめた文章の大半は、雑誌や新聞に書かせてもらったものだ。雑誌や新聞は、旅の途中でふいに出くわす広場にも似ている。さまざまな人たちが行き交い、立ち止まり、いろいろな声が響く広場で私は耳を澄ませてきた。私に書く機会をくださった竹中龍太さん（ａｔｔｅｎｔｉｏｎ）、田中紀子さん（東京人）、武藤旬さん（文學界）、郷原信之さん（日本経済新聞）に心よりお礼を申し上げたい。

本にするにあたって、新城和博さんのお世話になった。彼と出会ったのは、私がライターになった一九八九年五月で、那覇の与儀公園にある県立図書館で待ち合わせをし、そこにやって来た新城さんの姿をありありとおぼえている。私が沖縄で最もよく通った場所は（飲み屋ではなく！）この県立図書館なのだけれど、もうすぐ那覇バスターミナル跡地に移転するそうだ。私の父が青年期に暮らし、母にラブレターを書き送ったところからほど近い。なんとなくふしぎな縁を感じ、私の旅も歳月を重ねてきたのだと思うばかりだ。

表紙の写真は矢幡英文さん、デザインは五十嵐真帆さんにお願いした。親しい友人たちとともにこの一冊を作ることができて、とてもうれしい。

二〇一八年山茶花の季節に、タンナファクルーをつまみながら　　与那原恵

初出一覧

第一章	スリーイー	「attention」no.12007年1月号
	那覇バスターミナルにて	「attention」no.2 2008年8月号
	「おもろ」の匂い	書き下ろし
第二章	江戸の琉球ブーム	「東京人」2009年8月号
	わが祖先の苦悩	「東京人」2017年4月号
	柳宗悦と沖縄	「東京人」2016年7月号
	山口泉という人	「東京人」2017年5月号
	池袋モンパルナス	「東京人」2006年4月号
第三章	台湾、記憶の島で	「文學界」2016年9月号
	成功鎮の風に吹かれて	「東京人」2016年7月号
	森鷗外の遺品を守った台湾人医師	「東京人」2014年8月号
	歌え、台湾！　「ＮＨＫのど自慢」がやってきた	「東京人」2011年12月号
	ペク・ヨンスに会いにいく	「文學界」2017年6月号
	福島の天の川	「文學界」2016年4月号
	図書館は誰のものか	「文學界」2015年4月号
第四章	「プロムナード」	「日本経済新聞」夕刊連載 2015年7月3日〜12月25日

一部を改題、原稿の加筆・修正を行っています。

与那原恵（よなはら・けい）

ノンフィクション作家。1958年東京都生まれ。
著書に『美麗島まで』『サウス・トゥ・サウス』『わたぶんぶん　わたしの「料理沖縄物語」』など。『首里城への坂道　鎌倉芳太郎と近代沖縄の群像』で第2回河合隼雄学芸賞と第14回石橋湛山記念早稲田ジャーナリズム大賞を受賞。

帰る家もなく

2018年3月30日　初版第一刷発行

著　者　与那原　恵
発行者　池宮　紀子
発行所　㈲ボーダーインク
沖縄県那覇市与儀226—3
http://www.borderink.com
tel 098-835-2777　fax 098-835-2840
印刷所　株式会社　東洋企画印刷

ISBN978-4-89982-340-7 printed in OKINAWA Japan

ボーダーインクの本

沖縄への短い帰還

池澤夏樹

旅する人生のなかに〈沖縄〉という季節があった。1990年代から2000年代に沖縄で暮らした日々を振り返る。エッセイ、書評、講演録をセレクトしたアンソロジー。

■定価2400円＋税

本日の栄町市場《さかえまちいちば》と、旅する小書店《こしょてん》

宮里綾羽

市場で出会ったひと、旅で出会った本。那覇・栄町市場の「宮里小書店《みやざとこしょてん》」の副店長が綴ったカウンター越しのエッセイ。世界はこんなも愛おしい。昼間の栄町にようこそ！

■定価1600円＋税

那覇の市場で古本屋

ひょっこり始めた〈ウララ〉の日々

宇田智子

日本一大きな書店から日本一狭い古書店の店主へ。牧志《まきし》公設市場界隈から綴る日々の切れはし。第7回「(池田晶子記念) わたくし、つまりNobody賞」受賞エッセイ集。

■定価1600円＋税

ぼくの〈那覇まち〉放浪記

追憶と妄想のまち歩き・自転車散歩

新城和博

戦前の古い地図と復帰後の記憶を片手にあるく幻想のまち・那覇。失われた風景、痕跡から懐かしくて新しい物語が浮かびあがる。異色のまち歩きエッセイ。

■定価1600円＋税